知音动漫图书·漫客小说绘
ZHI YIN COMIC BOOK 以梦想之名 点燃阅读

小说绘

北极星 ②

POLARIS
Short Stories Celection of《Fiction& Drawing》
《漫客小说绘》优秀短篇精选

两色风景等 著

长江出版社　　知音动漫

知音动漫图书·漫客小说绘出品

你当相信,你心中那些坚定而沸腾的思绪,每一缕都仿佛北极星光,在迷途中指引前进的方向。

种子 惊歌	时光影院 六分仪	天与地 蒙莎	捕鲨记 郑星	丑怪先生 不鱼	阿狼 马鹿君
197	179	147	131	111	087

目录
CONTENTS

灵魂乐　两色风景　001

寻找刀倾城　原晓　013

但丁堂旧物志　苏盈　031

云上柏林　夜森　051

较劲　王巧琳　069

灵 魂 乐

———— 文/两色风景　图/李堃 ————

当我们垂垂老去，也依然弹得动年少的那把吉他。

一

那天我下班，跟以往一样迈着疲倦的脚步走往20分钟路程外的车站。脖子上的领带和呆板的衬衫束缚得我很不舒服，我一路晃动着对着电脑一天后僵硬的脖子。

走过地下通道时，我听到了一阵吉他声，那首歌我比谁都要熟悉，因为歌词是我编写的，曾经有一段时间我每天都唱起它，不但唱，还和一群朋友反复排练。那不过是几年前的事，现在回忆起来却倍感遥远，现在的我，生活里音乐太少，那段喧嚣的日子早已经被安静吞没。

弹吉他的那个青年显然是城市里常能看见的自由职业者，在我看来他们更像诗人，因为他们身上有一种诗意的坚守。

几个年轻的男女围着他，听着他的歌，透过他们背影的罅隙，我看见地上摆着一个空空的钱盒。

一曲唱完，人群散去，钱盒一尘不染。

我走到那个青年面前，他抬起头来，随即露出笑容。

我把他从地上拉起来："我就不付钱了，直接请你去吃一顿吧。"

"你小子现在人模狗样啊。"他笑着说。

我们勾肩搭背。

即使过去再久，能将我写的词弹得如此感伤唱得如此凄美的，除了他还有谁？

二

刚上大学的时候，我为了打发时间也为了个人爱好，到处找协会加入，第一个选择就是吉他协会。我觉得自己的嗓子不错，可惜不会任何乐器，否则我就能自弹自唱吸引更多的姑娘了。吉他协会一定可以帮我圆这个梦想，当然，这句诚实的动机我没有写在入会申请表上。

本以为那是跟上大学一样艰难的过程，结果表格交上去马上就过了，于是我加入了，这时才总算晓得吉他协会是个多么萧条的地方，全部人马加上我也只有五个人。四位前辈的生活主题是玩乐队，正经弹吉他的只有乐队的老大一个人，其他人各有各的位置。因为身材瘦削而被称为老排的老排负责弹比他更瘦的贝司，因为体重超标而被称为阿超的阿超负责敲没有他胖的鼓，因为说话很贱而被称为贱叔的贱叔负责弹不如他贱的键盘。基本就是这样。

我喜欢听音乐，因此对乐队是向往已久，然而眼前这支乐队是建立在骗了我钱的基础上，所以我很难表示好感。同时我了解了他们多么缺钱，以至于要打着招生的幌子吸引客户，会费则被用来作为乐队资金，这样的吸金方式令我汗颜。匪夷所思的是，今年似乎只有我一人上当。

我是不甘心蒙受损失的，因此开始没事就往协会跑，缠着老大教我一些吉他技巧。我在大学的跳蚤市场用60块买了一把挺旧的木吉他，希望半个学期过去时，它至少可以发出人类听得懂的声音。

每次我去都会碰到乐队在排练，声音那叫一个震天响，我情不自禁地捂住了耳朵，久了却逐渐习惯，甚至为这种现场的气氛拍手叫好。这些玩音乐的人很骄傲，也很寂寞，他们没有多少观众，我的定期报道让他们觉得贴心，因此个个都对我很和气，我想自己是被当成粉丝看待了。

乐队的名称叫"赤色边缘"，听起来很酷也很有文采，我觉得是个好名字。在这个破烂三流的学校里，还有这样一群人为着兴趣在努力，这让我感到了充实。于是有一天我扭扭捏捏地问老大："我能不能加入你们乐队啊？"

老大误会我的意思是要担任吉他手，那样一来显然会威胁他的风头，加上我的吉他是那么烂，因此他拒绝了。

我连忙说我不会乐器，但是嗓子还成，不然我们合作一次吧，歌曲我都滚瓜烂熟了。

抱着将信将疑的态度，我和乐队展开了第一次的排练，效果令双方激赏，我没想到可

以跟他们如此合拍,他们没想到我能唱得这么好,于是一拍即合,从此我就是赤色边缘的一分子了。

三

社团的所有乐器都毁掉的时候,解散的阴云一度笼罩了我们。

老大的性格比较火爆,容易得罪人,于是他得罪了学生会会长。这是一个非常清纯正直的头衔,然而私底下却有着说不完的肮脏心思。得罪他的结果是他跟校方报告说,吉他协会根本就没几个成员,干的还都不是正事,居然就能占用一大间活动室,简直浪费土地,不如回收。辅导员跟会长是好朋友,拉拢其他的负责老师大家一块儿吃了顿饭后基本就把事情定了。于是学生会派了些如同流氓打手一样的同学来,像收租一样回收活动室。

结果是打起来了。老大一抡袖子,我们几个也按捺不住地冲了上去,好一场恶斗啊,人还没怎样,乐器都报销了。原本就是二手的、用了很多年还没用坏的它们,此时正式退休,贝斯断成了两截,键盘上一个键都没了,鼓里塞了个人,吉他支离破碎,一切惨不忍睹。

事情闹得蛮大,可能是因为达到报复的目的了,会长大人不再勉强我们交出活动室,他得意洋洋地扬长而去,留给我们遍地狼藉的垃圾场。

赤色边缘的五个人就在这垃圾场里沉默着,刚才打得太爽了,然后呢?乐器都没了。彼此的经济情况彼此都清楚,还有钱添置一套么?

那时我们都已经满了18岁,可是流出不甘心的眼泪时,还是像个孩子一样。

四

大家都变得暴躁了。虽然乐器没了,乐队的凝聚力仍然在,所以每天活动室还是会准时出现五个人,只是已经无事可做。看书、扯淡、听听CD、抽烟,有时候说错一句话就可能导致针锋相对,可谓是内忧外患。

当最瘦的老排挑战最胖的阿超这个不可能的任务即将上演时,教室的门突然被人拉开了。

一个胡子拉碴、戴着帽子和墨镜、厚嘴唇的中年人出现在我们面前。那副落魄的模样像极了流浪歌手。

"啊,好怀念。"他说。

"你是谁?"阿超为决斗被人妨碍而不满。

"噢，你们一定是我亲爱的学弟了！"

"？？？"我们发出无声的疑惑。

"这里确实是吉他协会吧？"

"仿佛是。"

"那不就得了。我是第一任会长啊！"

我们茅塞顿开。最近太需要一些新鲜事刺激我们颓靡的神经了，而吉他协会的存在感又太弱了，突然出现了一个大叔自称是会长，是前辈，怎不让我们精神一振？我们压根儿没去想他说的是不是真的，因为我们共有的默契让我们相信，除非是疯子，否则没人愿意跟我们这些学校的异类扯上关系。

……还真是好可悲的默契。

前辈来了，架是自然不打了，我们一下子变成了全校最和平的人，轮流问安，轮流自我介绍。

"这里真是一点没变。"前辈上下打量，"还是一副经济不景气的模样。"

我们嘿嘿地笑。

"来吧，玩音乐的人就该用音乐交流，演奏你们的拿手曲目给我听吧。有玩乐队吧？别说没有。"

"呃，那当然是有的，只是……"我们带着一肚子气把委屈告诉前辈。

"呵呵，真是什么时代都一样啊。"前辈反而笑了，"我像你们这个年龄时，也经历过没有乐器的窘境。不过那时是根本添置不起。"

"后来是怎么克服的呢？"我们想听创业史。

"拿扫帚当吉他，拿拖把当贝司，拿桌椅当鼓和键盘，拿矿泉水瓶当麦克风。"前辈说。

我们和前辈一起大笑，笑了很久。

然后前辈说："有什么好笑的？"

我们被问倒了，你说了那种笑话出来，我们除了笑还能做什么啊？

"你们是不相信我刚才的话吧？"前辈说。

我们整齐地摇头。

前辈的脸上掠过一丝冷笑。他指着墙角的那把扫帚："那个，谁给我拿来。"

我乖乖照办了，然后才反应过来他要干嘛。

"没点梦想的小鬼，让你们开开眼界。"前辈拿着扫帚摆出了弹吉他的姿势，他低着头，仿佛端详一根根琴弦。

我们面面相觑，开始怀疑他不是前辈是个痴汉——白痴中年汉的意思。

前辈的右手浮在空中，五指微曲，左手的五指则在扫帚柄上摆出扣和弦的手势。

教室很安静。我们听见了"叮"的一声。

那是我们最最熟悉的 琴弦被撩动的声音！

我们目睹了奇迹。前辈手里握着的仅仅是扫帚，无论怎样看也是一把扫帚的扫帚！然而他模拟着弹琴的样子，我们就真的听见了一阵一阵清晰的扫弦声！那悦耳的声音分明是来自一把上好的吉他。前辈脸上满是愉悦，他沉浸在音乐的世界里。

我们也沉浸其中。

一曲终了，我们才醒觉刚刚体验了怎样的神奇。我们的前辈难道是魔术师吗？

"嘿嘿。"前辈笑着把扫帚放到一边，"谁说这里没乐器了？"

他摇摇晃晃地走到了堆着课桌椅的角落里，随便找了个地方坐下，两只手和着脚掌点地的节奏，一下一下，拍击着桌面。

我们听见了鼓槌与架子鼓沉重的共鸣。阿超的胸部剧烈地起伏起来。

前辈又迅速站了起来，他来到另一张桌子前，十指如弹钢琴一般在桌面上游走，他说："明白了吧？这里哪样东西不是乐器？"

叮叮咚咚的键盘声渐次响起又平息。

前辈将教室扫荡了一圈，我们就享受了一圈各色乐器的协奏曲。

前辈又坐回了我们面前，他藏在墨镜后的眼睛看着我们微笑："小朋友们，你们理解我刚才在做什么吗？"

我们围着前辈，用力点头。

"喜欢音乐，就继续玩下去，不要被一点困难吓倒，别让我失望。"前辈扶了扶帽子，站了起来，"没有人能够打败你们，即使警察也不能对弹琴的人开枪。"

"前辈……"我们一起拥到门前，我们的心里翻滚着炽热的感动，我们想要说些什么，可是都说不出口。

五

那天之后，协会重新恢复了活力，一整天都有激情四射的乐声从教室里传出。

据说学生会长曾经闻风派人来观察，回去的人目瞪口呆地说那里分明连一根琴弦都没有，学生会长听了大受打击，后来有人看见他去校医那里开药吃。

还有一件事是，我们了解到，原来吉他协会才成立了五年而已，从那位前辈的外貌年龄推断，无论如何不可能是协会的创始人。

那位送给我们神奇礼物的神秘人，我们索性把他当成是音乐之神。

在他的帮助下，我们不再发愁经费的问题，我们有了足够的设备可以使用，我们每天都操练到很晚，技术日益进步。

慢慢地，赤色边缘在学校内外也是一支小有人气的乐队了。

偶尔我们会接到外校的邀约去他们那里演出，一些商业活动也会请我们去客串助兴。前者是没有钱的，后者多少会给些交通费之类的礼金。无论如何，这都让我们很有成就感，觉得自己的音乐受到了承认，甚至有时，我们会产生自己是大明星的错觉。

也只有在那样的公开场合，我们才会使用正常的乐器来演奏。毕竟如果每次都扛着家什去演出，恐怕门都进不去就会被保安叫来救护车。幸好那时我们的手头已经宽裕不少，大家把积蓄和生活费凑凑，添置了一套中上水准的乐器。不过，刚拿到手时我们却感觉一阵陌生。尽管那些触感从来不曾生疏，也还是已经很久没摸到的货真价实的乐器了。

私下非练的时候，我们仍旧离不开扫帚、拖把、课桌椅的美妙组合。

对于乐队的发展前景，我们也越来越认真地考虑：我们坚持要走摇滚与民谣结合的感性路线，要轻，要软，不需要很重的力道，却可以优美伤感地击中听众内心柔软的地方。我们还要原创，老大的编曲能力很厉害，不识谱的我只能帮着写写歌词。然而我的歌词竟然很受大家欢迎。于是圈内开始将我们作为一支实力派乐队来看待。

我也的确认为我们有实力。

直到那场全国性的校园乐队风云榜赛事之后。

六

那对于全国的校园乐队都是一次机会，一道福音。某台湾大唱片公司和内地某大饮料公司联合举办的这场比赛，号召全国有志青年踊跃参与。一经获胜，就可以直接与唱片公司签约，并将你包装推出。

没法不心动。虽说搞音乐本该是清苦而寂寞的，但是有机会靠兴趣养活自己时，谁还有心思清苦寂寞啊？

赤色边缘也一样，于是我们报名了。从此我们把每天的练习量加大了一倍，老大发狂地写歌，务求选出最好的一首去参赛。我也埋头写词，另外三位则一刻不停地练习，我们都把未来赌在这次的比赛上。

比赛的日子终于来临了，我们意气风发地踏上了征途。我们的支持者固定出现在现场为我们打气，让我们很感动。

一切似乎都很顺利，本市的第一名被我们过关斩将拿下，顺利杀入总决赛，这次再赢，我们就能出道了！

出道！这个词想几次都能让我们激动异常。我们脑子里充满了国内外那些牛X乐队的名字。我们的未来也会是那样的吗？我们的未来也会是那样的吧！

那的确是我过得最积极的一段日子。我的青春，无怨无悔地纠缠在了飞扬的乐声中。

经历的比赛越多，我越是对赤色边缘的实力深信不疑，我会悄悄观察其余乐队以做比较，结果是更加坚信自己必胜。然而后来我们听到小道消息，其实冠军队伍一早已经被内定好了。

我们懵了。习惯了用实力说话的我们一时不能适应所谓的后门。

我们认真听着那支预备役冠军乐队的表演，哦老天，那怎么能叫音乐，那是什么破歌，那是什么烂词。那个油头粉面的主唱在一分钟内连续唱了十八个"爱你"，他是不是傻啊！

轮到我们上台时，我坚信那天我们发挥出了最高的水准，赤色边缘是一支无以伦比的乐队。

可我们还是落败了。

颁奖典礼随后举行，获得冠军的正是那个满嘴爱你爱你的油头粉面乐队，主唱拿着奖杯激动得语无伦次，他说："我们要感谢父母，感谢CCTV……"

我们都忍不住笑了，越笑越大声，甚至盖过了麦克风的分贝。全场的目光都聚集在我们身上。老大在这时突然把一直背着的高价位电吉他扯了下来，砸个粉碎。

老排砸了贝司，阿超砸了架子鼓，贱叔砸了键盘，我只有嗓子没东西可砸，于是我把舞台上的一个麦克风砸了。

现场一片骚乱，赶在保安上来抓我们前，我们大摇大摆地走出了会场。我突然觉得现在的我们很有愤青的感觉，都说玩音乐的愤青居多，我们平和了这么久，终于愤青一回了。

那支获得冠军的乐队在几个星期后再也没人记得他们的名字，什么出道之类的承诺根本是一纸空谈，我们居然为了一个游戏花那么大的心力，生那么大的气，想想太好笑了。

这时已经是大学的最后一个学期，我们要毕业了。

七

我们学校是本科与专科混合的校区，我念的是大专，学长们则是本科，因此虽然我晚了他们一届入学，却可以与他们同时离开。

所谓的离开，就是要彻底告别以前的生活。

我开始忙很多事情，忙毕业设计，忙论文答辩，忙投递简历，忙实习。我不打算继续升本科，我想赶快做一个社会人而不只是靠音乐吃饭这样不稳定。我在打论文时鬼使神差敲了赤色边缘四个字，因为是缩写，出来的居然是"吃屎边缘"，我汗颜之余深切地感受到再不努力，毕业后我就真要去吃屎了。

我越来越少出现在排练室里，然而我却知道学长们仍然每天都去。

最初他们还经常打电话让我抽空去，婉拒的次数太多之后也就不来电了。有一天我们在校园里擦身而过，他们四个刚吃完三块钱一碗的刀削面打算回去继续排练，他们面有菜色但是仍然显得生机勃勃，而忙得焦头烂额的我早就不是之前那个为了形象而去弄头发、穿拉风衣服、戴隐形眼镜的小帅哥了。我穿着粗布裤子，戴着厚厚的眼镜，头发凌乱地长在脑袋上，不知道是不是这个原因，他们竟然没有认出我来，我也不知道为什么没打招呼。两边都走远后我突然觉得，一切真的该结束了。

再后来我就毕业了，开始了我坎坷的社会冲浪生涯。

我有打听学长们的情况，知道乐队没有解散。老大一人担任主音吉他与主唱，据说他连毕业证书都没有拿到，因为之前在电视上的发飙，现在许多酒吧都不太想用赤色边缘，据说……

听到这些的时候，我很难过。

慢慢地，连这些也听不到了。

于是也就不难过了。

八

晃眼五年。

我在一家传媒公司熬了很久，从小职员熬成了部门主管，有了谈婚论嫁的女友。幸福来之不易，我要好好珍惜。

每次和同事以及客户去唱 KTV 时，我都是获得掌声最多的一个。许多不认识的姑娘为此对我频频放电，这时我就特别有成就感，然后就会突然在喧闹的环境里沉默下来，因为我想起了那一段没日没夜的嘶吼岁月。

这种时候，不善酒力的我就会喝到醉，就会想起老大和赤色边缘的其他哥们儿。不知道他们过得还好不好。

有一天我经过地下通道，准备回家，那时我身心俱疲。突然，飘进耳里的音乐令我精神一振，那段旋律我实在太过熟悉，我甚至背得出自己反复斟酌后定稿的歌词，于是我看

见了老大。

我们像朋友一样握手交谈,捶击对方的胸口,勾肩搭背地去吃饭。

我特地找了一间环境不错又不至于让客人拘谨的餐厅,老大在路边唱歌的境况让我觉得自己应该好好请他吃一顿。饭菜上来时老大毫不客气地大吃大喝,就像我们以前一起抢盒饭里的肉一样。

我问老大其他兄弟怎么样了。

"老排啊,跑了一年的业务后混得挺不错的样子;阿超在卖电脑,开了一家他自己的店;贱叔去深圳了,从事游戏软件的开发。我一直没有正式的工作,但是手头也没有很紧张,日子过得挺快活。"老大侃侃而谈,数年弹指瞬间。

"……"我没有想到,现在只有老大一人在独自坚持。

"他们都归队了。"喝了一口啤酒后,老大说。

"啊?"

"某天贱叔突然联络我说聚聚……就是他去深圳的前几天,于是我们就聚了。那晚真够动感情的,每个人都喝醉了,阿超还爬到高高的桌子上,非要给大家跳一段脱衣舞……啊哈哈哈哈,大家还说可惜就少了你。可能跟那个夜晚有关吧,贱叔去了半年又回来了,他来找我,说想再和我一起玩音乐,然后老排和阿超也陆续回来了……"

老大边说边笑,边别过脸去擦眼睛:"挺奇妙的……对不对?"

"嗯……"我的眼眶阵阵发热。

"你要不要回来?"他突然问我。

"我……"我的眼前闪过的不是在无数人前引吭高歌的自己,而是每个月准时领取五千块工资的自己。

"傻瓜。说笑的。你看着就不是玩音乐的料,瞧你的肚子。"老大笑着捶了一下我发福的啤酒肚。

"对不起……"

"别恶心了。"

"乐队的情况是不是很糟?怎么你还要在街边弹琴呢?"

"什么话啊。我的音乐这么好,不能让更多人听到多可惜,所以我才到外面唱给他们听,顺便筹集一点资金——虽然很有限啦。"

"资金?"

"对。"老大双眼放光地搭着我的肩膀,"我们租了一个场地,打算举办一场小型的演唱会,你一定得来捧场!!"

九

那个所谓的小型演唱会果然不是谦虚的说法，地方太狭窄了，勉强能容纳100个人。令我诧异的是来的人居然有200个之多，我才知道这几年来，老大他们在多少歌迷的心里留下了痕迹。开场之前，他们交流着赤色边缘的事迹。

我没有到后台去，我挺害怕见到阿超他们的，因为我觉得我是个叛徒。然而我确实来了，我跟许多人一起坐在观众席上，等待着他们的出场。

没有很炫目的特效，只是灯光突然暗了又亮，然后赤色边缘就带着乐器出现在了舞台上。歌迷们发出阵阵尖叫，我被那种气氛感染，忍不住兴奋起来。舞台上的四个人，我曾经与他们朝夕相处，曾经聊过对方的马子，用过对方的筷子，穿过对方的袜子，睡过对方的被子。

歌曲一首接一首地唱着，全都是原创，并且没有一首听过。这些年来，乐队的每个人技术都更好了，全场下来几乎没有一丝瑕疵。望着台上熟悉的演奏方式，听着我不在的日子里他们写的歌曲，我觉得身子一点一点地在被挖空。

高素质的演唱会就这样慢慢进行到了最后，马上就是完场前的最后一首歌了，乐迷兴奋地交头接耳，他们说一定是要唱那首《怪物》了，这是乐队长期以来作为压轴的保留曲，从头到尾都非常好听，结束时又留有足够的余韵，令人回味无穷。

我和大家一起等着听那首传说中的歌曲，然而老大他们却纷纷离开了原位置，老排脱下了背着的贝司，阿超放下了拿在手里的鼓槌。他们的退场引得歌迷议论纷纷。

不久，他们推着一套陈旧的课桌椅回到了舞台，老大手里握着一把扫帚，老排则拿着一个拖把。

我的脑袋一阵炸裂般的发麻。

"今天的最后一首歌，我们想用不一样的方式为大家演出，这首歌要送给在场的每一个人，同时献给它的词作者……你们也许会惊讶接下来发生的事情，但是请将它看作是魔术也夫尝不可。"

说着，老大低下头，他调整着扫帚在自己手中的位置，阿超、老排、贱叔也纷纷摆好架势。

老大的手指轻轻地在扫帚柄上挑动了一下，我听到了一声清脆的"叮"，我想起在我们绝望的时候出现的那位音乐之神。

比刚才更加纯粹，又更加悠扬的音乐在这个狭小的空间回荡。我熟悉这首歌，它的名字叫作《20世纪少年》，我熟悉歌里的一切，因为我写的就是他们，就是我们。在排练室

里靠着馒头与矿泉水度日的我们,用课桌椅和卫生工具练习的我们,每一天都充满着干劲,每一天都相信有一天世界可以听到我们的歌。

我的眼泪和舞台上的四位兄弟一起洒下来。

脚步,不由自主地朝着舞台迈动。

我一边走一边把已经可以打得很笔挺、很职业的领带给扯了下来。

十

当我们垂垂老去,也依然弹得动年少的那把吉他。

寻找刀倾城

文/原晓 图/德塔

只要棋道还在时光里流传,只要还有人愿意在棋盘两旁分枰而坐,就一定有一位"刀倾城"。

一

　　张水水对自己的名字感到很无语。她外公是个死忠棋迷，一直致力于为新中国培养第N代国手，女儿尚名棋胜，反观孙女名字水水，意为一生壮志付诸流水。

　　张水水十岁以前，父母都在B市任教，把她扔给A市的外公照管。中国之大，A市这类的二线城市数不胜数，外公在这个小城市的小角落里开了一家毫不起眼的退休职工棋牌娱乐室。青砖墙爬山虎，大鱼缸肥鲤鱼，在自家小院里摆了几张方桌竹椅，卖点菊花茶收打牌的茶钱，兼顾和几位老棋友每天下棋自娱自乐。张妈定期从B市寄生活费过来，加上外公的每月退休金，日子过得还算平稳。

　　外公总是蒙蒙亮就起床，用细布把堂屋的棋桌擦拭干净，坐在窗前摆棋谱。张水水是个吃货，叼着半根油条抱着《海昌二妙集》睡眼惺忪地蹲在棋盘边认字："俺定死？"

　　外公抢过《海昌二妙集》恨铁不成钢："施定庵！"

　　彼时水水才六岁，当然不能要求她认完清代国手的名字，还要从左往右读。外公抱着家猫大黑叹气："想当年我年轻的时候，战遍A市无敌手，怎么孙女就这么不争气……"

　　外公的辉煌过去张水水无从考证，但是小学时每年暑假都会有一位客人从北京来A市专程找外公杀棋。客人年纪和外公相当，穿着整洁的中山装，看着为人严谨。即使后来外公病重时，依旧拄着拐杖非要亲自泡茶待客。

　　客人每次还带来一位小客人，大热天穿长袖，清清秀秀，人模狗样。张水水很是唾弃这种装腔作势长得好看的男生，但是每次外公都会把穿着吊带短裤嚼着泡泡糖的她扔在棋盘边，说："水水，和你师弟对一局。"

男生下棋很安静，纤长的睫毛垂下来，目光温和，手法狠辣。赢了棋不会笑，输了棋也就淡淡地拿起一颗棋子覆在棋盘上，算是投子认输。

客人领着得胜的男生到外公面前说："这是周远川，我的徒弟，培养四年了，资质还不错吧。和你家小子比怎么样？"

外公阴郁地瞟了一眼背心短裤的黑孩子张水水，愤然拍桌："我家是个闺女！"

客人不来的日子，外公常带着张水水去隔壁网吧上网下棋。老头是弈域网上小有名气的强九段棋手，ID 刀倾城，下棋条理清晰，手法狠辣，招式无赖，经常强行打入对方阵营一通乱搅，胜后扬长而去。祖孙两人合用一个 ID，杀棋到激动处，被张妈拎回家吃饭。

后来外公病逝，张水水被妈妈接回 B 市。周远川是谁？这个吃货忘掉了。

那个年头上网下棋的人很少，一个高手突然消失多少也有些引人关注。全家都忙于外公的葬礼，没有人知道有人在网络上发帖寻找"刀倾城"这个 ID，甚至还成立了倾城帮。

二

"张水水同学，你为什么不参加校围棋社活动？"问话的男生阴沉着脸靠在网吧门口，抱起手臂质问。年龄大约十七岁，黑框眼镜，额发落下来，在眉宇间投下小片阴影，使他的俊秀蒙上一层阴郁。他是 B 市一中围棋社的社长，现在屈尊去校外脏乱差、烟味缭绕的三流网吧找一名懒得报名围棋社的编外人员。

张水水泛血丝的双眼死盯着屏幕上同时展开的三张棋盘，其中一盘还是军旗，很无辜："我不记得我加入过围棋社啊？我加入的是 Kat-tun 粉丝团。"

眼镜男生皱眉："有职业棋手来围棋部下指导棋交流，只有你才撑得住场子。不过那位好不容易请来的职业棋手今天突然有事，只点评了几盘，没来得及下指导棋就走了。"

"叮咚"，耳机里响起悦耳的得胜铃声。张水水成功地把对方黑棋大龙捂死在棋盘中间，叫"眯眯眼 -QCB"的男人投子认输，并且敲出一段话："下得不错，你是职业的？"

"飞天神猪？又用男号！"眼镜男生情知请不走人，索性搬了椅子坐在旁边，凑过来看屏幕。

"刘泽，我只是不想每次赢的时候对方都说谦让女孩子而已。"张水水手指飞动，一边聊天一边继续下剩下的一盘围棋一盘军旗。这么多年，她外表已经不再是当年的野丫头了。

随着年龄的增长，皮肤变白了许多，塌鼻梁也挺秀起来，一双黑眸如果愿意的话可以顾盼生媚。长发用红蝴蝶结束在脑后，只看外表放在哪里都是文静可人、品学兼优的乖女生。

杀棋杀红眼时的状态只有校围棋部部长刘泽知道。从幼稚园同学至今，他知道水水的所有故事，张水水也不在乎自己在他面前原形毕露。

本来张水水是准备参加围棋社活动的，只是突然收到这位"眯眯眼-QCB"的挑战申请，时间刚好冲突。她是在弈域围棋网上认识眯眯眼的。弈域网是国内著名的围棋网站，高手频繁出没。这人棋风强硬，喜欢用无理手段欺负新人，被水水教训几次后老实了，经常一起下棋。不过这次眯眯眼发来的挑战申请很特别：

"飞天神猪兄你在吗？明天下午三点有重量级棋手要来B市。我想办法让他和你过两招，是男人就接下！兄弟我跟朋友下注了，一定要赢！赢了给你三千弈域币！"

弈域币是弈域围棋网的虚拟货币，使用范围很广，可以比赛时下注、下载最新棋谱、订单人对弈房间，甚至强制邀请对方下棋。

"好啊，让他放马过来。"张水水面不改色地回敲，"睁大你的眯眯眼看我怎么赢的，转我弈域币时别赖账。"

眯眯眼说的人姗姗来迟。最后一盘中，对局室里突然多出了一个ID"君临-QCB"，对局数0，注册时间在几分钟前，新手ID。张水水在弈域网上是颇有名气的强九段，700胜20负3平，围棋网排行榜前十。这个"君临-QCB"一直很安静地旁观，直到对局结束后才敲出一行字："被逼到绝境竟然能弃子杀大龙，很厉害，但如果我是白棋，绝不会给你反扑的机会。"

他随即解释："眯眯眼给了我你的ID，搜索后发现你在这间网络对局室对局，就进来了。"

张水水抱着调戏新人的态度让了他两颗子，下二十分钟一局的快棋，对方略作犹豫后接受了。

那天晚上弈域围棋网流量激增，虚拟对局室里围观群众爆满。大家都来围观排行榜第七的"飞天神猪"被一个陌生ID从九段杀到八段，从八段杀到七段，跌出排行榜以外。

"呜呜呜，墙倒众人推，鼓破万人捶，那个该死的眯眯眼……"张水水用刘泽的衬衫蹭眼泪，"哼，反正是个男号，谁知道我是谁。"

刘泽冷着脸帮败家犬付了网费，买了葡萄味QQ糖安慰，忽然顿住："我知道。"

他伸出一只手，似乎想摸摸败家犬的头，悬在半空中又收了回来，叹口气："早知道你今天就别来了。围棋社请到的是中国棋院最年轻的职业棋手周远川,去年棋赛新人王,我以为你会感兴趣。"

"名字很耳熟,好像在哪里听到过。"张水水努力回忆。

"经常上围棋杂志,你当然会觉得耳熟。"刘泽说。

三

一辆黑色接待用奥迪A6在B市围棋协会古色古香的办公楼外停下,接待人员毕恭毕敬地拉开车前座门。

下车的却只是一位穿着严谨黑西装、打着领带的少年。

少年眉目清秀,神情安静,有一双清冷锐利的眼睛。他仰起头打量大楼,然后径直进了宽敞明亮的前厅。B市只是二线城市,围棋协会实力不强,因此每一个来访的职业棋手都受到高度重视。一个胖子从暗处冲出来,热情拥抱,被少年嫌弃地避开后热情度不减:"周二段你可来了!快来,这边走,这就是我遇到的弈域网高手!"

胖子穿着棕黄色维尼熊套头衫,年纪十八九岁,满脸堆笑,赘肉把眼睛挤成眯眯眼,显得憨态可掬。眯眯眼把周远川拉进会长办公室,办公室里空无一人,只有台式电脑的屏幕亮着光。一盘正在对弈的围棋在屏幕上徐徐进行,清脆的落子声从音响里传出来。

周远川低头看屏幕,片刻挑眉:"这就是你让我推了学校指导棋赶过来见的高手?"

"难得你来一次B市,平时都在北京棋院窝着嘛!为了说动这人对局,兄弟我悬赏了三千弈域币!"

"他有可能是刀倾城?"

"对一局就知道了。"

胖子叫吴越,B市围棋协会会长家公子,理工大学一年级,业余高段棋手。他平时除了校际比赛和炫技泡妞就是蹲守在几大围棋网上。最近嫌弃大学围棋联赛选手水平菜,连续旷赛几场,人生更显无聊。所有人都知道他是网络围棋门派倾城帮的副帮主,网名"眯眯眼-QCB",但很少有人知道倾城帮的真正BOSS其实是位职业二段棋手,叫周远川。

网络围棋帮派林立,宗义繁多,据说这个帮派建立的初衷只为了找一个人——刀倾城。

一个跨越业余棋手和职业棋手天堑的传奇人物。

棋坛有个说法,不管如何努力,业余棋手和职业棋手永远隔着一条鸿沟。业余棋手中的天才与中低段职业棋手对弈,如果不接受让子,通常只能败北。然而七年前,网络围棋

初兴阶段，忽然出现一名业余棋手，杀翻了来弈域网踢馆的韩国棋手。对局一天三场，三倍积分赌注，十天以后对方在弈域网由九段降到了三段——后来传出，这位棋手是韩国职业棋手李朴元七段。

刀倾城这个ID从此声名大振。

有人详细调查了这个ID，发现他的对局输棋记录几乎为零，从来不在聊天室说话，也不回答对手提问——只落子下棋，偶尔耍耍小赖皮。有人猜他是职业棋手，但更多的人猜他是跨越鸿沟的业余棋手。普通的职业棋手不会一天到晚有时间上网，输了还要耍赖。

然而两年后，这个ID神秘失踪了，从此再也没有出现。

周远川端起胖子泡的茶，抿了一口，注册了一个新ID，向对方发起对局申请。胖子端着茶杯在身后观战。

片刻。

"靠，老大你有没有下限，竟然接受业余棋手让两子……"

周远川沉吟："因为对方很强。"

"哦霍霍霍，飞天神猪输了！"

"又输了，太解气了！"

"我就知道他赢不了！"

"靠……难道我看人失误，其实他很弱？！"

"不，他很强。第一盘棋是轻敌，让了我两枚子。第二盘棋在调整思路，中盘差点被他反扑翻盘。第三盘棋应该是失误……最后几盘纯粹是自暴自弃乱下一气。"

周远川迅速点开"飞天神猪"的对局记录："和我下棋之前，已经连续下了二十三盘……有好几盘是同时进行的。他的思维已经很疲乏了，而我还处于清醒状态。"

叮咚一声，他发出邀请：

君临-QCB请求加飞天神猪为好友。

四

B市第一中学高中部放学，穿着浅粉色淑女连衣裙的张水水挤出校门口汹涌的学生流，理了理凌乱的长发，小猫一样东西各瞄一眼，轻巧地拐进小巷子里招牌肮脏的网吧。劣质香烟，吃到一半的盒饭，未成年人可以上网，最重要的是网费一块钱一小时。

她轻车熟路地登录弈域围棋网，查看踢馆信息。五万弈域币就可以发布挑战申请，挑战对象可以是任何人。水水很喜欢围观这类挑战。

好友栏正好亮着。君临-QCB发来一条信息："陪我下一盘棋？你的棋风很熟悉，像以前见过。"

"死开！"张水水含泪敲回去，"我不要再降级了！伤不起了！"

"你上次发挥不好，连续下了一整天很疲惫。我们可以重新来。"

"你看上去心情非常不好。被女朋友甩了吗？"

"对了，飞天神猪，你有女朋友吗？"

自从上次一战之后，君临-QCB加了张水水好友，常常找她切磋。水水本想翻盘，奈何君临棋风冷静精确，工于计算，她输多赢少，一路降段，最后愤然把君临加了黑名单。拉黑后第二天，君临竟然又出现在了她的好友栏里，头像金光闪闪，赫然挂了弈域管理员的名号，再也拉黑不掉了。

张水水只好逆来顺受地习惯了君临的存在，有时候还和他聊聊天。

"你一直在网上下棋，不去围棋社什么的吗？"

"我是在电脑上学会围棋的，反而不习惯和人正正规规坐在棋盘前对弈了。教我下棋的人很厉害，找不到对手时常常在网上找棋友。"张水水叹了口气，"小时候倒经常和一个小男生下棋，对方和我差不多年龄，拿起棋子时总冷着一张脸，可欠揍了。最可恶的是他还总赢我。"

"这种人应该人道毁灭。"君临冷静地附和。

他猛然问："你认识'刀倾城'吗？"

刀倾城这个名字如同闪电，当空劈下。

水水犹豫片刻，慢慢打字："所有人都认识啊！网上很多人在找他，说他是站在业余棋手巅峰的人。对了，你名字后面的QCB是倾城帮的意思吗？听说这个围棋帮派是由纯业余棋手组织的，和刀倾城当年一样，专门接外国网络棋手在弈域踢馆的单，有时候也去国外网站上踢人家的场子，可牛了。我看过好几局你们血战韩国日本棋手的棋局，很漂亮。据说你们一直在找一个人——当年传说中的刀倾城。"

水水知道刀倾城在网络上的地位。她从来不主动说起自己的外公，如果被问到刀倾城有没有徒弟，她会和其他人一样说不知道。刘泽曾经问过她为什么，水水摇摇头，眼睛慢慢眯起来，笑笑："我当年没有认真向外公学围棋，现在只能算下得不错，远远没有资格做刀倾城的弟子。况且外公的ID在网上是一个神话，业余棋手可以达到职业高段的神话。神话只有未知，才最美。"

君临好像突然有事，没有回应，片刻后才敲回冷静的四个字："谢谢表扬。"

弈域网置顶的踢馆信息栏里忽然亮出公告:"倾城帮强制接受东京浪人会的挑战申请。对局时间现在,棋手安排如下:君临-QCB vs 鬼做左,眯眯眼-QCB vs 上川猛虎,Steve-QCB vs 杀生关白。对战即刻开始。"

早些年,很多韩日甚至欧洲业余棋手以在弈域网上战胜中国棋手的成绩为傲,简称踢馆。刀倾城出现以后,因为他的胜率太高,碰了一鼻子灰的外国棋手就渐渐不敢再来。最近两年,高手难觅,踢馆的风气又兴起了。弈域网接受踢馆,规则是只要你出足够多的弈域币,可以强制对方团体接受己方挑战申请,甚至可以指定对手。申请发出以后,最后一名参赛棋手上线的那一刻,变态系统会强制发布对局信息,分发对局室。如果被强制参赛那一方拒绝参赛,会算发起方挑战成功,并且一直记录在团队信息里面。

东京浪人会是一个纯业余棋手组成的日本网络围棋团体,成员网名一律取的日本战国时期武将的称号,并且在中日韩几大围棋网站上都注册了社团,据说只和高手交手。他们在韩国主流棋牌网上的胜率很高,最近来中国这边转悠。倾城帮接到过几次约战没有理会,这次对方用五万弈域币强制发起挑战申请,明显是来踢馆的。难怪君临很久没回应聊天。

张水水决定立刻围观战况,移动鼠标点进对局室。

"叮咚!您的权限不够观战嘉宾权限!"

呜呜,竟然不让围观……

水水在弈域网的 ID 不止这一个。她翻出使用多年的笔记本,一个一个账号依次登录,依然没有权限。水水叹了口气,只好看有权限的人在外围聊天室转播战况。

"那个叫 Steve 的人太强了,倾城帮怎么会有这么厉害的角色?"

"你们不知道倾城帮三大王牌?君临、眯眯眼和 Steve。Steve 太低调了,很多人都不知道。据说连副帮主眯眯眼-QCB 和他下棋,都要被让一子呢!"

"不过君临更厉害啦!我见过他和飞天神猪的对局,打得人家直降三段!"

"(弱弱地说)君临好像要输了……"

君临要输了?!君临怎么可能随随便便就输?她明白这位对手的实力,沉着、冷静、不动声色。对局时他甚至为了照顾水水的心情,在赢定的局面下主动申请和棋——这样水水的积分才不至于降得太厉害。这个人从来不把输赢放在心上,因为没有人能够赢过他。

可是有人说,君临要输……

水水愣了愣,怀疑自己看错了。旧笔记本上还剩下最后一个强九段 ID。她咬了咬下唇,慢慢输入,点击登录。

"叮！ID刀倾城进入对局室。"

进去了——这个ID有弈域网绝大部分的高级权限。

她以为对局室里满满都是人，进去以后发现竟然只有不超过十位在线嘉宾。除去执棋的两位，剩下无一例外都是各个围棋网上有历史有故事的大手，并且在热烈讨论。刀倾城进去以后，本来不停刷屏的对局室突然静默了。

片刻后，弈域网所有管理员同时登录上线，跟踪锁定同一个ID信息——刀倾城。

对局室里终于有位大手打出一行字："天哪，我要截图留念！"

水水没有注意左下角的对话栏，只看棋盘。

她想看看赢了自己的人是怎样输的，却发现——棋盘上空无一子。

执黑棋的君临没有落子。

君临没有落子，对方也很有耐心地等。水水暗自着急，时间一分一秒地过去了，再这样下去君临会输。他全胜的对局记录上会写上第一个"负"！对局时间是两小时，现在已经过了四十分钟，水水差点想卷起袖子亲自上阵。

"叮咚！挑战发起方使用五千弈域币改换对手。"

看来日本友人终于等不起了，要更换比赛对象。只要在倾城帮内部，任何人都可以。

"白方鬼做左强制更改对手——刀倾城！"

五

外围对局室已经沸腾了。

"真的是刀倾城？！黑客盗号吧？"

"一定是我打开电脑的方式不对！"

"靠，今天出门时捡到五分钱，我就知道今天会有奇迹发生！"

周远川在北京棋院某间安静的网络对局室里，怔怔地盯着电脑屏幕。手边的电话震天响，接起来是吴越激动的喘息："老大，你看到了吗？！这个刀倾城是真的还是假的？他怎么会在我们帮派？！"

"我查过了，是正常登录。哦，是我用管理员权限把他加入倾城帮的——刀倾城怎么能不属于倾城帮？"周远川理所当然，"可是为什么他不落子？"

"老大您也没落子哟！"

"这是业余棋手之间的对局,我是职业棋手,落子就胜之不武了。"

"切,打小日本还管胜得武不武?Steve马上要赢了,一会儿我也拿下这盘,你和刀倾城谁也不落子没有关系,三比二一样赢给群众看!"

"再不挂电话这盘棋你就输了。"周远川瞟了一眼眯眯眼的对局,单击退出,敲出一条私信:前辈您好,在下不才,恳请指教一盘棋。

他长久地坐着,直到树影透过夕阳染红眼前笔记本的屏幕,才叹了一口气。私信栏里刀倾城的头像始终是灰色的——他没有回复。

张水水最终逃出网吧,冲向旁边的奶茶店。她本来只想偷偷登录,混在人群中,没想到引起这么大的轰动。登录之后不到五分钟,浏览器直接被确认身份和粉丝表白的私信挤崩溃了,更不要说接受挑战下棋。

网吧人很多,她还没挤到门口,忽然看见刘泽。三好学生品学兼优的刘社长竟然屈尊降临网吧,水水觉得很神奇。她看刘泽时,刘泽也看到了她,深黑色的眼睛眯起来,脸上挂着笑容,退出网络向这边走来。

"你登录了你外公的ID?"

"只是想进对局室看看君临-QCB的对局。想不通杀得我这么惨的人怎么会输……谁知道他根本没落子……"水水站在奶茶店外,咬着吸管,手指在奶茶纸杯上画圈圈,"才登录就被挤掉线了。"

"所以你逃出来了。"刘泽冷笑,"临阵逃脱是你的特技。上次周远川二段来下指导棋,你逃得比现在还快。"

"你看了对局?"

"Steve赢了,眯眯眼大意失荆州,刀倾城因为没有落子而超时判负。东京浪人会的胜利记录会在倾城帮的帮派资料里保留三个月。"

奶茶凉了,捧着奶茶的女孩却一口都没有喝。她坐在街道边红砖砌成的花坛边缘,粉色连衣裙下嫩白的小腿耷拉着,毫无意义地晃来晃去。格子衬衫的男生沉默地站在她身旁。

"如果我接过那场对局,能够勉强赢那位日本棋手,但是会毁掉刀倾城这个神话。人们看了我的棋谱后会说,原来当年的刀倾城,现在也不过如此啊!"女孩的声音低不可闻,"外公希望我在围棋上走到更远的地方,可是我让他失望了。"

男生抬起手臂,似乎想安慰她。他的手最终只是轻轻划过,隔着空气,摸了摸女孩落在肩膀上柔顺而笔直的长发。他转过目光,发现花坛里明黄色的迎春花开得正耀眼。

六

与东京浪人会的一战网络上传得沸沸扬扬，甚至上了一些小报。让人奇怪的是，倾城帮和浪人会都对对局结果保持沉默。浪人会保持沉默是理所当然的，毕竟决胜的那一盘棋不管是君临还是刀倾城都没有落子。东京浪人会可以通过弈域网的规则强制君临接受对局邀请，可是君临竟然懒得落子。无视就是最大的蔑视，东京浪人会赢得格外掉价，自然不好宣扬。水水问君临为什么不评价，君临很冷漠："没有兴趣。"

真正让网络沸腾的是——刀倾城重出江湖。

虽然他从头到尾没有说一句话，落一颗子，可是这个ID确实被登录了。就好比只存在于传说中的世外高人忽然出现在闹市，虽然他什么也没做，也足够激起人们求仙问道的激情。

水水知道，君临感兴趣的是刀倾城。

倾城帮有一个QQ群，水水光荣地被邀请加入。进入时群内正在讨论事情。那时君临-QCB的ID已经正式加上帮主的头衔。

群众在很激动地讨论刀倾城是谁。有人说他是因病退赛的职业高段棋手，有人说他是当初围棋学校的院生，有人发誓这就是某著名棋手的马甲。

"我可能知道他是谁。"一向沉默的君临突然开口。

"刀倾城的每一张棋谱我都看过，棋风奇诡多变，琢磨不透。他会在气氛严肃的棋局里厚着脸皮要求悔棋，也在很多平常对局中展现了棋手的风骨。我问过职业棋坛的前辈，很多人好奇他是谁，没有人知道他是谁，也猜不出他师出何门——除了我师父。"君临-QCB在说话，"我的师父是北京棋院的高段棋手，有一位没有进职业棋坛的师弟。每年夏天师父都带我去一座小城找师叔下棋。后来刀倾城名声大起时，我去师父家把棋谱给他看。师父当时就笑了，到客厅打了一个电话。具体内容我不知道，但是我确定电话一定是打给他师弟的。"

眯眯眼嚎叫："你认为刀倾城是你师父的师弟？！不可能！你师父可是棋坛泰斗——"

他的话才打到一半，便被另一个成员用兔斯基刷屏利器刷掉："敢揭老大的底，不想活了！"

君临的字安静地浮现在显示屏上："我叫周远川，职业二段。抱歉一直保密，毕竟倾城帮是业余棋手的联盟，帮主是职业棋手听上去有点怪。"

眯眯眼嚎叫："我们的目标是干翻所有职业棋手！"

君临对眯眯眼设置"禁言":"飞天神猪,我刚才是在对你说话。为什么不回复我?"

水水觉得世界不真实了。她终于想起周远川这个名字在哪里听过——很多年前的小院子,青水缸肥鲤鱼,和那个从北京来的小男生。

清清秀秀,人模狗样,棋盘上冷静地把她欺负到哭。

不仅如此,他早已猜到刀倾城是谁,并且知道外公已在九十年代的某个夏天病逝。因为从那年以后,穿中山装的客人再也没有带小男生来过 A 市。记忆中的小院爬满青苔,早上淡蓝色的天光依旧透过高大笔直的桂花树落在石棋盘上,只是再也找不到分枰而坐的弈者。

一瞬间水水觉得内心某个部位被蜇了一下。

外公曾说,围棋是棋手生命的一部分。你可以不进入职业棋坛,也可以寓居一方小院,你甚至可能察觉不到,但是它一定是你生命中的一部分。

当水水终于察觉到时,童年的对手已经在同一条路上走到遥不可及的远方。

既然周远川猜到了刀倾城是谁,那么他和倾城帮在找的"刀倾城",到底是谁呢?

"我在听。"水水说。

"你的棋风和我小时候某位朋友很像,也和刀倾城很像。"

水水几乎能够想象出,网络对面电脑面前,已然长大的小男生嘴角带笑的样子。

这个问题直指水水,谁也没想到回答的人是 Steve。印象中这个人沉默冷静,只赢棋不说话。他突然开口:

"君临,你错觉了。"

说完后 QQ 头像就灰暗下去。

水水跟刘泽哭诉:"我怎么就这么衰……小时候被欺负,现在又被同一个人杀到连掉三级……呜呜呜,上帝把他的快乐建立在我的悲伤上!"

刘泽扯了扯嘴角,勉强安慰:"谁叫你逞强用男号。"

"差点就爆马甲了!幸好他不知道是我。不然丢人丢大了……"

这次会面,家境优良的刘少爷掏钱,地点就定在了格调高雅、光线暧昧的带 WIFI 咖啡厅。刘泽打开笔记本,手指划过屏幕,最后停在了飘红公告区上:

飞天神猪强制挑战东京浪人会会长鬼做左,三局两胜。时间定于 5 月 17 日 9:30 分。届时鬼做左如放弃对弈,系统将自动判负,记录将存档三个月。此挑战耗费飞天神猪弈域币 1000……

"由挑战方约定时间地点的强制对局很贵。"刘泽数了数跟在后面的 0:"一百万弈域币，如果去游戏网卖掉兑换现实货币，这不是一笔小数字——不管输还是赢，你现在一贫如洗了。"

对面的女生手撑着头，侧过脸，目光落在窗外。湛蓝的天空上漂浮着初夏时节一朵一朵的白色云彩。她的声音很轻，仿佛一不小心就会融化在午后的微风里。

"那天你说得对，我不能一直逃跑。围棋是一项脆弱而优雅的艺术。它脆弱，是因为会下棋的人日渐稀少。当最后一位棋手像外公一样作古时，围棋将变成博物馆里的一具尸体。它优雅，在于悄然成为时光的一部分，成为生活的一部分。凡是下过围棋的人，待人处事有进有退，知道轻重缓急，再落魄也有气节和傲骨。因脆弱而美，因优雅而在时间中流传下来。你可以不下棋，但不能逃避以棋手的眼睛来看这个世界。我只是突然想正视这件事，以刀倾城徒弟的身份，将那天的棋重新下一次。也许做不到周远川那么好，但是我会认真努力。"

刘泽看着面前的女孩睫毛垂下来，轻轻叹息时的样子，忽然有点移不开目光。

"不，你做得很好。"他说。

棋道的传承，不一定是在职业棋坛。不管是网络上的虚拟挑战，还是职业赛事中的针锋相对，不管是潜于草莽还是高居庙堂，只要你还拿黑白棋子，棋道就会通过你一直传承下去。

不过还是和小时候一样逞强啊。女生要温柔一点才可爱，有人对你这样说过吗？

刘泽本想这样说，最终却只是温和无奈地笑了笑。

谈话期间，弈域网发布了第二条红字消息：

君临-QCB 加入飞天神猪与东京浪人会的对局，新增对局对象：君临-QCB vs 上川猛虎。此次改变对局格局耗费君临-QCB 一千万弈域币。

"看来不止你一个人一贫如洗了。"刘泽评价道，"周远川那个可是新号。"

倾城帮 QQ 群里，眯眯眼哭喊："老大，你不能转走我一千万弈域币啊！我攒了三年啊！"

片刻后，他被群主禁言了。

"我会还的。"周远川失笑，退出手机 wifi，淡定地合上翻盖，继续他在某围棋学校的

指导棋。

没有人注意，晚上十二点以后，网络流量最小的时候，这条系统信息再次改变：

新增对局，Steve-QCB vs 杀生关白，此次改变对局格局，耗费 Steve-QCB 一千万弈域币。

刘泽看着急剧减少的账户，无奈地敲了敲额头。

七

5月17日的早上是个雨天，大雨倾盆而下，隐隐带着雷声。水水怕冷，拿手挡在头顶上冲进常去的网吧，急冲冲地找位置坐下。老板娘在收银台边皱眉："巴掌大点，能遮屁雨啊？小姑娘你的雨伞呢？"

"半路遇到邻居老奶奶，给她了。"

"珍稀动物。"老板娘褒扬。

"一贯如此。"有人在背后笑着附和。

刘泽绕过老板娘，选了一个离水水稍远的位置，坐下来。从这个角度他可以很好地看到张水水，而水水却不容易看到他。他轻车熟路地登录弈域围棋网的 Steve 账号，进入对局室。对局室里观战棋迷的列表已经拉不到尽头。

据说飞天神猪加入了倾城帮，入帮后第一件事就是向东京浪人会发起单独挑战。君临-QCB 和 Steve 的相继加入让这场单挑白热化。

最让网友惊奇的是，飞天神猪一向空白的头衔栏忽然多了一行小字：刀倾城弟子。

短短五个字，让棋友沸腾了。

这么多年，关于刀倾城的传说很多，但是没有人真正和他说过话，更别说认识他——现在突然出现一位"徒弟"！而且是前排行榜上的高手！

有人立刻质疑："飞天神猪要真是刀倾城的弟子，哥把马桶吃下去。"

"他是很厉害，但是才被君临打到降段嘛！同赌吃马桶。"

"马桶+3。"

聊天室里，有位排行榜上的高手悠然抛出链接："鄙人淘宝网店，可定做巧克力马桶。现在订7折哦亲~"马上有人问他为什么这么确定飞天神猪是刀倾城的弟子，他笑得高深莫测，"我朋友前几日用弈域网管理员的账号查过，那天刀倾城登录时的IP地址，和飞天神猪的一模一样。"他随即轻点鼠标，在惊叹声中押了十万弈域币赌飞天神猪赢。

鬼做左在棋盘上摆了双数棋子，水水猜的单数，因此执白棋。

片刻后，日本人在对话栏里打出一句话："阁下想必知道，鄙人，执黑棋先行时的胜率有百分之七十。"

水水想了想："我很荣幸加入剩下的百分之三十。"

鬼做左棋风狠辣，黑棋如长虹贯日，生生撕裂白棋在中央的防线。逢劫必应，确实有战国武将的风范。棋行一半，君临-QCB 的 QQ 头像闪烁，点开只有一句话："别紧张，我陪在你左边。"

他气定神闲，竟然能分得出心思看自己的棋，还能发现她在紧张，顺便安慰一句。

水水切换窗口看他的棋盘。周远川的黑棋冷静、优雅、从容。他仿佛是小说里的绝世杀手，风轻云淡之间，就能把棋子轻轻落在你的死穴上。网名上川猛虎的棋手最开始还质问他上一次约战为什么要做不战而败的懦夫，后来沉默了，对话框里只剩一片空白。

他终于发现，不是对方胆小，而是自己不够做他对手的资格。

在凶残师弟的激励下，水水奋发了。

鬼做左的黑棋越是剑拔弩张，水水越是温和细密，越是虚张声势，水水越是沉稳安然。她擅长借力打力，声东击西。白棋就像一只白鸟，当危险逼近时，轻灵一转身，毫发无伤地跳出包围圈。鬼做左起初落子极快，渐渐地他需要思考了，后来很简单的地方都陷入长考。

聊天室里有人问："黑棋二路拆开就安全了，真搞不懂小日本在犹豫什么！"

"你不懂，黑棋吃了飞天神猪几次大亏，现在每下一步都小心翼翼，生怕又被蒙了——哎，这种行为本身就是被忽悠的表现。"

当黑棋发现冲动会暴露出弱点时，白棋已经悄无声息地形成了一个天网。天网恢恢，疏而不漏。

"执白的情况下胜三目半，很漂亮。我不知道你这么能蒙人，这点和刀倾城倒很像。"君临-QCB 评价："不过你收官时反应迟钝了。"

"早上出门淋了雨，有点头痛。"水水想了想，补充道，"不是特别痛。"

她没有注意到自己双颊变得苍白，又重新染上绯红，大脑渐渐沉重起来，越来越不听使唤。

是的，水水同学感冒了。

低段棋手不明白，高手却一目了然。第二盘棋布局时飞天神猪的开局很占优势，到中盘时棋形却已然崩溃。接连不断的错着和漏算已经到了非常明显的地步。

张水水咬着下唇，努力把注意力集中到屏幕上，没有注意旁边有人递来一杯热水。

水温在适宜的七十度，喝下去后浑身舒服多了。眼皮渐渐变得很沉重，屏幕上只剩黑

白色重影……

现在连菜鸟都看得出来不对劲。聊天室里一团乱麻。

"飞天神猪怎么突然不下了？"

"上一局明明赢得不错，这一局竟然大失水准……"

"因为怕输棋，所以耍赖吗？"

君临的 QQ 头像闪烁起来："张水水，你怎么了？！回复我！"

不管人们问什么，女孩已然靠在网吧转椅上睡着了，眉头蹙起，长发遮住半边脸，仿佛试图在梦里扭转对局的劣势。脆弱的样子，像一只轻飘飘的蝴蝶。

清瘦的男生收走了她手边盛感冒冲剂的纸杯，轻轻理了理她凌乱的长发。他的短袖格子衬衫在冲进雨幕买感冒药时淋湿了，贴在身上。

伸出手，迟疑片刻，终于摸了摸女孩的头顶。温暖的掌心在那里停留了一小会儿。感冒冲剂有助眠作用，女孩的呼吸安宁又平稳。

空气里突然响起一段悠扬的乐曲。刘泽皱了皱眉头，轻巧的接起张水水放在桌上的手机。

"水水，我是周远川，你怎么了？！快回话！"电话那头的男生没有掩饰自己的紧张。

轻微的电波声后，终于有了回应。

刘泽轻笑："君临，我是 Steve。水水不舒服，现在在休息，别打扰她。哦对了，原来周二段早就知道她是谁。"

沉默片刻。

"我当然知道她是谁。我是弈域网管理员，查了刀倾城出现那天的记录。那个 ID 下线三秒钟后，她的 ID 就上线了。两个人的 IP 地址一模一样。我能猜到刀倾城是谁，所以也能猜到飞天神猪是谁——小学就认识，这么多年，她的棋风没变。"

"性格也没变，我们幼稚园时认识的，又倔强又要强。"刘泽赞同。

"女孩子要温柔一点才可爱。"

"我可以等。"刘泽笑道。

他随即掐了电话，向熟睡中的少女俯下身，仿佛耳语一般："有时候依靠别人，并不是件坏事。"

Steve 的 ID 退出了自己正在进行的第二局对局，系统自动判负。片刻后，飞天神猪重新活动起来。他投子认输，然后开始第三盘决胜局。

刘泽安静地坐在张水水旁边，轻移鼠标，冷静沉着。网吧里人来人往，而这位执棋子的少年，却仿佛隔离了人间烟火，身在别处。

系统终于跳出提示音：

叮咚，飞天神猪三局两胜战胜鬼做左。本次挑战结果，飞天神猪三比二胜鬼做左，君临-QCB 胜上川猛虎，Steve 弃权负杀生关白，倾城帮获得此次挑战的胜利！

刘泽长舒了一口气，侧身看睡梦中的女孩。女孩在梦里似乎也赢了棋，嘴角微微翘起，甜美安静，一如多年来从她身边流淌而过的时光。

一直这样下去，也不错，他想。

八

周远川看着被挂断的手机，面无表情。眯眯眼正好去北京办事，蹲在北京棋院网络对弈室里一边啃着烧饼一边在一旁观战，问："老大，您放弃了？小的上刀山下火海要到电话号码多不容易啊！"

周远川抿了抿手边的铁观音，轻声道："怎么可能？这是我同门师姐，Steve 可以等，我当然也可以。"

他想了想，弯起眼睛："我可以等得比他更久。"

在那之前，我要走到棋道上更远的地方。

QQ 群里有人问："老大您不是不跟业余棋手分先下棋吗？"

"BOSS 的师姐就是我们的师姐！这次是帮师姐的忙，另当别论！"眯眯眼喝退不知好歹的小朋友，小心翼翼地问："刀倾城真是您的师叔？"

周远川笑笑，没在 QQ 群上回复。他破天荒戳戳眯眯眼肉嘟嘟的脸，又指了指弈域网对弈室的 ID："刀倾城只是一个代号，可能是你，可能是 Steve，可能是任何超越业余棋手和职业棋手天堑的人。当然，我认为最可能的，是张水水。他是谁不重要，重要的是我们要寻找。延续刀倾城这个神话，不是我们倾城帮一直努力的宗旨吗？"

眯眯眼摸摸被戳痛的肉脸，想扑进 QQ 群抗议，发现自己已经被有先见之明的 BOSS 禁言了。他只好委屈地扭过头，正好看见五月间窗外耀眼的阳光。阳光透过玻璃窗，铺满半间对局室。

他忽然想明年再回到大学联赛赛场上，正正经经和对手分枰而坐，执子下棋。

"只要棋道还在时光里流传，只要还有人愿意在棋盘两旁分枰而坐，就一定有一位"刀

倾城"。他是草芥，是大众，是鸿沟的跨越者，也是棋艺真正的传承者。如果有一天，我们真的再也找不到刀倾城，围棋这项脆弱而优雅的技艺就将真的埋没在时光里了。

我想正因为如此，才有无数热爱它的人在寻找"刀倾城"。也有无数热爱它的人，在努力成为"刀倾城"。

我也许成不了刀倾城，但希望能离它近那么小小的一步。

PS：七夕收到巧克力，卡片上署名 Steve。我去围棋社问刘泽认识这人吗，刘少爷冷着脸似乎很不开心。"

——摘自　张水水日记

但丁堂旧物志

文/苏盈　图/陈柘

方寸之地的小店，却可以看尽人生百态。

本店不接受现金，不可刷卡，一切商品均采取以物易物形式交易。

——但丁堂启

一

简真出院的时候，高考已经结束了。一切都结束了，人生已经到此为止，刚满18岁的这个夏天，简真同时失去了梦想和未来。

南方的夏天，暴雨总是来得十分突然，晴朗的白天瞬间黑得像七八点的夜晚，雷声隆隆的暗沉天空，就好像他此刻的心情，随之而来的雨水和冷风让他刚刚痊愈的膝盖隐隐作痛。

怀着悲伤的心情淋雨是电视或小说里才有的矫情行为，简真加快脚步钻到老街特有的骑楼建筑群下。他家住在老城区，这里是他以前上下学的必经之路。那时候他和宋其言每天都会一起走这条路回学校，宋其言是他的死党，他们一起在校队打篮球，他们有一样的梦想、共同的目标：带着校队一起打进全国赛。

他在半决赛前受了伤，等他伤好出院，校队输了比赛，他也错过了高考。家里也是一片愁云惨淡，他是单亲家庭，每天回家简真都会看到头发斑白的父亲一根接着一根地抽烟。晚上，他把自己关在房间里，听着父亲悄悄挨个给亲戚朋友打电话，低声下气地求助，他把耳朵压在枕头下，假装自己什么都不知道。

受伤的膝盖又抽痛起来，他不能再想了，因为一切都结束了。就好像这条老街一样，前后都成了住宅区和商业区，只有这短短的几百米老时光被保留了下来。残破的绘花地砖，陈旧的木头窗棂，用不了多久，也会消失在时代发展的洪流之中。

简真还记得老街旧日的繁华，昔日的热闹店铺现在大部分出租给商业区做仓库，冰冷的卷闸门常年锁闭，早已失去了老街特有的风情，变得低廉庸俗。有消息说，有地产商想买下这块地来建一个大型商城。

唯独有一家店，数十年如一日地经营着，那就是但丁堂，看着不是什么赚钱的生意，却一直以来盘踞着这个小小的店面。简真以前经过都没想过要进去看看，但丁堂从外面看着像一家精品店，橱窗的位置放着一个木做的货架，上面都是些乱七八糟的东西，杂乱无章，不熟悉的人经过，根本不知道是卖什么的。

门是往左推开的，为了方便客人进出，特地敞开了一点。简真走进去，看到的几乎都是木头的货架，有点像书店的陈列，只是这些货架上放的都是各种各样的旧东西，模型、帽子、书刊、时钟、台灯……总之什么都有，看不出有什么规律，大概也只有"不值钱"这一点是共同的吧。

古老物品能卖得起高价的只有古董，简真知道一家叫"雨花堂"的古董店，名气非常大，全国好几个省会都有分店，总店则位于本市最昂贵的地段之上，坐拥一栋数百平方米的独立店面，据说最近还把业务拓展到了海外。

而但丁堂作为一家店铺，面积实在有点小，货架以外的地方也堆放着很多东西，于是便显得更加狭小，但好在骑楼建筑挑高了天花，才不至于太过压迫。天花板上垂着一盏枝型吊灯，由十几朵淡粉色的牵牛花组成，外形优雅高贵，灯光柔和温暖，简直像放错了场合。

"欢、欢迎光临，随便看看……哎哟！"说话的是店主，她坐在店铺最里面的小柜台后，是个初中生似的少女，戴着很大的圆片眼镜，梳着两根麻花辫，看起来迷迷糊糊的，一副很好欺负的软糯模样。

她因为急着从柜台后出来，被地上的杂物绊了一脚，哎哟哎哟地跳了几步，才扶着一个货架站稳了，而货架因此摇晃了起来，看起来就让人觉得十分危险。

少女店主一边摸着头上被撞出来的包，一边笑眯眯地问："客人，有东西要交换吗？"

也许是简真眼里露出的疑惑，少女店主热情地解说起来："有不想要或者暂时不用的东西，都可以拿到店里，然后从这里拿走一样价值相当的东西，这就是但丁堂的旧物交换，不过不可以做违法的行为！还有，如果日后想把东西拿回去，只需要再来进行交换就可以了，当然，前提是那个东西还在啦。"少女店主拍着胸口，十分自豪，"你要交换的是什么呢？"

"我。"简真说，他此时此刻最不想要的，莫过于自己的人生了，"可以吗？"

少女店主扶了扶滑下的眼镜，镜片后圆圆的眼睛眨了眨，然后点了点头，道："可以啊，

但你现在没找到想交换的东西对吧？我这就给你开个收据，稍等哦——"

咦，她是不是接受得有点太快？说完之后连简真自己都觉得十分难为情，他本意是想为难一下对方，结果他居然就这样把自己卖了？而且连一毛钱都不值！

在他纠结的时候，店主已经写好了收据。所谓的收据是一张卡通便签纸，粉红色，上面印着会变身的魔法少女，内容是用水彩笔写的，她的字写得跟小孩子似的，歪歪扭扭，最下面还签着她的大名——乔科。

简真像个傻瓜一样，拿着一张弱智的便签条，愣兮兮地杵在店里。

现在是要怎样？拿个货架把我摆起来吗？

"嗯，我没有这么大的货架呢。"乔科认认真真地烦恼起来。简真才知道自己下意识把心里话说出来了。

"有了！"乔科一拍手，"开店的时候你就过来坐着吧，不过到了关店的时间你就要回家去，店里空间很小，不负责保管的。"

简真开始了在但丁堂"寄卖"的日子。简真身高一米八三，是篮球队的主力前锋，身材十分高挑结实。但丁堂空间有限，到处都是杂物，他只能窝在柜台旁边的一只木箱上，缩手缩脚地坐着，像一只委屈的金毛犬。

乔科有想过给他挂个"待售"的牌子，被简真婉言拒绝了。乔科说自己今年就要十九岁了，简真怀疑她谎报年龄，要不然她那张娃娃脸也太过逆天了。

本以为这样的店一定十分冷清，但几天下来，客人却出乎他意料的多。第一次来的客人，乔科都会认真地替他们解释但丁堂的规矩，大部分人都只是觉得滑稽好笑，但也有认真思索，过一段时间后，真的拿东西来交换的客人。

刚刚的客人是个儒雅的中年男人，用一双高级的真皮皮鞋，换了一顶破旧的牛仔帽，唯一能让这顶帽子看起来高档一点的地方，也就只有上面那个黄铜的六芒星徽章。男人说自己小时候的梦想是当一个潇洒的西部牛仔，所以一直非常想要一顶牛仔帽，可他的父母希望他以后成为医生，从来没把他天马行空的愿望当一回事。他现在是一名药剂师，但不代表他早已遗忘童年的梦想。

那双鞋子是价格昂贵的名牌，即使穿过几次，价格肯定仍然远远高于那顶帽子。但乔科只是和和气气地笑着完成了交换，好像根本不知道那双鞋子价值多少。

简真想到父亲一直想要一双这个牌子的鞋子，也许他可以交换这双鞋子送给他。他这失败的人生，已经不能让自己或者其他人高兴，那最起码，也换一样有价值的东西。

乔科正要把鞋子放到货架上，她个子娇小，只得踮起脚勉强够到那一层，她的动作笨拙得让人胆战心惊，她攀着货架边缘，整个人连同货架都摇摇晃晃的。

简真终于看不下去，走过去拿过她手上的东西，轻轻松松地放到位置上。有了第一次，便很容易有第二次，第三、第四次也是顺理成章，当简真回过神的时候，已经坐在梯子上，替乔科把一套旧杂志一本一本放到最顶端的柜子里。

乔科仰着头提醒他："我没有钱付你工钱的哦。"

简真没好气地说："我是商品啊，商品不用工钱，你替我找个好一点的买家就可以了。"

乔科听了便甜甜地笑起来，她的笑容总让简真想到刚起锅的甜蛋饼，暖呼呼，软绵绵，透着一股带着奶香的甜气。

怛丁堂还有第三种客人，他们有点像在古董街淘宝的人，心里打着小算盘，以为也能在怛丁堂里淘到好东西。乔科不太喜欢这种客人，但简真更讨厌那些闹哄哄的熊孩子。

附近有一所小学。到了放学时间，一大波的熊孩子便会三五成群，由一个孩子王领头，冲进店里闹腾。怛丁堂里的货品都是随便摆放，其中也有容易打碎的玻璃制品，乔科站在柜台后面好言相劝，但这基本是白搭，她的声音完全淹没在熊孩子们的嬉笑声中。

现在有了简真，只需往他们面前一站，基本都能产生作用。领头的孩子王一声令下，熊孩子大军便齐刷刷跑走，但只要他稍不注意，又总会有一两个游击小分队的熊孩子进来捣蛋。每当此时，简真都十分想能种一排机关枪豌豆在门前。

二

这天简真到附近给乔科买午饭，顺便给自己买了杯珍珠奶茶，边走边喝，看见有人在怛丁堂门前探头探脑，见到自己走近，又若无其事地离开。

简真看着那人走远，也没放在心上。怛丁堂里，乔科正在柜台上打瞌睡，脑袋一点一点的。简真放轻脚步走进去，从货架的空隙看到一个偷偷摸摸的小小身影。

那个最喜欢领头作恶的孩子王踩着放在货架下的柜子，伸长手臂想要去拿货架上的什么东西。简真几步上前揪住他，他一直只认为这孩子顽皮，没想到他居然还会偷东西。

男孩子也被吓了一跳，黑白分明的眼睛瞪得老大，长得倒是浓眉大眼，被捉住了却也不哭不闹，只是咬着嘴唇，绷着一张小脸，看准时机飞起一脚，踢在简真肚子上。

简真吃痛一松手，他就跳到地上，一溜烟地跑了。男孩跑出店门的时候，一个少女快步走进来，她拦住正要追出去的简真，问："这里是不是收旧货？"

少女个子不高，却有一种张扬的气场。高高束起的马尾烘托出她骄傲得有如天鹅的修长颈脖，她看起来非常急切又满脸不高兴，像一只生气的猫。她穿着紧身的小背心和短裤，

如果再加上一辆机车和一顶头盔，她活脱脱就是会领着车队在高速公路上飙车的女恶霸。

乔科已经被吵醒，托着眼镜急急忙忙地想从柜台后出来，结果被杂物绊倒，弄得十分狼狈。少女大步走到柜台前，拿出一个东西往乔科面前一塞，说："我要换掉这个。"

是一条浅灰色的围巾，料子柔软舒适，针脚不是很平整精致，一定是什么人手工织的，有着笨拙的温柔，要是在大冬天围上一定很温暖。只不过现在时值七月，树上的蝉都叫得快断气了，简直光是看到这条围巾都感到热得冒汗。

乔科拿起围巾看了又看，好奇地说："很少有人会用围巾换东西，不想要的话就拆了织别的东西，或者直接扔掉，不是更方便吗？"

少女咬住嘴唇，不肯回答。

乔科翻看围巾，她的手指滑过柔软的毛绒线料，摸到那些织法混乱导致的瑕疵，慢吞吞地说："这个款式看着像织给男孩子的，这真的是你的东西吗？但丁堂不交易赃物的。"

"这是我一个朋友的旧东西，我替他处理掉。"少女板着一张小脸，不情不愿，"反正留着也是徒增伤感，只能勾起糟糕回忆的东西，不要也罢。"

少女说得十分坚决，好像她有十足的理由决定这个东西的去留。简真听不下去，插话道："那也应该是本人才有权利决定怎么做，轮不到你多管闲事。"

少女恼火地问："你又是谁？你有什么资格管我？"

乔科连忙开口打圆场，并且认真地推销："这位是但丁堂的商品之一，你愿意的话也可以交换他。"

"什么？！"少女和简真同时震惊地大叫。

少女满脸写着："该不会是误入什么有伤风化的店了吧！我得赶快报警，警察叔叔就是这两个人——"

简真死死瞪着乔科，乔科一合手掌，笑呵呵地说："这样就安静下来了呢。"

因为乔科坚持不肯接受来路不明的东西，少女只好坦白，她说围巾是她一个朋友的，她称呼他为"安年"，是和她住在同一个大院里的玩伴。安年是个脾气很好的男生，但体质很弱。但他在体能上欠缺的方面都在脑力上补了回来，从小到大的测验考试，她都在他的帮助下安然度过。后来两人进入了不同的高中，安年成绩优异，自然是入读了重点学校，少女担心他会被欺负，有偷偷地去看过他几次。学霸与学霸的斗争往往不是体现在肉搏上的，安年在智力比拼的战场上如鱼得水，过得游刃有余。但在她看来，安年还是小时候那个熬夜不睡替她做完所有假期作业，还担心自己做错了的安年。

安年从来都没让人担心过，直到那个叫云百的女生出现。尽管安年成绩很优秀，但他并不是全校第一名的男生，可云百却是全校第一名的女生。她品学兼优，才色双绝，据说家里有好几条街的商铺，是个名副其实的大小姐，这样的云百，不知道从何时起，和安年越来越亲近。

一开始，只是在学校里偶尔见面的同学；渐渐的，便成了经常一起在图书馆复习的同伴；再接着，他们会在周末一起去博物馆或者公园，有几次云百甚至带着点心到安年家里拜访，当然是有着正当理由的。

"你知道得真多，你一直在偷窥人家吧？"简真忍不住吐槽，被乔科用力拧了一把手背。少女狠狠地瞪了他一下，继续说下去：其实她并不清楚安年和云百之间发生了什么，只知道升高二那年的冬天，安年正在给她辅导作业，突然被一条短信叫了出去。

她跟在安年身后，看到了在路灯下等着的云百。冬天的天色黑得早，傍晚不到六点，路灯便已经亮了，照亮了飘散的细密雨丝。云百站在灯光里，像舞台上被灯光追逐的瞩目女主角，裹在一件红色的斗篷里，显得华丽又可爱。她呵着气，孩子气地搓着手，有半张脸都埋进脖子间的围巾里，却还是被冻得脸颊发红。

她看着安年朝云百小跑过去，他们亲密地说话，她从来没见过笑得那么灿烂的安年，她记忆中他的笑是抿着嘴唇轻轻地笑，腼腆安静，总是客客气气的。云百解下自己的围巾，涨红着脸，笨拙地绕到安年脖子上。

少女只看到这里便悄悄地回去了，他们看起来太幸福了，再看下去，她会觉得自己是那个不幸的人。

"所以，这是云百送给安年的围巾？"简真听明白了，"那不是非常重要的礼物吗？你为什么还瞒着他拿来这里？"

"笨！"少女横他一眼，气愤地说，"当然是他们已经分手了啦！云百毕业就要移民去澳大利亚了，还说什么要和安年上同一所大学，都是骗人的！我第一次看到安年这个样子，他现在天天都在发呆，跟个傻子似的，还摸小猫似的在大夏天抱着这条围巾摸来摸去，你们不知道那模样有多变态！"

少女一口气说完，平静下来道："我不想再看到他这个样子了。他自己下不了手，我就帮他处理掉吧，就当是报答他帮我做了那么多年的作业。"

简真虽然不太明白女孩子的心思，但她的语气怎么听，都有种赌气的感觉。他并不认为那个叫安年的男生知道她的打算。这样真的好吗？

简真认为，该怎么处理这段感情是安年的事，万一那条围巾对他而言并不只是代表不好的回忆呢？说到底，这个少女也只是个为了自己私欲而闹别扭的小女生。再说，不问自取是为贼也，乔科怎么可能会答应……

"既然如此，我就收下吧。"乔科干脆地说，"不过我想知道，为什么你会拿来但丁堂呢？

像我之前说的,扔了不是更好吗?"

少女注视着柜台上的围巾,缓缓地说:"我虽然不喜欢云百,但并不讨厌她为了安年所做的努力。围巾是她一针一针织出来的,不管她现在做了什么决定,光是这份心意我就不能随便糟蹋。要怎么处理这条围巾我也是苦恼了很久的,后来才听说有这家店,而且这里不是她那种大小姐喜欢去的高尚地区,所以也不会被发现,而且或许会被其他人换走,继续使用下去,似乎也不错。"

乔科仔细地把围巾折叠好,让少女自己挑一样东西作为交换。她最后拿走了一个蝴蝶标本,好像是那个叫安年的男生对生物标本很感兴趣。

乔科爽快地与她交易,少女在离开时显然比进门时开朗了许多,好像已经放下了什么沉重的东西,她离开的背影看起来就像小鸟一般灵巧。

简真却有些抱怨地说:"为什么要答应她?"

"为什么不呢?"乔科傻乎乎地嘿嘿笑着,"客人很高兴啊。"

"围巾要怎么处理应该是主人的事吧?自己的事情就应该自己处理,就算最终结果不尽如人意,也是要由自己负起责任来。"

"就像你一样吗?把自己的未来和人生随随便便地摆出来说要交换,就是你的处理方式?"乔科突然抛出了尖锐的反问,让简真一下子呆滞了,他确实不能解释自己为何如此愤慨,只好无言以对。

但乔科却马上又好像什么事都没发生一样,自顾自地烦恼起来:"哎呀,这条围巾你觉得放在哪里比较好呢?"

因为实在太尴尬了,简真也不知道自己随口回答了些什么。他暂时无法若无其事地与乔科待在一个空间里,随便找了个借口走了出去。他站在门口吹风,抬起头,许久不见的宋其言正站在对街,四目相投,即使隔着一条马路,气氛依然沉默得令人尴尬。

三

乔科拥有神经粗大的个性,那天她对简真说过的那番话,好像已经从她的脑海中烟消云散。现在她天天愁眉苦脸地坐在柜台后,嘟嘟囔囔:"怎么都没有好生意上门?"最近连那帮经常来捣乱的小鬼都很少出现。

你那些生意都不赚钱,有跟没有的差别到底在哪里?简真抑制住吐槽的冲动,他头一次发现自己这个粗枝大叶的男生,心思竟然比旁边这个女生还纤细,他无法不在意乔科几天前问他的话,现在跟她说话都觉得有点别扭。

他心不在焉地翻一本不知多少年前的外国漫画，英文他看不懂，只知道有个穿着蓝色紧身衣的男青年，拿着盾牌嗖嗖地飞来飞去。这些漫画但丁堂里有整整一箱，有时候简真也会好奇这是谁拿来的，又换走了什么。

他渐渐有点明白，为什么但丁堂坚持以物易物的原则，人们用一样东西交换另一样东西，这个行为里充满意外和期待。因为你永远不知道从门口走进来的人带着什么来交换，又会带走什么。有人用不知真假的古钱币换旧花盆，有人用紧身皮衣换章鱼造型的笔筒，还有人用五十年前的旧台历换一朵香皂花，甚至昨天被人带来交换的旧物，今天就被换走……

客人们各自有着不同的理由和目的来进行交换，这让简真荒谬地产生出一种"虔诚"的感觉。每一次交易都充满无限的未知，这也许就是乐趣所在。

但这养不活自己啊？这也是简真一直没弄懂的问题，乔科看起来倒是过得很滋润的样子，但他从来没见过她收钱。但丁堂坚守着自己的原则，这里从来没有金钱的流通，只有物件与物件的交换，而一同被交换的，还有那寄托在物品上的心情和回忆。

乔科最近有些郁闷，因为接连几天，乔科最不喜欢的第三种客人有增多的趋势。他们来店里淘旧货，看上什么就指着问"这个多少钱？"，不管乔科怎么解释，他们就是不相信这里只接受以物易物，笑嘻嘻地说："别装啦，要多少钱你说，二十块？三十块？最多三十四不能再多啦——"

但乔科拒绝了所有人，简真有时候真担心她明天还有没有吃饭的钱。乔科对此似乎从不担心，她若有所思地看着出价失败的客人走出但丁堂，一边喃喃自语："好奇怪哦，为什么这些人一下子就多起来了呢？"

简真没好气地说："我才不知道为什么会有人出钱买这些破烂。"

乔科依旧软乎乎地笑着，两条乌黑的辫子搭在肩膀上，显得颈脖和肩膀的肌肤特别洁白。即使店里的商品被这么评判，她似乎也不会生气，真不知道她是迟钝还是心胸太过宽阔。

"说起来，我最近好像被跟踪了，走在路上总觉得有人在我身后，但一回头又没发现什么奇怪的人。"乔科难得严肃地说，但简真却并不认为会有人无聊到这个地步。

简真没有正面吐槽她，但精神强韧的乔科总是能自己找到另一个话题，只见她快乐地从杂物中挖出一个咖啡壶。这个咖啡壶是昨天一个客人带来交换的，和现代常见的插电咖啡机不同，这个旧式的咖啡壶有着艺术品一般的外形，更接近化学实验中出现的仪器，带着优雅和严谨的品味。

"哇哇！今天再看一次，果然是个好东西呢！我想要！"乔科兴奋地叫着，还把脸贴在玻璃的壶身上蹭蹭，"决定了，我要自己拿下这个！"

被她单纯的快乐所感染，简真不禁揶揄道："那赶快把它藏起来吧，我会装作没看见的。"

"我才不会那么做呢!就算我是店主,我也会好好遵守店里的规矩的!"乔科大声反驳。她瞪大眼睛,鼓起双颊,气呼呼的模样就像一只努力把食物藏进嘴里的花栗鼠。

简真有点好奇她会拿出什么东西交换,只见她想了一会儿,脱下手腕上一串灰扑扑的陶珠手链放到货架的一个角落,然后把咖啡壶抱到了自己的柜台上,一副心满意足的模样。

交换刚结束,一个意想不到的客人走了进来。说起来他应该也算是但丁堂的"熟客"了,只不过经常带着一群人来搞破坏,上次还企图偷窃,未遂。简真居高临下地看着大约是小学五年级的小学生,这个熊孩子之王今天有点不一样,他没有领着那一大帮吵闹的小跟班,而是独自一人走了进来。

小男孩紧紧抿着嘴唇,出奇的安静,绷紧的小脸看起来有点不情不愿。乔科从柜台上探出身子,笑眯眯地问:"今天有什么事吗?"

小男孩还没有柜台高,他踮起脚尖,努力地把一本厚厚的本子放到柜台上,像是下了什么决心似的,有点紧张地说:"这里是不需要花钱的店吧?我没有钱,但……我有个想要的东西,可以……交换的吧?"

和以往野蛮霸道的模样截然相反,羞涩的小男孩这时看起来居然有点可爱。简真凑过去看,那是一本游戏卡收集簿,非常厚的一大本。是在小学生到成人中都非常流行的一款经典卡牌对战游戏,由于卡牌制作精美,游戏规则严谨,所以人气非常高,简真也很喜欢玩,但没有收集过卡牌,不过身边倒是有不少朋友对这款游戏非常痴迷。

不知道他们最近过得怎么样?是不是还喜欢成群结队地去桌游吧呢?看着那些熟悉的卡牌,简真不禁露出怀念的笑容。他也发现里面不少卡牌是他见都没见过的,每一张游戏卡都用卡套仔细装好,井然有序地分类排放,对于一个小学生来说,肯定是花费了不少的心思和时间,由此能看出他有多么珍爱这些游戏卡。

"我想换那个架子上的……"小男孩涨红了脸,结结巴巴地说,"熊……熊……布偶……"

简真顺着他指的方向看去,那个货架的第四层上放着一只深棕色的熊布偶,应该是叫做泰迪熊吧?脖子上还绑着挂有金色铃铛的漂亮红缎带,非常可爱。他顿时明白过来,"你上次想偷的就是那个?"

"才不是偷呢!我只是想拿下来看看!"小男孩努力地争辩,但从他慌张躲闪的眼神可以看出,当时他真的有过偷走的念头。

"那个啊……"乔科若有所思地看着那只泰迪熊布偶,她轻盈地走过去,如同小男孩刚才一般踮起脚想去够那只小熊,但她可要狼狈得多,无论她怎么尝试都够不到,反而把货架弄得摇摇欲坠。

简真只好过去帮她拿下那只小熊,乔科轻轻喘着气,一脸累瘫了的样子。她拿着小熊回到柜台，问道："你想要这个？"小男孩用力地点点头，眼睛闪闪发亮。

"为什么呢？告诉我原因，我就考虑一下要不要答应和你交换，毕竟你可是给我添了不少麻烦呢。"乔科露出有点坏心眼的笑容，小男孩脸上的光彩顿时黯淡消弭。

"妹妹……"他嗫嚅着嘴唇，"小熊……想给妹妹……"

十一岁的男孩有着比他小六岁的妹妹，妹妹出生的时候，他一点儿都不觉得开心，因为平时总是绕着自己打转的父母和长辈、那些属于他的关注和爱护都被妹妹夺走了。不再有人问他今天想吃什么，玩具要先让妹妹玩，零食的种类和口味要优先考虑妹妹的喜好……这些对小孩子来说简直是不共戴天的仇恨。

所以妹妹小的时候，他一次都没有抱过她，他有时候还会故意去拧妹妹皮肤或者藏起她的玩具。他会恶毒地跟不谙世事的妹妹说，如果你没有出生就好了。小小的妹妹呱呱大哭的原因，十次有九次都是因为他，连父母都拿他没有办法。

但尽管如此，妹妹还是非常喜欢他，无论上一次受了多少欺负，下一次她还是会傻乎乎地流着口水，笑着向他伸出手，呀呀地叫着希望总是板着脸的哥哥能和她玩耍。就算他跟她大吼："希望你快点消失，再也不要出现！"妹妹在短暂的呆愣后，还是会跌跌撞撞地跑过来，抱住他的大腿，口齿不清地喊葛格、葛格……

这么笨的孩子以后可怎么办啊？明明自己也还是个小孩子的哥哥陷入了沉思。他这样想着，第一次抱起了妹妹小小的身体。对那时不到十岁的小男孩来说，妹妹还是有点重的，但是那粉嫩的皮肤却十分柔软，身上有着温暖甜蜜的味道，像加了蜜糖的牛奶。

妹妹的重量似乎也压在了心脏上，沉甸甸的，他听着妹妹的心跳，她在他怀里咯咯大笑，她的笑声和心跳，似乎都融入到了他的血脉之中，和谐美妙地奏鸣着。

第一次，他抱起妹妹。第一次，他因为力气不够，把她摔到了地上。但是这一次他和妹妹一起大哭了起来，以一个"哥哥"的身份，因为自己的不称职感到羞愧而哭泣。

妹妹和他不一样，因为身体的缘故，她没有办法去上幼儿园，眼看着快到上学的年纪，她还是只能孤零零地待在房间里，羡慕地看着窗子外的世界，只有在哥哥放学回家时，才会露出纯真的笑容，缠着他要他说在学校里发生的事。

那个透彻的笑容总是无形中刺痛他的心，他一直想，是不是因为自己恶毒的诅咒，妹妹才会变成这样？所以他总是调皮捣蛋，总是不听大人的话到危险的地方玩耍，只是为了有多一点有趣的事情可以说给妹妹听。

妹妹最近又因为身体突然恶化住进了医院，他看着那具比自己还小、还瘦弱的身体，躺在那张白得可怕的病床上，还留下了大片空荡荡的位置。那些巨大的仪器、插入身体的透明软管、脸色沉重的大人们都好可怕，仪器发出的刺耳的嘀嘀声也令人毛骨悚然。

"这是最后一次手术……风险很大……如果撑过去……情况会很乐观……但是……"大人说的话他都不懂,他只知道妹妹可能真的要离他而去了。自己当初为什么要对妹妹说些什么她赶快消失就好了的话呢?他什么都不能为妹妹做,甚至连收回那些话都没办法。

"我想要只小熊呢……"躺在病床上的妹妹露出虚弱的笑容,偷偷摸摸地对哥哥说,"像电视上那种,有红绸带的,别的小女孩都有……"

他小心地握着妹妹扎着吊针的小手,暗暗决定,无论如何都要给即将面临手术的妹妹找到一只这样的小熊。

但是百货公司里的布偶都太贵了,他的零花钱根本不够用。男孩也不想去拜托父母或者别的大人,因为这是妹妹向他许下的愿望,他要靠自己的力量实现这个愿望。

终于,他在但丁堂找到了心目中的小熊,以物易物的规则让他看到了希望,如果不用花钱的话,那他也有机会得到那只小熊。可是他要拿什么来交换呢?回忆起百货公司里看到的小熊布偶的价格,他可以用来交换的也只有辛辛苦苦收集来的游戏卡了。

"这些卡牌加起来,够吗……"小男孩睁着大大的眼睛,满目恳求,连简真都不禁为之心软。这些卡牌的价值他不是很清楚,但里面有好几张是连他都知道的限定卡牌,对于这个游戏的发烧友来说是很有价值的,卖出去得来的钱也许够买一只全新的小熊布偶。

但作为一个小学生,男孩大概完全不知道吧。而且货架上那只泰迪熊虽然很可爱,但毕竟是有点年头的旧东西,那个金灿灿的铃铛还稍微好看些,除此之外,这只旧旧的布偶和那些崭新的玩偶完全没法比。

如果找以前那些玩这个游戏的朋友,也许会有人愿意买下男孩的卡牌,这样他就有钱买好一点的小熊布偶给妹妹了。正在他准备开口的时候,乔科盯着男孩的眼睛,严肃说道:"只有这么多吗?如果你偷偷藏起了别的卡牌,我就不能给你换小熊了哦。"

小男孩"呜"地抖了一下,黑白分明的大眼睛里露出心虚的神色。他紧紧咬着嘴唇,一副快要哭出来的样子。

这样太过分了!对方还只是个小孩子,有必要为了一只破旧的布偶把他逼到这个地步吗?他有点生气地瞪着乔科,她也只是笑眯眯地竖起一根手指,贴在自己嘴唇上。

这又是什么意思?简真从生气陷入了困惑。

男孩内心的挣扎也结束了,他从书包的夹层里翻出一张金色的游戏卡,依依不舍地递过去,并且不放心地问:"你真的会给我小熊的吧?这是我第一次从高中生手里赢来的卡……"男孩说话时都带着哭音,真的是非常不舍的样子。

虽然只是游戏的卡牌,但对于一个小孩子来说,已经是非常非常贵重的宝贝了。

乔科完全没有把小孩欺负哭了的负罪感,大方地拿过卡牌,一同收入到本子里。然后找出一个精美的木匣子，和小熊一起交到男孩手里。她像个温柔的大姐姐一般，一边摸着男孩柔软的脸颊，一边说："这个匣子是小熊的家，里面还有它给每个主人的一封信哦，只有小孩子能看到，所以不能让父母看见哦。因为是用你非常珍重的卡牌换来的，所以也要用一样的心情对待它，这里面也包含着你对妹妹的感情，知道吗？"

男孩重重地点点头，兴奋地抱紧了小熊。

男孩离去后，简真才带点抱怨地问道："为什么你对他那么严苛呢？"她之前对偷拿别人围巾来交换的少女却很宽松。

"把小熊拿来店里交换的主人，是下了非常大的决心的，那个人非常珍惜这只小熊，好像是死去的母亲的遗物吧，是非常有意义的东西。所以，如果对方没有抱着同样的觉悟，我是不会把小熊交给他的。"乔科微笑着说，"如果不是忍痛舍弃了什么而换来的东西，是不会好好珍惜的，这才是'价值'的真正含义。我也希望那个男孩能记住这一点，可以为妹妹做出巨大的牺牲，对他而言也是成为了不起的男子汉的标志了。"

简真逐渐明白乔科当初所说的"价值相当"，大概并不是指金钱的数值，而是物品上所寄托的情感的分量。

"换作是你，也不希望自己被人随随便便就换走吧？"乔科笑着说出来的话里，似乎还有点别的意味。仿佛是在问：你已经决定好自己的价值了吗？

简真不想回复这个问题，问道："对了，那个木匣子里的到底是什么？我可不相信什么小熊给主人的一封信什么的……"

"鉴定书啊。"乔科平静地回答。

"鉴定书？"他好像听到了什么不得了的词？

"怎么说都是拍卖价至少一百万的古董泰迪熊，当然要有鉴定书啦！我这里可不是什么骗人的店哦！"乔科气呼呼地辩解。

简真已经一句话都说不出来了，而乔科还得意洋洋地补充道："顺带一提，那个铃铛可是纯金的。"

四

自从得知店里居然有可以摆在"雨花堂"的商品后，简真看店里的东西都有点心惊肉跳。乔科倒是满不在乎地说："那只是少数啦。"但言下之意就是不止那只古董泰迪熊，还有其他价值连城的东西。

有一个经常来这里打转的客人，发现小熊不见后暴跳如雷，大声质问乔科把小熊给谁

了，乔科坚决不肯透露，他还想动手打人。还好有一米八几的简真在，他才不敢造次。

那人走之前还放下狠话："呸！臭丫头装什么清高！不识货的傻子！这条街都快没了，看你傲到什么时候！我总有办法买下这里的，老子有的是钱！"

"这条街要被拆了？！"简真惊讶地问。乔科不以为意地点点头，说："好像是这样呢，这条街本来的所有人破产，所以资产都要拿去拍卖，这条街也是其中之一呢。"

简真急忙问："那……那你打算怎么办？"突如其来的消息让他一片混乱，因为乔科平时实在太悠闲平静，让他有种错觉，似乎但丁堂会一直存在下去。

乔科摆弄着那个咖啡壶，咖啡浓郁的香气充满了这个小小的店堂，她还是一副无忧无虑的样子，说："总会有办法的啦，不要担心。哎呀，我把杯子放哪里了？咦，这个……"

她翻出了一个皮质的破旧项圈，简真如临大敌地看着这个项圈，问："该不会又是上百万的东西吧？"

乔科笑道："不是啦，就是个普通的旧项圈，给狗狗带的哦。好怀念啊，这是我跟着爸爸看店时的事情了。"

这还是第一次听她提到家人，简真一直以为乔科是个从店里诞生的妖精什么的，没想到还是有正常的父亲的……于是他试探着问："咳咳，这是怎样的事？"

那时候乔科还很小，温文尔雅的父亲是个戴着细框眼镜、充满书生气质的男人。她喜欢坐在父亲的膝盖上看店，而尽管坐在父亲的膝盖上，她也只是勉强比柜台的桌面高一点点。

带着一只狗的落魄男人在一个寒冷的冬夜出现。他的脸完全埋没在头发和胡须里，衣服也很破旧，穿着的鞋子鞋头已经迸裂了，露出冻得发紫的脚趾头。乔科还以为他是乞丐，吓得往父亲怀里一缩。

父亲温和地问："有什么可以帮你吗？"

男人说："我听说你们这里只需要以物易物。我只有这只狗，可以用它换点什么吗？"

男人的话听着相当无情。他身边跟着的是一只很大的金毛猎犬，与男人相比，它显然要干净许多，虽然也很瘦，但眼睛清亮，温顺地挨着男人，呵呵地吐出舌头。

父亲没有说话，男人有些急了："它……它很乖的，绝对不咬人，也不会乱叫，从来没有大叫过，白饭和面包都吃，黏人……"他窘迫地说了一通，显然是非常喜爱这条狗的，可是为什么要把它拿来交换呢？

"它的脚受了伤，不能再跟着我流浪了，求求你……"男人哽咽着说，"它年纪也大了，我希望它可以安逸地死在温暖的地方。跟着我的话，可能很快会冷死或者饿死……虽然没了它，晚上睡觉一定会很冷吧。"男人蹲下来，拍了拍狗的头，大狗舔了舔他的脸，尾巴欢快地摆动，而男人则露出苦涩的笑容。

"现在想起来，他只是想把那只狗托付给什么人而已，他走的时候，那只狗叫得好厉害呢，声音听起来就像在哭泣一样。大概过了几年，那条狗就死了，它死之前天天蹲在店门口，看着男人离开的方向。我想它一定很想再见到那个男人吧，然后有一天它就趴在那里，晒着太阳，一直到晚上都没有再醒来。"

乔科轻抚着那个项圈，"尸体交给动物医院处理后，就只剩下这个项圈了，是那个男人给它带上去的。那个男人挺可怜的，因为投资失败失去了一切，朋友和情人都离他而去，房子和财产都没有了，只有一条老狗陪着他。"

既然项圈还在的话，就是说那个男人没有再回来过吧。被故事的悲伤气氛所感染，简真抽了抽鼻子，小心翼翼地问："那你的父亲……"

"他已经不在这里了。"乔科用略带遗憾的语气说道。简真不知道乔科还有如此难以启齿的往事，连忙打住不问了。

"那个……"门口传来一个清冽的女声。一个穿着素色洋装，留着一头乌黑笔直长发的少女走了进来，她有一种百合般清纯高贵的气质，容貌十分端丽，她指着橱窗上挂着的灰色围巾问："请问这条围巾，多少钱？"

正是不久前另一个少女偷拿来交换的那条围巾，乔科解释了一下但丁堂的规则，这位高贵美丽的少女轻声说："这样啊，刚刚经过外面看到，还吓了一跳，以为除我以外，居然还有人能织出这么差劲的围巾，现在看来，应该就是我织的那条呢……"

简真瞪大了眼睛，难道她就是……那个云百？为什么她会出现在这里？他用目光询问乔科：为什么要把围巾挂在橱窗上！一眼就被看到了！

乔科用无辜的眼神回应：不是你让我挂那里的嘛……

"织错的地方都一模一样，明明这么难看，他还是会一整个冬天都带着呢。"少女露出幸福的笑容，然而很快又暗淡下来，"不过现在这条围巾会在这里，就证明他已经不需要了吧。"她看起来十分难过，漂亮的手指温柔地摩挲着围巾，无论是谁看到她的样子，都能强烈感受到她对围巾原主人还抱有深刻的眷恋。

并不是这样的，那个少年对你……简真想要解释什么，但是乔科没有说话，于是他也跟着保持沉默。只见少女最后松了口气，说："太好了，既然他不要这条围巾，就说明他已经放下我了吧。"

她眼里隐含着泪花，既感到痛苦，又感到喜悦，"这样他就可以遇到另一个更好的人了。"

"你是喜欢那个人，才跟他分手的吗？"乔科问道。

"嗯，因为我要离开他了啊。"少女说，"我家破产了，而且还肩负了很重的债务，卖掉所有的资产后，我要跟父母一起搬到很远的偏僻小城市去。重新开始会很辛苦，也得过

上贫困艰难的日子，但我觉得还是可以接受的。"

"如果那个人真的喜欢你，他不会介意这些吧？"简真不解地问。

少女保持着清雅的仪态，浮现出淡淡的微笑："介意的人是我啊，我不再是那个完美的女孩了，我不希望他看到我落魄的样子。而且我告诉他的话，他肯定会放弃考到一流大学的机会，而去报考那个小地方的学校吧。"

少女摇摇头，"我不能允许这样的事情，所以我告诉他，我要到澳大利亚去。他是个很笨拙、很好骗的人，我这么说的话，他一定会相信。然后他会想办法得到去澳大利亚的资格，比起我即将要去的小城市，澳大利亚的研究生或者交换生名额，才是对他未来更有帮助的东西。"

少女带着甜蜜的表情呢喃："我啊，希望他可以像破茧而出的美丽蝴蝶一样，漂亮又自由地飞舞。"

少女想要回这条围巾，她说这条老街正是她家的资产之一，她打算在离开这个城市之前，把这些被卖掉的地方都看一遍，没想到她发现了这条围巾，这到底是缘分还是巧合，谁也说不清。

尽管是围巾的正牌主人，但想从但丁堂要回这条围巾，还是得遵守规矩进行交换。少女解下脖子上的项链，将那枚雪花形状的水晶吊坠，连同银链一起交给乔科。这是她非常喜爱的一条项链，为了给家里还债，但凡有点价值的东西都变卖了，只有这条项链她舍不得。

"那个人说过要送我一条这样的项链，但他根本不知道我早就自己买了。为了不打击他，我一次都没有在他面前戴过。"少女满怀感慨地说。

如今，她用它换回了那条围巾。

简真还在感动着，乔科却煞风景地问："你也听到她说了吧，老街已经卖掉了哦，但丁堂要关门了，你选到可以用来交换自己的东西了吗？"

简真惊愕地看着她，第一次发觉乔科也有这么冷淡的表情。

家里的气氛依然很难堪，这段时间以来，简真和父亲根本说不到几句话。他总是故意在但丁堂待得很晚才回去，避开和父亲同桌吃饭的时间，但不管他何时回去，饭桌上总会放着饭菜，电饭煲里有温热的汤。

这天他在晚饭前便回到家，父亲有点惊讶，但马上把他迎进屋，紧张地张罗晚饭。电视正播放着新闻，老城区的一个古建筑不小心被拆了，项目的负责人被记者采访时，一个劲地解释："这还没到文物的年限，还不具备什么价值，只不过拆了一栋旧房子，我们没有错，只是意外——"

046

一个记者尖锐地反问:"可是如果不给它沉淀时间的机会,它又怎么能变成文物呢?人类所有珍贵的历史财产,都是积聚了回忆和时间而成就的,你们拆毁的不是旧房子,是未来的珍贵历史文物!"

记者的发言得到了在场群众的欢呼,那个负责人灰溜溜地从镜头前跑走了。但丁堂里的东西是不是也和那栋被拆毁的古建筑一样呢?所以那些不起眼的旧东西,在乔科眼里都一样珍贵,所有的旧物都还有着名为"未来"的价值,不管是百万的泰迪熊,还是不值钱的小玩意,只要遇到真心想要它们的人,那就是无价的珍宝。在她看来,但丁堂这样的旧货店,和雨花堂这样的古董店也并没有区别。

而她愿意"收下"自己,是不是……也代表她认为自己还有"未来"?

一块排骨夹到了他的碗里,他沿着筷子,看到父亲的手,然后沿着手臂,看到父亲发白的鬓角。父亲已经老了,那自己呢?自己也该长大了,十一岁的小男孩放弃自己宝贝的游戏卡,给妹妹换一只熊布偶,他失去的东西会转化成妹妹的希望。

那他的"失败",是不是也可以转化为别的东西?

"真,没事的。"爸爸突然说,"只要每天都能吃上热饭,就已经过得比很多人好了。你接下来想做什么,只要想清楚了,我都会支持你,没事的。"

是啊,人生才不会在这么无聊的地方结束。通往"未来"的道路,远远不止一条。

五

简真想好了要怎么回复乔科,但当他走进但丁堂时,被里面的场景惊呆了。但丁堂里一片狼藉,东西掉了一地,还隐约听到一个男人的声音,似乎十分激动地说着什么,中间夹着乔科微弱的反驳。

难道是那个搁下狠话的男人吗?简真急忙冲了进去,只见乔科倒在一堆杂物中,她面前站着一个高挑的身影,那人听到脚步声而回头,与简真打了个照面,是宋其言!

简真艰难地开口,"你……你砸店?"

宋其言悲愤委屈地大叫:"你就是为了她不要我?"

简真连忙吼回去:"不要说这么让人误会的话!"

乔科在简真的帮忙下站了起来,连忙澄清道:"不是不是,他冲进来的时候我正想拿柜子顶上的东西,结果被吓了一跳,就——"

就是说这看起来像砸店一样的混乱场面,都是店主自己引起的。

"那你来干什么?"简真头疼地问宋其言。

"来说服你离开这个破店啊!这个女的说你卖身给她了!我们都好担心你,班上的同学、老师、球队里的队员,还有一堆前辈和学弟……"宋其言气愤地说,"你脑子里都在想什么啊!不过是输了比赛而已,我们这一届失败了,还有下一届的学弟呢!"

宋其言的拳头轻轻打在他的胸膛上,"比赛输了可以再比,今年的高考错过了,还有明年的。不过就是一年时间嘛,肯定嗖地一下就过去了,比投篮还快。你的伤也不是永久性的,大学也可以打篮球的,到时候我们再来组队吧!"

"你考的大学那么烂我才不要考呢。"简真也笑着轻轻给了宋其言小腹一拳,然后他转向乔科,"我……"

这时,好几个人突然冲了进来,为什么今天特别热闹?简真郁闷地想。简真认出他们都是之前来店里收购旧物的客人,这次他们一起来了,难道是来找事的?但看他们洋洋得意地站在一旁的样子,又好像不太像……

乔科露出纳闷的表情看着他们,简真知道她肯定脑子没转过来,撸起袖子走上前。宋其言跟在他身后,问这是怎么回事。简真说:"等下跟你解释,这群人欺负乔科没权没势没钱,今天可能想来抢东西。"

宋其言有点困惑:"咦?可是……"他好像想说些什么,但又不是很清楚情况。

那个企图收购古董泰迪熊未遂的男人也在其中,他幸灾乐祸地说:"收购了这条街的大老板马上就要来了,我等着看他赶人。你这小丫头,快好好想想怎么处理这店里的破东西吧!有些东西你求求我,我也不是不……"

他话没说完,一辆漆黑的宾利轿车在但丁堂外停了下来,一个秘书模样的人打开了后车门,一个西装笔挺,年纪约三十五岁左右的男人从车上下来,男人身姿笔挺,略带沧桑的面容有着成熟男人的魅力。

他径直走进店里,原本狭小的店面一下子涌进这么多人,越发显得拥挤了。那群看好戏的人兴奋地窃窃私语,简真猜想这大概就是那个收购了这条街的大老板。可是,一般这种级别的老板,会特意来通知吗?

因为察觉到了不对劲,所以简真没有冲动地上前。男人一直走到柜台前,突兀地说:"好久不见了,你是乔生生的女儿?当年见你,你还是个坐在爸爸膝盖上的小女孩呢,没想到长这么大了,已经可以自己看店了,你父亲最近还好吗?"

"爸爸现在在爷爷那边工作呢,他等下也会过来哦。"乔科若无其事地扔下一个大炮弹。

什么?你爸爸没死啊?!乔科说她爸爸"不在这里"是指他不在但丁堂而已啊?!简真强压着要咆哮的冲动,他好想为自己的白痴出去跑个三十圈宣泄!他抚着额头,发出无力的呻吟,有种自己一直被乔科玩弄于掌心的错觉。

"有什么可以帮你吗？"乔科还是软乎乎地笑着问。

男人说："我来换回一个东西，那是一个皮质的狗用项圈，你还记得吗？"

乔科点点头："嗯，爸爸说一定要留着，所以我都放在抽屉里哦。知道你终于回来接它了，它一定也很高兴呢。"乔科一边说，一边拿出了那个简真见过的破旧项圈。

男人珍重地接过项圈，简真看见他眼眶都发红了。男人从西装内袋里拿出一张薄薄的、盖着各种鲜艳印章的纸："作为交换的物品，这是这条街的地契，现在是你的了。"

不仅那群来看热闹的人，连简真也惊呆了，不，惊呆还不足以描述他的心情。一个狗项圈换一张地契？这是哪门子的等价啊！不过，在但丁堂里，似乎也没有什么不可能的。

等这些人都走了后，乔科才想起来问简真："你刚才想跟我说什么来着？"

简真正抓住宋其言一起帮忙收拾残局，有点不好意思地说："咳咳，我……想把自己换回去。"

"可以啊。"乔科还是甜甜地笑着，她的笑容里总是有蜂蜜一样清甜的感觉，"你太贵重了，本店没有什么可以交换的呢，所以把你自己换回去吧。"

那天简真提出把自己的人生作为交换，其实不过是不成熟的任性，乔科想必也知道的。她向来如此，看着迷糊，但其实比谁都看得清楚。尽管如此，她还是耐心地接纳了简真。他从头到尾，只想到自己，自暴自弃，却从来没想过那些关心自己的人。

但乔科从来不说，是希望他能在但丁堂领悟到，找回童年梦想的客人，想帮喜欢的男生摆脱痛苦的少女，为妹妹换一只熊布偶的小男孩，为喜欢的男生撒谎的少女……这些温暖的客人组成了但丁堂。

方寸之地的小店，却可以看尽人生百态。

他喜欢这个地方，因为这里每一件旧物都充满了原主人的回忆和情感，是个会让人重新燃起希望的地方。

这时候，一辆宝马飞速驶到了但丁堂门前，轮胎抓地发出刺耳的唧唧声，一个男人急匆匆地下来。这次又怎么了啊！就不能让他好好体会一下感动的回味吗？！简真悲愤地想。

男人冲进店里，他戴着一副细框眼镜，一身儒雅的书生气。乔科惊喜地跳起来，扑到男人怀里尽情撒娇："爸爸，你怎么来了？"

"我听说有人来闹事，赶紧过来了。"

"没事，已经解决啦，完美解决。"乔科高举双手，做出一个撒花的动作。

简真一下子没法接受，这个开着宝马豪车的男人是乔科的父亲。宋其言好像知道他在想什么，拍了拍他的肩膀，说："那个啊，刚刚我就奇怪了，你好像不知道这个店主的来头吧？

我跟踪了她好几天,发现她收店后都会走到街尾,那里会有私家车接她,然后一直开到那家很有名的古董店'雨花堂'哦……"

原来乔科说有人跟踪她是真的,而且跟踪犯还是他死党。但这也比不上知道"但丁堂"原来算是"雨花堂"旗下分属这件事冲击大。在简真消化着这个消息的时候,那边那对父女还在亲密互动,只听见乔父问道:"科科,你爷爷送你的那串天珠呢?"

"啊?那串天珠?唔……"乔科皱眉苦思了一会儿,继而绽放出灿烂的笑容,"我拿来换了一个很棒的咖啡机呢!"

闻言,雨花堂的少堂主也不禁为女儿的随性扭曲了脸孔。

六

到了九月,各大高校相继开学,简真依然留在但丁堂打发时间,不同的是他努力地翻看着复读的课程资料。周末的时候,他会去宋其言的学校跟一群人打篮球,找回手感。而乔科依然坐在柜台后,脑袋一点一点地打瞌睡。

又有客人走了进来,简真抬头,看到一个少年逆光走进店内,他是个腼腆但秀气的男生,背着一个背包,似乎只是个过客,颇有兴趣地看着货架上的东西。男生停在一条水晶雪花坠子前,看了许久。

"欢迎光临。"说话的是简真,"你喜欢这个吗?不过本店只接受以物易物的交易方式。"

"真特别啊。"男生笑了笑,又叹息道,"我有个很喜欢的女孩,她一直都想要一条这样的项链,可惜直到她去国外前,我都没办法送她一条。"

简真心中一动,很想问他是不是叫安年,但最终还是没开口,怎么说他都不是那个故事里的人。他若无其事地问:"你要换这条项链吗?"

男生摇摇头:"我想,还是下次见面的时候,送她戒指吧。"

简真没有多说什么,柜台的地方传来乔科刚睡醒的慵懒声音:"你喜欢蝴蝶吗?"

男生被这个没头没脑的问题问住了,但还是老实地点点头,"喜欢啊。"

乔科说出了一个偏僻小城市的名字,继续用没睡醒似的声音说:"你要不要去那里看看,也许有你想看的蝴蝶哦……"

简真心领神会,男生困惑地皱起眉,大概并没有听说过那里有什么特别的蝴蝶品种。但还是道了谢,离开了但丁堂。

简真并不知道他会不会去那个城市,也许他不是安年,也许他不会遇见云百。

但在但丁堂里,奇迹,偶尔会发生。

云上柏林

文/夜森　图/山番

父亲画过那么多画，却从来没有画过他。从来没有。到死都没有。

一

　　第一眼看见海因，弗雷德就叫他"孩子"，断言他活不过两个星期。第一阵炮火呼啸而至时，海因想两个星期那么漫长，也许他连下一分钟也挨不过。但是他挨过了那天的炮火，熬过了最初的血腥和恐惧，慢慢地，一个月过去了，两个月过去了，一年半过去了，他还活着。

　　弗雷德问过海因为什么会被带到前线来送死。海因只有十五岁。在1943年，尽管斯大林格勒战役德军溃败，短期内全面侵占苏联的计划已经不可能实现，但是纳粹还没到把未成年男孩送上火线的地步。

　　海因之所以被送来，是因为他父亲，漫画家埃塞尔·布莱恩特"阴谋颠覆德意志帝国"的缘故。

　　现在，海因和弗雷德，和整个连队混在一起。他们抽烟喝酒，杀人劫掠，挨饿受冻，在沼泽地上艰难跋涉，在零下几十度的寒冬作战和转移。每一场死伤惨重的战斗过后，一种同生共死的亲密感就会悄然而生，逐渐把毫无关系的人糅合成血肉相连的共同体。他们把海因呼来喝去，没轻没重地踹他，拍他的头，派给他一些别人不愿干的苦差事；却又有意识地保护他，不让他沾手那些最残忍的任务，在最危险的时候，尽可能让他处在最安全的位置。

　　前线没有安全的地方，片刻的宁静就是安全。

四周安静了，海因就画画。最初是用铅笔在速记本里画，速记本都画满了，他就在任何成形的纸片上画，在断壁颓垣上画，在战壕的地面上画。如果没人打扰，他会聚精会神地画上大半天。

一开始，每个人都嘲笑这个没事窝在角落里画画的男孩。但亲眼看到海因的画后，嘲笑自然而然就停止了。画上的雪野、天空、树木，都是平淡无奇的景色，但是在海因的笔下，却有一种难以叙说的真实感，好像伸手能够触摸到。他画周围的人，熟悉的面孔寥寥几笔神形具肖，如在眼前。他画街巷的废墟，画被焚烧的村庄，但画得最多的却是柏林。柏林的森林、湖泊、河流、桥梁、皇宫、大教堂、国会大厦、勃兰登堡门……在大片大片的白云之上，一个绵延伸展的城市，带着柔和甜美的乡愁，看久了，会让人感到温暖和凄楚。

那些画，他们在战壕里传看，直到纸上沾满了污渍和指印。想家的时候，他们会口述故乡的风景，让海因在纸上画下来。写家书的时候，他们会让海因在信纸上画自己的肖像，寄回去给亲人看。饥饿的时候，海因给他们画食物。寒冷的时候，他在战壕里画火焰和阳光。即使知道那只是画而已，但是看在眼睛里，心会感到安慰和满足。

你的右手，是神给你的。弗雷德说。

弗雷德比海因大五岁，个子高大，俊朗爱笑，在海因面前总是以兄长自居。很多次，他给海因弄来纸和笔。在冬天最冷的时候，海因的手都是冻伤，弗雷德把自己的领巾解下来给他缠在手上。

"这是艺术家的手，不能这么白白毁掉。"弗雷德说。

海因感激地笑笑。

他知道自己画得不错。那段时间，线条总像是从笔端流泻出来一样，那样自然，流畅，简洁而大气。一边画，一边心里无比清晰：这就是巅峰，这种完美过了这个阶段，以后再也不可能做到了。

但是那又怎样？在前线，一切都是暂时的，生命是暂时的，艺术是无用的。他随手画，随手丢弃。速记本和画稿在一次炮击中化成了灰烬。弗雷德替他惋惜，他却不。躺在同一条战壕里的朋友可以瞬间变成一堆烂肉，谁会去在乎那几片轻飘飘的画纸？他可以用笔画任何有形的东西，却画不出战争的结束。

残冬，他们在苏军的猛烈反攻下一撤再撤。没有人告诉他们整个欧洲战场是什么形势，也没有人告诉他们确切的死伤数据。

清晨从战壕望出去，茫茫的雪野伸向雾霭苍茫的远方，什么都看不见，只有被焚毁的村庄冒着烬柱。连队最初的成员从一百多人只剩下了十几人。新兵补充进来，名字还没被熟记，很快就死了。幸存者们挨一天是一天。

当我们杀害无辜的平民,把这个国家变成一片焦土的时候,我们自己的家园还存在吗?柏林还存在吗?还是已经变成一片废墟了呢?

二

海因记忆中第一次看到柏林,是1939年秋天的一个下午。

下火车时,雨下得很大,天空的阴翳给街道两边高大的哥特式建筑涂上一层暗绿色。雨水纷纷落在教堂的尖顶上,沿着外墙那繁复如蕾丝的雕饰往下淌。满街都是撑开的伞,形成一个暗暗浮动的水母森林。

柏林给海因的第一印象,阴沉、严肃、冷漠,是座巨大而空虚的城市。

"抱歉,我有事来晚了。"埃塞尔说,"你等了很久吗?"

海因摇摇头。事实上他在火车站湿漉漉的檐廊下站了将近一个小时,一度以为父亲不会来接他。

"你不应该一个人到柏林来。"发动汽车引擎时,埃塞尔说,抱怨中带点自责的语气。海因只听懂了他的抱怨,以为他单纯只是不喜欢被打扰。

"对不起。"墨色丧服衬得海因消瘦的脸十分苍白。妈妈临终时一再要求海因来柏林找父亲。但是海因没有把这个理由说出口。

埃塞尔住的是一座两层的独立宅子,周围环境很清幽,但是房子里面又凌乱又空旷,不像是一个家,只是一个住处。埃塞尔解释说他雇来烧饭打扫卫生的佣人几天前刚刚辞了工,暂时还没找到合适的替工。家里没有为海因的到来做任何准备。海因给自己整理出一个房间,从厨房里找出食材做了一顿晚餐。

"你会做饭?"

"是,一直会做。"

"哦,那就好。"

吃晚餐的时候,埃塞尔说:"上楼梯左边的那个房间,是我的画室,没有我的允许不要进去。"

海因点点头,牢牢记住了这一点。

海因以为父亲多少会过问一下妈妈是怎么病逝的。虽然埃塞尔和奥维利亚离异多年,两地分居,但他一直付给奥维利亚丰厚的赡养费。海因很想告诉父亲,妈妈病逝前犹豫过很长时间,想要给父亲写信,希望他到镇上去看她。但出于一种奇异的骄傲,最终还是没有写。在她生命的最后一周,盛大的夏季到了尾声,天气始终是晴朗而凉爽的,空气里弥漫着果子即将成熟的芳香。除了海因亲手熬的粥,她吃不下别的任何东西。她总是披着一条碎花的毯子坐在窗边,听海因给她读海涅的诗。她为自己的后事写了一张详细的清单。她死后,海因按照清单上的指示,在邻居和朋友的帮助下办了葬礼。

妈妈死亡前后那缓慢而悠长的日子,隐痛一般卡在他的肋骨下,每一次呼吸都能够感觉到。他没有跟任何人说起过。他和妈妈共同的亲人很少,没有人适合坐下来听他讲述这种痛苦。他以为到了柏林,可以讲述给父亲听。

但是埃塞尔没有问。那天晚上没有,第二天也没有。直到许多天之后的一个黄昏,埃塞尔才突然问起。海因正坐在门口的大橡树下看书,他下意识地合上书本,转过头去看看天边的白云,淡淡地说:"没什么,都结束了。"

三

"所以,你就是传说中的那个男孩。"弗雷德偶尔会开玩笑似地对海因说。他这一代年轻人,都是看着埃塞尔·布莱恩特的成名作《父与子》长大的。那部漫画里的父亲大大咧咧,幽默善良,儿子天真淘气,充满幻想。他们是一对亲密无间的好拍档,总是在一起做一些稀奇古怪的事情:逃票、偷苹果、捉弄人,到一个海岛上去冒险。漫画简洁生动,温馨有趣,几乎人见人爱,当年在报纸上连载时曾引起轰动,后来结集出版,销量也非常好。

弗雷德和别人一样,都以为海因就是漫画里的男孩。

其实不是。

海因看过那部漫画,从头到尾,每一幅画都仔细看过。他可以肯定,画里的父亲是埃塞尔性格里最单纯的一部分,是他自我童心的一个写照。但是那个儿子,和海因没有任何相似之处。

海因有记忆以来,埃塞尔就很少来小镇看他。即使来,也是匆匆地来,匆匆地去。漫画里父子俩一起钓鱼、潜水、画画、爬树、做手工、玩游戏……这种种有趣的事情,生活中埃塞尔都没有和海因一起做过。故事里那亲密无间的父子亲情,海因从来没有在埃塞尔身上感受到过。

看完《父与子》之后,他一个人静静地坐了很久,无法抑制心底的嫉妒。他嫉妒书里的小男孩,嫉妒他有那么多快乐,被父亲无条件地爱着,保护着。

埃塞尔问海因:"你喜欢吗?"

海因摇摇头说:"不喜欢"。

埃塞尔显然吃了一惊:"为什么?"

"不为什么。就是不喜欢。"

因为失望，埃塞尔以后就再没有给海因展示过自己的作品。

在柏林，埃塞尔一直在画画。那是他事业的黄金期。大部分时候他都呆在自己的画室里。那是一间宽敞的工作室，放着一张巨大的原木长桌，各种颜料、画笔、画纸、木料、雕版堆积如山，洗涤池里积着半池浑浊的水。到处都是酒瓶和烟蒂。他一工作就不分昼夜，画完除了吃东西就是睡觉，然后好几天不见踪影。

有时候，埃塞尔的朋友会过来聚会。他们大多数都是些得志或者不得志的画家、音乐家、作家和编辑，有的衣冠楚楚，有的落拓不羁。也有几个女的，大概是模特或戏剧演员，打扮得很漂亮，身上飘着一股香水的味道。他们的聚会无非就是喝酒、聊天、听音乐、打牌、跳舞，一直闹到深夜。海因总是呆在自己房间里，第二天早上起来，客厅里横七竖八都是宿醉未醒的人。他必须从他们身上小心地跨过，才能走出去上学。等傍晚回家，所有的人都已经不知去向，留下一片狼藉等着他去收拾。

对于这种生活，埃塞尔安之若素。他有钱，有名，有自己喜欢的事业。笼罩在欧洲上空的战争阴云，仿佛和他们没有任何关系。

四

因为成绩优异，海因进入了一所很好的文理中学念书。那正是纳粹德国在战场上所向披靡的时期。法国、比利时、荷兰、丹麦纷纷投降，波兰被吞没，苏联节节败退。大半个欧洲都挂上了纳粹旗帜。尽管柏林一直受到英国空军的轰炸，但是市民沉浸在胜利的喜悦之中，并不以所受的损失为意。电影院放着时事新闻的短片，学校每周都会举行军事训练，少年们都狂热地渴望上战场。校长在训话中反复告诉他们雅利安人是世界上最高贵的人种，犹太人种是肮脏而堕落的，必须从神圣的德意志帝国清理出去。

在山呼海啸的"希特勒万岁"中，海因默默地看着。他生活中很少接触犹太人，和妈妈一起在小镇住的时候，镇上最大的杂货店店主是犹太人，他比镇上其他人都要富裕一些，为人也十分精明，人们总是背地里叫他吸血鬼。所以，现在那个犹太店主和他的家人也要被清理出去了吗？他们会被带去哪儿？会有什么样的命运等待着他们？

海因想起了一件往事。

在小镇时，邻居家有一对孪生姐弟，年龄和海因差不多大，女孩叫贝拉，男孩叫艾德。姐弟俩都长得很漂亮，只可惜男孩的智商有问题，说话含糊不清，看东西视线是歪斜的，走路两条腿软软的会打架，一害怕，脸就丑丑地皱成一团。

镇上的人管艾德叫傻子，没事就来捉弄他。贝拉一直保护着艾德，一见到有人欺负他，她就会冲出去打架，就算打不过，她也一定会想办法把人家的玻璃窗砸烂。

有一次，艾德落了单，被一群孩子团团围住，橡树子像雨点般砸在他身上。小傻子像只落入陷阱的小老鼠一样，涨红着脸，仓惶地抱着头，尖叫着想从包围中撞出来。人群却像摧打一个陀螺似的，一遍遍推搡他，把他从这一头推到那一头再推回来，直到他坐倒在地上放声大哭。在哭声中，他们大声嬉笑着。不远处有几个大人在侍弄花木，但他们也只是笑笑，自顾自干自己的活。

为什么他们要这样欺辱一个毫无还手之力的孩子？海因想，为什么平时看上去教养良好与人为善的男孩女孩，一旦集结起来，就会迸发出这样大的恶意？

海因推开人群，把艾德拉了出来，护着他离开。其他孩子看着海因，面面相觑，带着不屑和敌意。

夜晚，海因在阳台上浇花，听到艾德家里传来大人打骂孩子的声音。不多久，贝拉拽着艾德的手从家里跑了出来。他们跑过草地，一直跑到小公园的大树下。贝拉用手臂揽着艾德的肩膀，他们一动不动，彼此紧紧挨着。

终于有一天，艾德不见了。镇上的人说，他父亲把他送到儿童精神病院去了。几个星期后，艾德死了。

傍晚的小公园，乌鸦回巢了，风吹得大树哗哗作响。贝拉告诉海因，儿童病院的停尸间里，躺满了孩子的尸体。

那不是意外，是有预谋的屠杀，清理掉人种中多余的那一部分。先是有精神病和智障的人，然后是犹太人和吉普赛人，接下来，会轮到谁，又会以怎样的方式被清理出去？

五

海因脑海中思考的事，从来没有对父亲说过。

埃塞尔有没有关心过他心里在想什么呢？海因不知道。德国人性格里固有的理性和严肃，他从来没有在父亲身上发现过。

作为一个艺术家，埃塞尔活得比大多数人都要随性，他不修边幅，酗酒，无论工作还是享乐都显得毫无节制。他从不像一个正常的父亲那样，动不动打骂孩子，控制孩子的生活。他对海因一直很随和，这种随和中带着点放任自由的意味，不像是对待儿子，更像对待一个不太亲密的朋友。

也许是父母的遗传吧，海因也很喜欢画画。在学校，不止一个老师夸奖过他的天赋。

但是埃塞尔从来没有教过海因画画。海因隐约记得自己很小的时候，埃塞尔在画画，他很想看他怎么画。他悄悄地溜过去，坐在小板凳上只看了一会儿，埃塞尔就发现了，坚决地命令他去外面玩。

来到柏林后，周末没有事情做，海因喜欢坐在窗前一边听电台里的音乐一边画画。有一次，画到中途，他觉察到有人正站在他身后。回头时，埃塞尔神色不太自然地笑了笑，带着一丝揶揄的语气说："海因，学点别的吧，这家里有一个画家已经够了。"

如果海因更懂得人情世故一点，他也许能听得懂埃塞尔语气里包含着戏谑的自嘲。但是海因还只是一个孩子，一个早熟而敏感的孩子。他默默折断了画笔，很长时间都不愿意和父亲说一句话。即使他不说话，埃塞尔也不会察觉他在赌气。从根本上，他就不关心他。

海因想，父亲心中真正渴望的儿子，是他画笔下的那个小男孩，天真狡黠，精力充沛，随时准备好了要开始一段奇妙的冒险。而海因是那么的沉默寡言，呆板无趣，埃塞尔心里一定很遗憾吧？

每当这个时候，他就会特别想念死去的妈妈。

妈妈是那么恬静而温柔，像浮在田野上空的一片云朵。妈妈和他一起去采草莓，一起做饭，一起到野地上去散步。妈妈细心地教他练习基本线条，素描，色彩，一步一步，耐心指导。她总是适当地夸奖海因的画，也会中肯地指出他的不足。即使在她病重的时候，她也没有忘记鼓励海因画画。

"我喜欢看着你画画。"妈妈说，眼睛里有爱，微微发着光，笑着，"你画画的时候，特别像你父亲。"

"海因，去柏林吧。"妈妈说，"你爸爸非常爱你。他需要你在他身边。"

不，妈妈，你错了。海因在心里默默地反驳。他并不爱我，他的生活从来不需要我。我不应该来柏林的。

六

有一天晚上，散兵坑里只有弗雷德和海因两个人。

天和地结成了黑色的一大块，空气似乎都冻结了，落下来变成了尘埃状的细雪。他们一起缩在防雨布下面，弗雷德问海因："你父亲到底做了什么，我是说，关于'阴谋颠覆德意志帝国'的事？"

"阴谋颠覆德意志帝国"，这罪名听上去如此的堂皇，海因无法把它和心中那个率性而为、放浪形骸的画家联系在一起。埃塞尔反对纳粹政府吗？反对希特勒吗？也许吧。但是在最初的两年，海因都没怎么看出来。

直到有一次，学校组织了一次家长共同参与的活动。希特勒少年团的男孩们穿着整齐的服装，向人们展示雅利安人种优秀的身体素质和对元首的忠诚。活动到了后半部分，全场沉浸在狂热的爱国表演之中。

埃塞尔突然俯下身，在海因耳边清晰地耳语道："德语是一种古老而美好的语言，可以过滤掉所有血腥和残暴，把侵略说成征服，把杀戮说成庇护，把专制说成民主，把暴君说成伟人……"

海因猛地抬起头，惊恐交加地看着埃塞尔。

埃塞尔微微一笑，拍了拍海因的肩膀，说："你不为我们伟大的第三帝国感到自豪吗？"

他在讽刺。

海因的心怦怦地跳着，那些听上去庄严的、神圣的、天经地义的东西，海因心里隐隐觉得不妥，但是不敢说出口的东西……原来也是可以被质疑、被否定的。

可那是多么可怕的一件事？在所有人都振臂高呼希特勒万岁的时候，在所有人都认为发动战争是正义的时候，在一个整齐划一的世界里，一个异端就该被烧死，一颗有自我思想的头颅就该被砍掉！

那天在回家的路上，埃塞尔突然提议到菩提树下大街去坐坐。

在一家布置精致的咖啡馆里，埃塞尔给海因点了店里最昂贵的甜点。桌上点着蜡烛，透明的琉璃碗含着一点晶莹的光。夜色变成了一条柔软的毯子，轻轻覆在玻璃窗上，给人一种私密的适意，让人有倾诉的欲望。海因的眼睛看着碟子，鼓足勇气伸过手去，握住了父亲骨感分明的手。

"爸爸，"他请求道，"我只有你了。"

我只有你了，所以，就算为了我，就算只是为了我，不要去做那个异端，不要去做隆隆运作的国家机器的冒犯者。

"我知道。"埃塞尔说着，轻轻地拍了拍他的手。

但是该来的还是来了。

1941年，埃塞尔·布莱恩特早年的一些画作被当局重新翻了出来。因为画中辛辣讽刺了纳粹政权和国家元首，埃塞尔失去了发表画作的权力。他的财产或被没收或被冻结，一些过去的朋友疏远了他。那些打扮妖艳的演员和模特从此绝迹。牌局、晚宴和舞会不再举行。他们住在被没收了产权的房子里，生活一下子陷入了困境。

埃塞尔一向是个没有金钱概念的人。钱财对他来说是身外之物，不管是多年过从的朋友，还是素不相识的神交，只要有需要，他都会慷慨给予资助。

　　轮到他需要帮助的时候，才发现真正的朋友只有那么三两个，而他们大多也因为政治倾向而被当局迫害，自保尚且无能，何况助人？

　　画画已经不能带来任何收入，可埃塞尔还在画。白天在画室，晚上全城宵禁，他就躲到地下室去画。从木板的缝隙望下去，地下室的灯一直亮到天亮。

　　海因从来不知道他在画什么。但他知道，一个画家只有在作画的时候是全情投入和满足的。

　　放学后，在校门口，一群少年拦住了海因的去路。为首的男孩说："海因·布莱恩特，听说，你父亲是个背叛国家的胆小鬼。"

　　海因想起了艾德，傻傻的无害的艾德。现在，他就是艾德。这些少年此刻的眼神，和当年那群用橡树子砸艾德的孩子一模一样。这目光把一个人从人群中拉出来，判为异类，加以孤立、迫害……和清除。

　　海因说："我不知道你们在说什么。"

　　"我们的军队在前线浴血奋战，你父亲这样的叛徒却躲在安全的地方攻击我们的英雄。"

　　"我们决不能容忍这样的鼠辈！"

　　男孩们眼神坚定，话语里充满了正义的愤慨。他们是正确的，毫无疑问，不容辩驳。这是一个群体，而海因只是孤零零一个人。海因知道，如果他不还手，以后的日子他在学校就会变成一个人人得以欺凌的异类。他没有别的选择。

　　海因因为打架斗殴被学校勒令停课反省。复学的时间没有定。走出学校的那一刻，海因领悟到，他已经被变相地开除了。

　　海因离开挂满了纳粹党旗的大街，拐进一条陌生的小巷。春日的黄昏弥漫着烟紫色的霞光。小巷两边的房子古老而精美，灰色的砖墙饰有枝蔓纹路的雕刻。从敞开的窗子里，传来水波般恬和的钢琴声。

　　他不知道明天会发生什么，该来的总会来的。有些人会被洪流裹挟着走，把人群最高处的轰鸣当作自己的声音。他不是那种人，因为他能听到自己的心发出来的声音。这也许就是命运。

　　在那个厄运到来前的黄昏，在百感交集中，他徘徊在街头，重新发现了柏林的美。

七

　　半夜里，海因突然醒了过来。借着隐约的天光，他看到埃塞尔坐在床边看着他。

　　海因起身听了听，没有听到空袭警报，街上很安静，是午夜最安静的时刻。他悄声问道："爸爸，怎么了？"

"没什么，我来看看你睡得好不好。"埃塞尔穿着一件深色的毛衣，手搁在被单上，侧脸的线条消瘦到近乎锋利，身上有昼夜颠倒的人散发出来的绵绵倦意。他快四十岁了，但气质上仍是个年轻人。

从海因来到柏林，就一直有种寄人篱下的错觉。埃塞尔并不需要他，他对他的接纳是出于责任而不是亲情。直到他们被整个世界抛弃，才真真切切感受到了对方的存在。

他们在沉默中静坐。

夜深如海，他们相依为命。

离开学校后，海因在邮局找了份临时送邮件的工作。青壮年男子都上了战场，国内劳动力严重不足，许多妇女、老人和来自国外的奴工都在工厂工作。送信这种事情，正好可以交给未成年的孩子来做。

薪资很微薄，但是海因很喜欢这份工作，骑着车在柏林的大街小巷到处跑，太阳照在脸上，眼睑上有一层薄薄的光雾。阳光下的城市不时没入郁郁葱葱的森林和湛蓝的湖泊。许多的鸟，白色的，灰色的，羽毛蓬松翅膀柔软，扑啦啦从眼前飞过。大片大片的云朵漂浮在水中央。

几个月后，有人向邮局告密，说他父亲是一个危险的反战分子。于是，他们把他辞掉了。

他在一家工厂又找了一份新的工作，每天站在机械冲床前十多个小时。手不是自己的，腿也不是自己的，它们都是机器运作的一部分。机器要求他从始至终全神贯注。相邻车床的工人一分神，一条手臂就被机器轧断，血流如注。

埃塞尔说："如果你被轧断了手，以后拿什么画画？"

"你说过，我成不了画家。"

"我从没这么说过。"

"你说过。"海因说。

有一瞬间，他以为埃塞尔会打他。的确，他从来没有打过他，但现在的情形不一样。在困境中人的自制力是有限的。埃塞尔在盛怒之下扬起了手，但最终没有抽在海因脸上。

"我们已经没有钱了。"最后，海因说，"也许离开柏林是唯一的出路。"

"钱的事情你不用担心，我来想办法。"埃塞尔说着，把烟摁熄在餐桌上。

海因已经觉察到，埃塞尔暗中和一些人交往着。每次家里有人要来，他都会想方设法把海因支出去。开始他还会找一些借口，后来他连借口都不找了，直接命令海因到外面去，过几个小时再回来。

海因在房子外面偷偷观察过。来的是一些陌生人，衣服裹得很严实，悄悄地来，悄悄

地走,尽力掩人耳目。有时候,埃塞尔自己也会改头换面离开,消失几个小时再若无其事地回来。

那段时间,埃塞尔严禁海因进入地下室,如果有空袭警报,他会让海因躲到附近的公共防空壕里去。呆在一群陌生人中间,在污浊的空气里看忽明忽暗的灯光。

这些事,多少跟钱有点关系。埃塞尔每次和陌生人接触,家里就会多出一些钱。在这样的艰难时世,告密、抓捕、刑讯、处决,每天都在柏林的角落里发生着。儿女被鼓励出卖父母,邻居与邻居互相窥视,街上、门前偶尔会出现秘密警察的身影。每一张纸钞都有可能付出血的代价。

"你答应过我。"一次,海因说。他坐在楼梯上,面无表情地看着埃塞尔。

埃塞尔刚从外面回来,一边走一边慢慢地脱下外套。他瘦得狠了,锁骨凸出,眼窝深陷,眼睛里布满了血丝。原本合身的衣物松松地浮在他身上,好像有一把无形的刀子慢慢剔除了他身上的血肉,只剩下坚硬的骨架。

"求你了。"海因说,"停止吧,和我一起离开柏林吧。"

"我不能离开。"埃塞尔抬起头,眼睛里有一种异乎寻常的光芒,这使他的目光穿越了海因,看到了某个不能企及的远方,"我以为可以停止的,但是不行,已经停不下来了。海因,他们需要我。不是为了钱,是因为他们需要我。"

他在恍惚中轻轻摸了摸海因的头,微笑道:"如果有一天我死了,你不用惊讶,这是我自己做的选择。"

八

1943年夏末的一个早晨,海因收拾了行李,准备乘火车去小镇。柏林已经不安全,埃塞尔坚持要他离开,虽然他们彼此都明白,如果海因会被牵连,他躲到哪儿去都逃不掉。

天下着大雨,几个黑衣人径直走来,围住了埃塞尔。

海因已经上了火车,隔着雨渍模糊的车窗玻璃,他看到埃塞尔镇静地站着,双手插在外衣口袋里,嘴角带着一丝嘲讽的笑。不知是在嘲讽抓捕他的人,还是在嘲讽命运。

火车缓缓发动,海因在最后一刻打开车门跳下了车。

可埃塞尔已经被带走。

他提着箱子,走进了滂沱大雨中。

从火车站到家,海因走了两个小时。

那是夏季最后一场暴雨,仿佛积累了整整一个夏天的酷热和焦灼,在此时此刻突然倾泻下来。乌云在街道上方滚滚涌动，天黑得像一个久久等不来黎明的夜晚，柏林熟悉的街景在雨中幻化成一幅巨大的印象派油画。

海因想起他抵达柏林的那一天也是这么一个大雨天。

那时候，柏林是座陌生的城市，父亲是个陌生的亲人。从什么时候起，柏林和父亲一起，已经成了他心里无法割舍的一部分？

几个身穿便衣的秘密警察守在房子里。看到海因回来，他们显然有些惊讶，但没有阻拦。房子已经被仔细搜查过，从墙纸到床垫，一寸一寸被撕裂，被肢解。所有的画稿都被搜走。海因回到自己的房间，把行李放下，收拾这一片狼藉，给自己找一个容身之处，就像刚来时那样。

现在，他只有等待了。

在等待中，他拿起画笔，重新开始作画。

绘画不只是简单地模仿现实，它更是梦的具象重现。现在，他就在画梦。他的鸟从画纸上飞出来，把翅膀的影子投在地上。他的树能闻得到树叶的清香。他的人物眼睛里盛满光，微笑着，爱着。

一个月后，海因被带到盖世太保总部。在两名持枪卫兵的虎视眈眈下，他被领进一个空的房间。一张长桌上停放着一具覆盖着白布的尸体。空气是冷的，飘着一股消毒药水的气味。他们把白布掀开，示意他过去，于是他一步一步走了过去。他看着那张被拷打得面目全非的脸，长久地凝视着，直到自己的双眼被烙上死亡的印记。

他们向他宣布，埃塞尔·布莱恩特给犹太人制作假的身份证明，帮助他们隐姓埋名潜逃。他还暗地里与反叛组织联通，给他们画传单和海报，阴谋颠覆德意志帝国。在正式宣判的前夜，他畏罪自杀。

一开始的确是生意。他们给钱，他就做。后来，渐渐地，他了解到了他们的处境，觉得自己有责任帮助他们。每一张假证件都意味着一条人命。

盖世太保把海因扣留了十三天。那十三天是在折磨中度过的。他们连续几十个小时，反反复复地审问、诱导、羞辱、恐吓、鞭抽棍打。他们询问海因，他父亲暗中来往的那些人，他们是谁，住在哪里，他们说过什么。有时候，又让他看一些被打得血肉模糊的人，问他有没有见过他们，知不知道他们是谁。

海因说他什么都不知道。他没有什么可撒谎的，因为他确实不知道。

他被单独关在牢房里，时间的河流从他的手臂边淌过，一分一秒，似乎永无尽头。他已经确信无疑，自己会像父亲一样，变成空房间里一具冰冷的尸体。

十三天后，他们终于相信这个十五岁的男孩真的什么都不知道。于是，他们给了海因一张"自愿"申请去前线作战的表格，让他签上了名字。

九

海因·布莱恩特在十七岁的时候，变成了一个对死亡很麻木的人。

久经战场的老兵快死光了，送来补充的都是比海因还小的男孩子。他们看上去那么柔弱，肩膀被枪和子弹的重量压着，身体会不由自主地往一侧倾斜。初来乍到，一个个跃跃欲试，兴奋不已。但是像弗雷德说的那样，他们大多数人都没能活过两个星期。

"快完了。"弗雷德说。

"我们快完了，还是战争快完了？"海因随口问。

"都一样。"弗雷德说。

他们一边打一边撤。这是一条血路，空中有敌机轰炸，身后有大炮坦克，唯一的安慰是，他们正跌跌撞撞地朝着柏林的方向行进。

和苏军的最后一次交火发生在一片树林里。

深夜，白色的光和红色的光交织在一起，树林上空传来呼呼的巨响，不像是风，更像是大树在愤怒地号哭。一个炮弹在海因近处爆炸，碎片如暴雨般迎面扑来。天明时，他在剧烈咳嗽中醒来，从喉咙里呛出了一个暗红的血块。有几秒钟时间，他找不到自己的右手了，后来他发现，自己还是有右手的，只是再也不是手的形状了。

神给他的右手，神又把它拿回去了。

他撕下衣服上的布条，用嘴巴咬住一头，把手包了起来。周围累累的尸体，走出十几米后，他听到有人在叫他。

"海因。"那个声音微弱地叫着。在一棵倒伏的大树边，坐着双腿被炸烂的弗雷德。

弗雷德的嘴唇边都是血泡。

海因一看到他的脸就知道没有必要给他包扎伤口了。他解下水壶，给弗雷德喂了点水。

弗雷德的眼睛久久停留在海因的右手上，但没说什么。他示意海因离开。

海因在弗雷德身边坐下来，背靠着树干，说："休息一会儿我再走。"等你死了，我再走。

寂静中，听到融化的雪水滴答滴答的声音。弗雷德沉重而缓慢地眨着眼睛，像蛾子的翅膀扇动似的，一下，一下。

"海因，你一定能回去的。我们都回不去了。你能。你和我们不一样。"弗雷德断断续续地说。

弗雷德来自巴伐利亚一个美丽的村庄。那里种着一望无垠的葡萄、黑麦和啤酒花，是一个著名的酿酒之乡。每到葡萄成熟的季节，空气里总是弥漫着甜蜜的芳香。弗雷德曾经无数次说过等战争结束了，就带海因去那儿玩。

"你可以在那儿画画。我们家的房子又大又宽敞，我父母会把你当亲生儿子一样看待。"弗雷德总是这么说。海因也总是笑着说好，一言为定。

好像这一切真的能实现一样。

海因重新起身的时候，一阵湿暖的风迎面吹来，像一条柔长的绸子擦过他满是血迹和灰尘的脸。等他走出这片树林，回头看时，那些尸体就像被砍伐的树木一样静静地躺着。人的眼睛很难区分一棵树和另一棵树，在树的眼睛里，这些死去的人也一定没有任何分别。

十

海因一路流浪，在荒芜的田地里寻找食物，在没有牲畜的马厩里睡觉。战争的缘起总是为了国境线的扩张，然而战火烧过的地方，人们或者死去，或者逃亡，只剩下大片裸露无主的土地。

在一个荒无人烟的小村子里，他遇到了一个憔悴枯瘦得看不出年龄的女人。她给他打了井水，让他洗脸。洗干净后，她喃喃说："上帝啊，你还是个孩子。"

海因怔怔地看着她，不明白她为什么突然就哭了。后来他就默默地走开了。

他在前往柏林的路上听说了德国投降的消息。无所谓好，也无所谓坏。唯一确定的是，这一切终于结束了。

这一年的6月，他回到了柏林。

他看到的不是柏林，是柏林的残骸。一切都在碎裂，树木、屋顶、墙壁、街道，像风化了的骨架，一寸寸，一节节，分裂，断落。只有大而空的寂静，悬在柏林尘埃密布的苍穹之上。

战争结束了，饥饿却在延续。食物短缺，人们只有土豆充饥。他和埃塞尔原先住的房子，所在的整个街区都已经变成一片废墟。满地碎石瓦砾，路边倒着人和动物的尸体。

走了那么远的路，差不多走到世界的尽头了，回来，家已经不存在了。世界已经土崩瓦解，现在活着的人只能徒手把它一点一点拼合回去。

他住在战时挖的防空壕里。白天，他们乘电车去清理废墟。没有口罩，用纱布、毛巾把嘴巴和鼻子蒙起来，防止砖灰的侵入。他们把完整的砖头捡出来码成一堆一堆，把碎掉的瓦砾铲起来，放进小车拉走。这种沉重的体力活，应该是交给青壮年男子干的。但是现在都是老弱妇孺在做。

　　夜里，防空壕里挤满了无家可归的人。少量的卧铺都给病人和老人睡了，年轻一点的都席地而睡。灯光忽明忽暗，仿佛又回到了战争时期。已经不再有刺耳的警报声和隆隆的爆炸声了，可是时不时还是会有人从噩梦中惊叫着醒来，低声饮泣。

　　几个孩子蹲在灯下看一本画册，几张小脸凑在一起，兴致勃勃地一页页翻着，笑着。画册的封面已经掉了，内页被翻得肮脏不堪。但是海因看出来了，那是埃塞尔的《父与子》，关于一个父亲和一个儿子的奇妙冒险故事。

　　海因有的时候也会想起埃塞尔，想起他们一起生活时的情形。隔着时光回望，他并没有感到多大的悲伤，只是伤残的右手会传来隐隐的痛楚的感觉。

　　父亲画过那么多画，却从来没有画过他。从来没有。到死都没有。

十一

　　海因战后在柏林大学读建筑设计。右手已经无法复原，他花了一些时间练习，才勉强学会用左手写字。但要像过去那样画出精确有力的线条，似乎已经不可能了。

　　过去被纳粹处死的人，有许多被恢复了名誉，变成了反抗希特勒暴政的英雄。画家埃塞尔·布莱恩特也是其中之一。据说他在战争期间救了许多犹太人。没有人提到英雄最初的本意可能只是想赚点钱而已。

　　美国人来找过海因。他们说只要海因愿意，他们可以派人送他去美国念书。海因拒绝了他们的好意。

　　他已经过上了战时他不敢奢望的生活：清洁的环境，干净的食物和水，规律的白天和黑夜。听课，阅读，跑步。他一直以为只要足够坚强，就可以把过去放下，重新开始。

　　但是他整夜的失眠，夜的寂静总是让他想起前线，双方交火前的那一刻，扳机被扣响前的那一刻，炮弹出膛前的那一刻，所有恐怖厮杀的前一秒。杀机四伏，荆棘密布。

　　他的心在那几年里早就变成了石头一样坚硬的东西，只是石头也会从内里布满伤痕，风化碎裂。

　　弗雷德说，你和我们不一样。

　　不，弗雷德，我们一样。我们早就被战争毁掉了，从内里被撕成了碎片，只是自己没来得及意识到而已。

　　他在这种困境中挣扎了很久，直到有一天，他在邮箱里发现了一个纸盒。硬皮纸包裹得严严实实的，里面是一封信，和手工装订的沉甸甸的一本册子。

　　信里说，埃塞尔·布莱恩特被捕后，盖世太保搜走了他家里所有的原画稿，包括大量的政治讽刺漫画，全都被销毁了。只有这本册子，因为和政治毫无关系，被人偷偷藏了下来。几个星期前，寄信者得到了这本画册，他知道这画册有多么珍贵，但犹豫再三还是决定寄给海因。因为他才是唯一有资格拥有它的人。

信是用打字机打的，落款处没有留下名字。

海因在桌子边看了很久很久，才有勇气把画册打开。

泛黄的画纸上，画着一个男孩。从刚出生，到会站立，会走路，会追着蝴蝶跑，会荡秋千，会爬树……几百页的画稿，记录了男孩从婴儿到少年的全过程。

在一些画纸上，用铅笔潦草地写了几行字：

"海因不喜欢我在他面前画画，他是个小暴力分子，拿到手就撕掉。"

"想教海因画画，不过显然他对刷墙壁更感兴趣一些。"

"海因刷牙的时候把一管水粉颜料当成了牙膏……一场惨剧。"

"和海因一起去钓鱼，结果，他趴在我腿上睡着了。"

……

"我很想知道奥维利亚怎么病逝的，但是看着你苍白的脸，却怎么也问不出口。"

"你给我做饭，洗床单，熨烫衣服，你为我做所有的事，那么我呢？我能为你做些什么呢？"

"你看上去那么坚强，又那么脆弱。"

"我从来不是一个好父亲，是吗？"

"海因，你在想什么？"

"海因，你为什么那么快就长大了？我宁可你小一点，再小一点，可以躲到我的风衣里来。"

"如果我死了，如果，那么……"

最后一幅是海因坐在桌子边画画的背影，阳光从窗外射入，把他的头发照得发着柔光。

他一直在背后看着他，可是他不知道，一直不知道。

他们是如此相像，又如此笨拙，只会看着对方的背影，却从来看不透对方的眼睛。

那天晚上，海因看见埃塞尔坐在床边凝视着他。没有空袭警报，没有炮火，没有风声，是午夜最宁静的时刻。他悄声问道："爸爸，怎么了？"

"没什么，我来看看你睡得好不好。"

夜深如海，他们坐着，对视着。

"海因，我离开后，你经历了什么？"

"你想听吗？"

"我一直都想。"

海因开始讲述过往。

他的声音平静清澈，像月光洒落在溪流上。三年多时间，一千多个日日夜夜。作为一个幸存者，作为一个见证者。

"……我再也不能画画了，但是我曾经画过世界上最神奇的画。我真希望你能看到我画的柏林。如果你能看到，也许……"

"我看到了。你的每一张画我都看到了。海因，我为你感到骄傲。"

泪水落在残缺的手背上，无声无息。埃塞尔伸过手，紧紧握住了它。

"睡吧，儿子，你太累了，睡吧。"

在父亲抚慰般的低语中，海因合上眼睛睡着了。他睡得如此恬静，像个从来没有受过一点苦难的孩子。

注1：盖世太保，德语"国家秘密警察"的音译，纳粹德国的恐怖政治机构，曾逮捕刑讯杀害大量知识分子、犹太人、工会运动者。

注2：纳粹执政期间秘密处死了7万精神病患者和智障儿童。

注3：本文参考了德国漫画家卜劳恩（著有《父与子》）的一些经历。但人物形象和绝大部分故事情节纯属虚构。

较劲

—— 文/王巧琳 图/花生 ——

我们俩都会全力以赴,并且毫不怕死地互相承诺,输的人,得管赢的人叫一辈子老大。

我是怎么都没有想到，林小音现在堕落成了这副样子，成天嘻嘻哈哈呼朋唤友喝酒吃肉。此时，她正在我面前十分优雅地切割一大块烤羊腿，跟切牛排似的，不过刀锋很利索，羊腿被她轻松切成碎片，然后往我碗里一送。

　　大口喝酒，大口吃肉。

　　我抬头看她一眼，忽然心中再次愤愤不平，从小她就是这样，个性和资质如锋利的刀，让她做什么事看起来都不太费劲，轻而易举地让我嫉妒，轻而易举地拿走我垂涎的羊腿，轻而易举地切割胜利果实，还一脸大方地分我一份。

　　结果这个该死的丫头现在还告诉我，她不过是找到了人生的真谛，真谛就是生不带来死不带去，什么荣耀和功勋，等人尘归尘土归土了，到天堂又是赤子一个，赤条条来，根本也不能衣锦还"死"。所以，拼个屁。

　　哈？所以我比她活得没劲，看透又不如她早，我又输了？

一

　　我第一次见到林小音，是她转学来我们班的时候。

　　转校生本身就是无聊的高中生活里的一抹新鲜色彩，何况，这抹色彩本身还很鲜丽。真不能怪我，我还挺注重自己的思想品德教育的，毕竟，我是三好学生的苗子。怪只怪七原罪里有一项叫嫉妒，而我中了招。

嫉妒理由一，听说这个姑娘是从大城市转学过来的，穿着日式的中筒袜，洋气而且自信。嫉妒理由二，我们班主任也是挺过分的，她又不在我们这里中考，居然把半年前的中考成绩重新排了个名，我从第三名，被挤出了前三名。嫉妒理由三，漂亮漂亮漂亮！这件事我必须说三遍，林小音虽然排不上校花，毕竟我们学校也算是美女如云，山清水秀的地方出美人嘛，可是……这在重点班并不算数，尤其在我们班，林小音一来，我班花的位置岌岌可危。

其实这些理由都不重要，真正让我中了招的是第四个，也是最重要的一个理由。

坐在我后桌的迟斯言同学，是我们班的班长，我跟他青梅竹马一起长大，六岁那年我就幻想着跟他结婚。在林小音被老师"随手"安排在他后面的座位之后昂起下巴说："老师不好意思，我近视，看不清楚。"迟同学举起了手："我跟你换吧！"

换什么换？我五雷轰顶，林小音像个幽灵似的飘过我身边，她的腿可真细啊，我只觉得一阵寒。

我听到身后传来一阵捣鼓声，我刚想回头，忽然一双手拍向我的肩膀。我皱眉拧过脑袋。

她弯着眼睛冲我笑："美女，可以把椅子往前挪一点吗？"然后她努努嘴，耸耸肩，一派我从来没见过的嚣张气焰，"怪挤的。"

我拖着椅子，发出了刺耳的摩擦声。

林小音转学过来已经三天了，我没有和她说过一句话。但她的同桌，那个原先总是做迟斯言跟屁虫的胖子周果，总是没话找话。

"嘿嘿嘿，你好，我叫周果。"

林小音没反应。但估计是笑了一下。因为周果乐呵得更响亮了。

"嘿嘿嘿，你的字好好看啊。"

欸？真的吗？我立马停了我手上的草书，认真地写。我的字也很好看啊！

"嘿嘿嘿，你有没有看《秘密花园》啊？"

"没有。"那是一个还蛮冰冷的声音，"我不看韩剧。"

看韩剧很低端吗？我就很喜欢《秘密花园》，玄彬哥哥多好看啊！而且那种下个雨就能互换身体的能力，多牛啊！

"那你看什么呀？"

"不怎么看电视，我看书。"

"那你看什么书呀？"

天哪，周果情商也太低了吧，我从林小音的声音里都听出不耐烦了。

"这个不好说哦。好了,我现在要听歌了,可能听不到你讲话哦。"

"嘿嘿嘿,你听什么歌啊?"

"列侬。"

二

但事实上,尽管林小音不是个热情的人,但她还是能俘获周围一圈人的芳心。

由于"不想"和她说话,在她和小团体打得火热,讲着她以前在学校碰到的奇葩老师,大伙儿哈哈大笑时,我这个前朝遗老,像是被孤立了。

斯言同学让了座之后,并没有跟林小音有任何的交谈。我想可能就是绅士风度吧。如果是这样的话,我可以考虑放下成见,跟她做个朋友,也好重新回到宇宙中心。可接下来发生的事却阻止了我这颗向往世界和平的心。

事情是这样的,一波三折。

那一天刚好是我的生日,晚上迟斯言还会跟他妈妈一起参加我的生日宴。说白了,也算不上什么宴席。可是对我们来说,生日到酒店里吃一顿已经够奢侈了。这足以让我头一天就像患了春游综合症的小学生一样辗转反侧了。

第二天我把自己小半年没舍得穿攒着的新背带裤翻出来,变装完毕,我觉得镜子里这个唇红齿白的少女简直太美了,不过好像发型缺了点什么……哦,对,背带裤是牛仔的,我有个头箍也是牛仔的,我把自己的头发箍上去,天哪,简直是个青春洋溢的美少女。

人啊,有时候会陷入瞅自己咋瞅咋美的自恋陷阱,尤其是青春期。那天的我就觉得自己美爆了,下巴都不自觉抬高了几度。可我一到校门口看到了林小音,我当时就傻眼了。这丫头,跟我一样,穿了条背带裤,撞衫了。撞衫这种事,毕竟是谁丑谁尴尬。我不能尴尬啊,可是脸上原本的笑容就有些挂不住了,刚想开口喊她一声……

"嗨。"被林小音抢了个先。她上下将我打量了一遍,"背带裤不错,很衬你。"

哟,居然夸我?她看起来脸上也没有讥诮的意思。我心里有些舒坦,觉得自己有点小题大做,于是笑着跟她说:"你的也不错啊。很好看呢。"

"谢谢。"林小音笑起来时眼睛弯弯的,"不过,你其实不适合这个头箍。你的额头有点太长,有刘海会比较好看。"

"……"

等等?她在说什么?她懂不懂礼貌啊?

我感觉到自己丹田里一阵冒火,按捺住用手去遮住额头的冲动。听到自己的声音有些咬牙切齿："我就喜欢长额头,我就喜欢没刘海。"

"嗯。"没想到我会说这么冲的话,林小音却似乎不太在意,耸耸肩说,"喜欢就好。走吧,快迟到了。"

那天我和林小音一起走进教室的时候,几乎所有人的目光一齐抛向我们。我看到迟斯言在最后一排抬起头来,清晨的阳光打在他的脸上,那是每个女生少女时代都有的定格,他的笑容浅浅牵起,阳光覆盖了他长睫毛下的眼睛,我不知道,他是在冲我笑,还是在冲林小音笑。

就是那天开始,我私下里和林小音的较量被所有人搬上台面。

那样的撞衫出场,引发了很多人的讨论。

"这么一看,林小音和夏莱还是有点像的。"

"嗯,个子也差不多高哈?"

"对哦,她们成绩都很好呢。"

"对了,你觉得谁比较优秀一点?"

最要命的是,那天我的心情本来就有些不爽了,跟我一起放学去酒店的迟斯言居然侧过头跟我说了一句:"莱莱,我觉得你把刘海放下来比较好看一点。"

我目光如利剑一样扫向他,他立马噤声:"这样……也不是不好看……我……我只是觉得……"

"觉得我额头长是吧?怎么了!就长!长不好看吗?我就喜欢我长一个大额头,包容天下!要你们管!"

迟斯言不知道来龙去脉,被我吼了一通,见我一路暴走,好脾气的他又跑上来哄我。

"没有,不长不长!这样特别好!"

好有林小音好?该死的,下午第三节课的时候我明明听到林小音跑到他的座位旁边跟他说:"迟同学,谢谢你上次借我的两本书啊,我也推荐你一本吧。《社会心理学》,觉得你会感兴趣。"

怎么的,就发展成有借有还再借不难的关系了?他们是什么时候暗度陈仓的?可我又怎么好意思问迟斯言,这样显得自己很做作,很小气,很明目张胆地在不爽欸!但我就是看到他的书包就不开心,觉得那本《社会心理学》在里头像个炸弹,随时都会爆炸。

《社会心理学》到底是什么东西啊?

我好不容易被哄好,毕竟今天是高兴的日子,生日嘛,人一辈子也就那么七八十次。三姑六婆们都在,偏生一个还夸我额头有福气,看,这么长的额头,一看就不是平凡人。这种评语,听得我很想哭。

较劲 Polaris

好歹桌上美食多多，这一顿可要不少钱呢。吃完这一顿，得挨到我爸四十大寿那天才有的吃了。我猛吃东西猛喝果汁，生怕忘了这奢靡的味道。迟斯言今年送给我的礼物是一套 Hello Kitty 的学习用品。

说句实话，我过完生日都 16 岁了，谁还喜欢这种小女生的东西？但我不得不装出"哇塞好棒"的样子。

毕竟我是不忍心让迟斯言不高兴的。

吃到一半，蛋糕上来之前，我憋不住要去一趟洗手间。看到镜子里自己的大额头，早上那股咋瞅咋好看的心情全无，怎么看自己都不顺眼。我的额头，还真的是很长呢！我实在是没忍住，把发箍拿了下来，使劲拨自己已经扭曲的刘海，妄图遮盖这个估计得困扰我一生的大额头，忽然听到身后一个声音。

"夏莱？"

镜子里出现林小音的脸，她笑着说："真的，刘海放下来好看多了。"我从镜子里打量她，她的头发高高束起，饱满却又长度刚好的额头衬得她的五官极其立体，我只觉得心里有一股失落涌了上来。

"你怎么在这儿？"

"我妈在这边应酬呢，都要吃吐了。"她耸耸肩。

什么？这么好吃的酒店你说你要吃吐了？这让我情何以堪？

"你呢？"她甩了甩自己洗过的手，有几滴甩在了我的手臂上，沁凉沁凉的。

"我……我在这边……"我犹豫了一下，"过生日。"

"哈？今天是你生日啊？那你比我小哦。"她忽然笑起来，"那祝你生日快乐。"

我起身，跟她并排走出洗手间，想了又想，还是说了句："要过来，一起吃蛋糕么？"

我满以为林小音不会答应的，结果她居然很爽快地跟了过来，还十分自来熟地跟我爸妈介绍自己，在大伙夸她漂亮的时候，撒了个并不算做作的娇。

这下好了，全世界都知道有个跟我长得有点像的林小音了。而且在我三姑六婆包括不懂事的爸妈的盘问下，她对答如流，时时刻刻在显示自己的优越感。

"没有啦。我也就是第三名而已。"

"才艺吗？我拿过钢琴比赛。"

"其实没有很用功啦，就是……可能基础比较扎实吧。"

"嗯……我还蛮喜欢看书的。"

"才没有呢。我妈不太会干家务，家里都是我做家务的，有时候还得给她做饭呢。"

她看起来比我大方一点，成绩排在我前面，能说会道讨人欢心，个子比我高一点，脸比我小一点，眼睛比我大一点，额头比我好看，懂的东西比我多很多。

我妈说："看看小音，你要多跟小音学习学习呀。人家多懂事呀。"

她还说："祝我们夏莱，越来越好。"

怎么不祝我额头越来越长呢？

三

我知道我小心眼，但当我看到迟斯言跟她站在走廊上讨论社会心理学的时候，我真的连经过他们的心情都没有。

你瞧瞧，迟斯言送我 Hello Kitty，不是瞧不起么？当天，我从图书馆借回来一本《社会心理学》，嘴角有一抹嗤之以鼻的笑容。看本《社会心理学》就了不起了？真不知道她拽什么呀。

指不定只是随便报个名字呢，明天我就去拆穿她，用里头的知识，让她泄底！让她装高级知识分子！但一个晚上过去，我彻底败下阵来了。算了，在阅读上我还是不要跟她较劲了。我想想别的法子吧。

我刚合上书页，我妈就端着牛奶进来："莱莱，最近考试了吧，考得怎么样？"

"还不错吧。"

"那斯言呢？林小音呢？"

妈……Excuse me？

我们学校老是考试，各种测验，各种模拟，虽然才高一，但好像分分钟就要上高考战场似的草木皆兵。我统计了一下，所有科目里，我只有语文侥幸赢她，其他科目虽算不上惨不忍睹，但基本都被林小音给甩在身后。这让我非常难受。被挤出前三名之后，我非常难再进去。前两名都是稳如泰山，甩我们八条街的那种顶尖学霸。跟他们比实在是自不量力，我唯一能侥幸战胜的，就是林小音。什么？侥幸？我为什么要用这么妄自菲薄的词语！

那之后，篮球赛就来了，这可是我大显身手的机会。说实话，我从小学起就是体育健将，尤其是篮球……啧啧，当然算不上什么职业选手，但在我们学校这种业余水平里，也算是佼佼者了。

万万没想到的是，林小音居然也报了名。体育委员好奇地问她："你会打篮球呀？"

她笑得云淡风轻："以前参加过校队，不过，水平一般。"

什么？你还故作谦虚？没错，林小音就是故作谦虚，从我这个半业余的角度来看，

她带球、起跳、闪避，都堪称专业，弓起身子来，像灵敏的小兽，眼神里带着战场上的决绝和冷静。我不由心中一凛。对于我们学校这种半吊子篮球赛来说，我们班有了我和林小音，简直是如获至宝，轻轻松松就进了决赛。不过该死的，班级荣誉倒不冲突，冲突的是……

有个叫最佳投手的荣誉称号。

到最后一场决赛的时候，我们的进球数，几乎不相上下。"哇！林小音又进球了！""哇！夏莱好棒！"

我不能输给夏莱，尽管已经疲惫得不行了，我还是死活撑住，进入决赛的另外一个班也不是盖的，尤以一个吨位是我 1.5 倍的女生为首，像个肉盾一样阻路。

球到了对方手里，林小音大步向前，健步如流星，极快。对方却是不依不饶地十指抓球，二人一番争抢。

时间不多了，我看林小音这几场都完全没有传球的意思，只能加入混战。二十指变成三十指，加油声不绝于耳，我只觉得阳光毒辣，眼前白茫茫一片。

咬紧牙关。我一定要抢到球！

裁判忽然吹哨，我的眼睛睁开，看到对面的林小音跟我一样龇牙咧嘴的表情。

"两位同学，你们是同队欸！抢球干吗？"

我松开了手，气喘吁吁。队长叫停了比赛，我和林小音往台下走去。休息台前是我们的班长迟斯言同学，正举着一瓶水朝我挥手。

——不对。林小音已经快我一步走过去，一把接过了迟斯言手里的水。气沉丹田，我不能生气！不能！

迟斯言弯腰又去拿了一瓶，我却一把推开："我不渴！"我的水被人抢走了！我凭什么要喝第二瓶？我宁可不喝！我宁可渴死！

迟斯言一脸无辜地看着我："夏莱你是不是太累了？要不要休息一下，反正我们班基本是赢定了，有林小音稳场，不进攻防守就可以……"

"我！不！累！"我朝他吼了一声，听到哨声再次响起。我必须拿到最佳投手！我必须赢她一次！

"今年的最佳投手是——"

"林小音同学！"

林小音迈着她的长腿笑着接受了殊荣。而此刻的我，在医务室里接受治疗。我的手臂被大面积挫伤，血流不止。迟斯言在我旁边，看我哭得稀里哗啦。

"很疼吗？很疼吗？"

打篮球伤到很正常，女孩子又没那么讲究技巧，有时候冲撞难免。我就是被撞翻的，因此下了场，错失了最后一个扳回一局的机会。我输了。第二名不是输。输给林小音，就是输。

迟斯言手足无措，看着我哭，然后央求医生说："能轻点吗？"我抓着他胳膊的另外一只手，在他手臂上留下了明显的掐痕。

让你先给她水喝！

四

然而，天不遂人愿。起码是不遂我愿，从林小音出现的第一天开始，我的日子就过得如履薄冰。

不能放松学习，你看她多轻松，上课偷看漫画，或者钻研她的心理学，英文水平仍旧甩我们这些城乡结合部的学生一大截，有时候还会说几句小语种。

"哈哈哈，这句是法语啦。"

"没有，这一句是俄语。我会的不多，自学过一点点。"

我，曾经品学兼优并且全面发展的夏莱，和她一起参加了市里的采访，全程英文，我自以为说得还蛮流利，回到家拿到样片一听，恨不得割腕自杀。林小音那口流利的英文，显得我说的那一段简直像是美国某个乡下的方言。不过她倒是很"谦虚"，在被同学追问着为什么英文这么流利时云淡风轻地说了句："没有啦。我爸爸在国外，我小时候待过一段日子，所以会说一些……"

炫耀！这分明是炫耀！搞得我那段日子把随声听都要磨出茧了，把几盘磁带反复地听，舌头都要打结了。

成绩上更是如此，她似乎开了挂，纵使上课不怎么认真听讲，都能轻松地胜我几分。那不是轻微渺小的几分，那是一种碾压。我夏莱只能开足马达，熬出黑眼圈，头悬梁锥刺股，看不懂《社会心理学》，不打紧，我不能在语数英上也输给她！

最重要的不是这些，迟斯言居然慢慢地跟她成为了朋友。从最初讨论艰涩的时事新闻，到后来开始谈论家长里短。我可不是一个笨蛋，我知道当两个人从阳春白雪谈到油盐酱醋以后会怎样，这事儿，可有点悬了。

但无论如何，迟斯言偶尔叫上林小音的活动，我总不能不参加吧？一来显得自己很不大方，特别怂。二来，我总得盯紧敌人的发展吧？

五

这一天，我们仨刚看完一场话剧。

讲真的，我是很喜欢看话剧的，但今天这场话剧有点像歌剧，动不动就跟《新白娘子传奇》一样一言不合就唱歌，而且还都是海豚音，几个外国演员画着夸张的妆，表演也实在是"出神入化"，我真的看不懂。而且，又是国外的话剧，居然没有字幕？我愣是一脸懵懂地看完。

可是这两位是怎么回事？

迟斯言说："其实镜框的手法，有点蒙太奇，你觉得呢？"

"嗯。有个角色的原型，应该是借鉴了意大利文艺复兴时期的一个喜剧形象。"

"啊，我知道。是不是皮埃罗？"

"对，还有点《月亮和六便士》的意思。"

"台词我倒是没全听懂。"

"肯定啊，毕竟夹杂多国语言。不过我还蛮喜欢女主角那个梦境的。"

迟斯言大概是觉得我快被他们聊透明了，忽然拍了我一下："你是不是不喜欢啊？"

"哈？"我一愣，先看的是林小音的眼神，她端可乐的样子特别装，低垂眉眼掩饰自己的优越感。

"不喜欢。"我气呼呼地说，"看不懂，我为什么要喜欢！"

"那我给你解释一下吧。"林小音忽然开腔说。

"不想听。"我冷眼拒绝了她。

迟斯言估摸着也感觉到战火硝烟无声起了，我的脸色估计臭得要命。他有些尴尬地说："这里的可乐真的很好喝哦。"

"是的。我超级爱喝可乐，一次性可以喝好多。"

这么巧？我皱起眉头。迟斯言忽然一脸惊喜地看着我："真的啊，莱莱也是！"

林小音微笑着看着我："那我们比比？"

"比输了的怎么？"

"比输了请大伙儿吃一个星期的饭。"

"成交。"

喝可乐的大战，我赢了林小音，足足多喝了两罐。我一直想吐，一直想打饱嗝。后来看到她优雅地跟我们拜拜的时候，我有种被她下套的感觉。

然后冲到洗手间吐得七荤八素。最毒妇人心啊！镜子里的我，一脸的"大战即将来临壮士一去不复还"的仗势。接下来的一个星期，我一定要吃够本！

林小音和我，就此拉开了长达多年的战役，战线之长，我所耗费的精力，实在是令人唏嘘。尽管我一路败北，但似乎愈挫愈勇，她跑得很快，但我也是紧追不舍。我对她怀有的感情太过复杂。嫉妒也好，不服输也好，我就是爱跟她较劲，她对我也一向刻薄。

"来啊，比比啊。"

电玩城夹娃娃她比不过我，气得把身上所有现金都换成了游戏币，差点在一台娃娃机前站成了化石。

我是心疼钱，迟斯言不知道在心疼什么，一直跟我说："夏莱，要不……你放放水？"

我夹的娃娃已经塞满了包，她那边战绩惨淡，我终于看到林小音败北。好了，值了，我走过去说："我帮你夹吧。""不，我要自己来。"她说。

我看了一会儿，终于知道林小音为什么战绩惨淡到让人于心不忍了，她一直在夹那只卡在中间的娃娃，无论从形状还是位置上看，都是不太可能的。

"你换一只啊。"我忍不住埋怨她，"非夹那只？"

她忽然红着眼睛看着我："不，我就要那只蜘蛛侠。"

很久以后，我才知道蜘蛛侠对林小音的意义，当时只觉得偏执，偏执得红了的眼眶让我忽然有些不忍心。我和迟斯言，陪她夹了一个小时后，工作人员看不下去，过来将娃娃重新摆了一个位置。

娃娃掉落洞口的时候，我看到这个一向清高又骄傲，看起来比我成熟懂事的林小音像小孩一样雀跃地跳起来。然后她拉着我的手，笑得没心没肺。

"看到没，夏莱！我终于夹到了！"

那是我第一次觉得林小音离我很近，那是我第一次觉得我没那么讨厌她。不过，这些"幻觉"很快就消失了，因为我们的较劲是无止境的。

我有什么，她很快也会有。她的零花钱总是比我多。她还有很多我没有的东西。

"这个挺好看的。我也去买一个。"

"这个挺好玩的。我也去买一个。"

"这个是你姥姥织的？手工的？好吧，那我去找店铺定一个。"

讨厌死了！

何况迟斯言这个王八蛋，从前总是我们俩，后来就连去个游乐场，都要买三张票。

我受不了了。要去你们去好了！我真想这么大吼，可看到林小音那张脸，说着："那

明天我来买吃的,别跟我抢。"又恨恨地把那些话咽下肚去。

去个游乐场,总没什么好比吧?

我真是错了。错看了林小音也错看了自己。

跳楼机前迟斯言就挪不开步子了,问我敢不敢坐。

那么高,尖叫声那么响,从来没有坐过高空项目的我自然有些怵。我看了一眼林小音,试探地问道:"你敢吗?"

林小音愣了一下。

"不敢了吧?"我努努嘴。

"有什么不敢的?"她耸耸肩,一副轻松的样子。

"那好啊。"我心里咬牙切齿,"那一起啊。比比看,谁能憋住不喊出声。"

"好啊。输的人怎样?"

"输的人,坐十次!"

那场比赛没分出胜负,因为林小音下来的样子把我们都吓着了,她瘫在跳楼机的座椅上,捂着胸口,脸色惨白,双眼紧闭。我和迟斯言愣了半晌才把她拉开,然后她大口喘气,一副呼吸不过来的样子。

"来人啊!"迟斯言还没反应过来,我已经瞧出了她的不对劲,大声呼喊工作人员。

林小音被送到了医院。医生说:"病人有心脏病,怎么能进行这么刺激的活动!你们也太不像话了!"

我和迟斯言都愣住了。

林小音的妈妈赶到医院的时候,我自责得快哭了,要不是我激她,她也不至于这样。我可真担心她啊,她要是有个三长两短,我是不是要坐牢?林小音的妈妈没有责备我们,反倒是感谢我和迟斯言将她送到医院。

林小音一直没醒,她妈妈付了医药费,说还要去公司一趟,麻烦我们先看着,一会儿叫家里的阿姨过来陪她。

她妈妈真漂亮,穿着高跟鞋的样子特别优雅,而且保养得非常好,化着精致的妆。我妈妈也漂亮,只是她从来不穿高跟鞋,也很少保养,看起来比她妈妈年纪要大很多。而且她的名牌包包,我知道,可贵了。

林小音醒来的时候,迟斯言拍了拍我,我没忍住,哇的一声哭了,骂她:"你有病啊!吓死我了。"

林小音咧开嘴笑了笑:"我是……有病啊。"

明知道自己心脏不好，还去坐那么危险的项目，我真是弄不懂她。但在知道她妈妈来过又走了的时候，一向高谈阔论的林小音，一直沉默地看着窗外。

我想她可能是累了吧。

六

林小音毕竟是女超人，没多久又满血复活了。她说自己的心脏病也只是小病，说白了，就是很轻微的心脏病。但我还是好长时间不敢跟她呛声，怕她又被我刺激得厥过去。可事实上林小音根本没在怕的，比正常人胆儿还大。我一瞬间，也就忘了。

我们又恢复了以前较劲的生活。

但好像，比以前多了点什么。我说不清。

但是斯言，可能男生都是怜香惜玉的吧。从前他是一个旁观者，如今，却偏向了林小音，总让我别跟她计较，别跟她犟。可越这样，我越委屈。

似乎在迟斯言眼里，一直是我在找林小音的麻烦。是，我是经常找她麻烦，但她也没少找我麻烦啊。我们俩谁都不是善茬儿，他凭什么胳膊肘往外拐啊？

他会不会是……

我不敢想下去，觉得自己的心脏也开始有了病。

喜欢林小音的人不少，周果就是其中一个，他平时憨厚里还带点傻气，但跟林小音说话时傻上加傻，讲话都结巴。傻子都看得出来他喜欢林小音。

但是说实话，高一刚开学的时候，他最喜欢的人可是我。我怎么都有种不好意思说的失落感呢。

那天上自习课的时候，我正趴在桌上小憩，忽然听到林小音压低声音说："周果，很抱歉，我有喜欢的人了。"我一下子惊醒了过来。听到身后周果小声地说："我知道。我知道你不会喜欢我这种人的。你那么优秀。但是我只是想让你知道，你很好。"

"谢谢你。那我知道了。"

我忽然觉得，周果并不傻，虽然他不可能是大智若愚，从他成绩单上常常出现的30分就能看出来，但他真的没有我们想象的傻。可这些不重要，林小音喜欢的是谁？我和她基本上都在一块，接触到的异性只有一个……

就是迟斯言。

我忽然觉得心脏开始猛烈跳动起来。如果迟斯言喜欢林小音，而林小音也……那我怎么办？

我腾地站起来，椅子发出刺耳的刮擦声。

林小音在后面埋怨我一声："上课呢，你干吗！"

"我心情不好，我要逃课。"然后我大步迈出了教室。身后负责纪律的斯言在喊："夏莱你干吗！上课呢！喂站住！林小音，林小音你又干吗？"

走到体育场，我忍不住回头，吼道："干吗啊，你连逃课都要学我！""谁学你了！"林小音也凶巴巴，"我初中就是逃课王，你知道啥？"这话说得，竟然噎住了我，她是有多不要脸强词夺理啊！

"你刚才是不是听到什么了。"林小音总算表明了跟出来的理由了，"你不会是喜欢周果吧？你瞎了？"

等等……什么？我平静了下心绪："你说什么呢你，我就是今天发试卷了，分数又没你高，想想都气。"

她忽然笑了，但这一次不是我所讨厌的那个胜利者的笑容："别气了，我请你喝可乐吧。"

我不太记得那天的天气，但记得那天我们再次去了电玩城。不过这一次我们没有比赛，毕竟我没有带钱，一个游戏币都换不来，又不会拉下脸皮让她给我换。我们坐在电玩城的楼梯间里喝可乐。

她忽然说："林小音，我妈要结婚了。"

"啥？"我下巴差点掉了，"你爸不是……"

她忽然哇的一声哭了出来，我一时不知该说什么。

"我爸是我爸啊，只是他不是我妈的老公了啊。早就不是了。我三岁那年他们就离婚了。然后他去了美国。其实当年我是被判给我爸的，但是我有病啊，就一点点心脏病他就不要我了。我妈是不嫌我，但现在……"

她回过头，满脸眼泪："那天你生日，我看到你妈，觉得那该是我妈妈有的样子，性格温和，贤妻良母，和我爸爸一起为我过生日。你是不知道我有多嫉妒你？你有我没有的东西，我挣不来的东西，我真的超嫉妒你。"不过她最后还是没改本性，说了一句超级让我翻白眼的话——"不过我有钱，你没有。你一定也很嫉妒我吧？"

但她还在哭啊，我总不能给她一巴掌以示自己的仇富吧？

"好了。你别难过了……其实父母再婚很正常啊。"我的安慰显得很造作，也很苍白。

"当然。我知道的。"她忽然抹干净眼泪，"我就是今天失控一下，就想找个人说说话，还是谢谢你了。可乐当报酬吧。"

"……我会替你保密的。"

"有啥好保密的。"她又恢复了贱贱的样子,"我又没撒谎,我爸是在美国啊。他还有个女儿,特别好看,还特别聪明。真是要命。我都讨厌不起她来。对了,你知道那个蜘蛛侠为什么我这么想要吗?有一年我去美国看他,在他家,看到他坐在地板上扮演蜘蛛侠吐丝,逗他五岁的女儿笑……真好,他从来没有这么逗过我。"

此刻的林小音看起来挺悲伤的,我都有些心疼了。

然后她忽然站起来,拍拍屁股,朝我伸出手:"走吧,去篮球机那边,赌一把?"

啥?又要比?来就来!我握住她的手,站了起来。

七

林小音的出现,打开了我生命中的嫉妒之门,不过里头的妖魔鬼怪,虽然有些神经质,但都还算良善。她也解锁了我很多连试都不敢试的技能,比如我的英文水平越来越好,因为她的原因,开始对话剧和歌剧有了更深的了解,我甚至跟她一块加入了学校的表演社团,并且开始写些小型剧本。

在知道林小音对我温馨家庭的羡慕后,我常常带她回家,一来为了跟她炫耀。你看我爸吗多好!羡慕吧?羡慕你也没有。二来……我是真的心疼她常常不吃晚饭到处晃荡。她妈妈有了新家庭,她毕竟在青春期,还是会有些沮丧和避嫌的心理,越少相处越好。

我妈已经到了把林小音当做"别人家的小孩"一样催我好好向人家学习的地步。我们俩开始抢做家务,抢着讨大人的喜欢,恨不能所有技能都较量出个高低。

我也说不清,是谁输谁赢。

至于斯言,他有些不太高兴,因为我和林小音居然常常撇下他行动,到最后,居然他成了落单的一个。

高二那年,我们一起报了个演讲比赛。学校里拿第一的人可以去参加市里的决赛。又是一如既往的战争。我们俩都会全力以赴,并且毫不怕死地互相承诺,输的人,得管赢的人叫一辈子老大。

其实我曾经也算不上一个口齿太过伶俐的人,演讲这事儿,一靠天赋,二靠实战。我就是在和林小音各种较劲的场合下,渐渐练得嘴不饶人,然后再从不饶人到犀利幽默,从有些伤人到后来的柔中带刚。

为了这次演讲比赛,我付出了很多的努力,我绝对不能输给林小音,我才不要叫她老大呢!

宣布结果的时候,我的心提到了嗓子眼。

我想，我身旁的林小音也是这样。

而这一次，我们没有分出胜负。我们拿了并列第一。校方决定，让我们组队，去参加决赛。

厮杀，变成了组队，这件事让我们都有些无语，但接下来对选题的裁定，我们吵得不可开交。决赛的时候，我们演讲的题目，叫《成长好烦》。我们俩，不是有些像吗？加上妆容，再穿上我们第一次撞衫时的牛仔裤，其实后来，我们有很多相似的衣服。

我扮演本我，她扮演真我，然后我们一起有了一个超我的结尾。

我说："其实我并没有特别用功。"

她说："怎么可能，其实我每天都累得要死。"

我说："我希望我每一场仗都赢得漂亮又轻松。"

她说："对，看上去漂亮又轻松，其实，我都快逼死我自己了。"

我说："大人的世界挺好的，我想长大，去看一看。"

她说："长大烦死了，我才不要长大，去接受那些混账道理和规则。"

我说："她真的挺优秀的，我很佩服她。"

她说："佩服什么！我嫉妒死她了，我一定要超过她！"

我说："你能不能别说了？"

她说："不能，我不能让我们丧失自我。"

我说："总有一天。"

她说："总归会有这一天的。"

我说："我成为更好的我。"

她说："成为屈服于世界的我。"

我们齐声说："更好的我（屈服的我）是为了改变这个世界（不被世界改变）。"

这像是双簧一样的表演，新颖有趣，内容则令台下的同龄人们无限共鸣，我们俩合作得天衣无缝。

我没撒谎，也没自恋，这是比赛方对我们的评价。

那天我们拿到了决赛总冠军，出来的时候，我们对视了一眼，然后异口同声地说了一句："叫我老大。"

八

靠着相互拼命的劲儿，我们高考的分数不错，不过因为志愿的原因，最后一个在南，一个在北。

大学四年，我们隔空较劲着。渐渐地，却失去了联络。那段日子，我的心像空出了一块，庆幸的是，斯言跟我考了一个大学，我们依旧像当年一样如影随形。慢慢地，那些不知什么时候就有的情愫，就顺其自然地发芽了。

毕业以后，我原本在一家公司干得不温不火。她则在别的地方过得风生水起。在我被一个策划案逼哭了找她喝酒后，她忽然拍着桌子朝我吼："瞧瞧你现在的样子，给人家做牛做马，还有点当年跟我较劲的样子吗？你看姐姐我，混得多好。甩你八条街，你最好现在就给我振作起来，辞职！咱不跟这群不识趣的家伙玩了！重新找伯乐去！"

我一边抹着眼泪鼻涕，一边骂："你说得倒轻巧啊！哪有那么多重新！"

"你瞧瞧人斯言！你再这样，他迟早被人家拐跑！"

那天我喝得烂醉，跟她在门口的花坛边等迟斯言来接我。我忽然醉醺醺地问她："你高中的时候，有一次说有喜欢的人了，是迟斯言吗？"

她哈哈大笑："怎么可能。"

"为什么不可能？"我嘟囔着说，"不过幸好你不喜欢他，如果喜欢他，我还真怕比不过你。"

她忽然抱住我肩膀说："你傻还是我傻啊？迟斯言一看就是你的人。抢不来的东西，我从来不抢。"

那天斯言将我扛回了家，第二天早上醒来的时候，我看到他坐在我家沙发上睡着了。我蹑手蹑脚地起床，他忽然惊醒："你醒了？要去上班了？"

"不去了。"我耸耸肩，"迟斯言，我去你公司帮你，一块创业吧。"

创业真是一个苦力活，幸好我在高中的时候练就了一身铜墙铁壁，加上技能多多，才应付得过来。还有，斯言真的是一个很棒的人。

我们的公司渐渐上了轨道，而她，在另外一个城市做高管，业绩惊人，像个女超人一样到处飞。

结果现在，她怂了。忽然告诉我她干得挺累，想要放弃事业。

我一边骂她不够意思，我这么久可是靠着跟她比的动力在拼命啊，怎么她就突然解甲归田了呢？

她说："别急，慢慢说。烤羊腿香不香啊？"

"香。"我老实地说。

原来，她做了心脏搭桥手术，几乎是从鬼门关把命给抢了回来。我怪她这么大的事不跟我说。

她笑着说："傻瓜，跟你说什么。不是白担心么？你这个人啊，关键时刻靠不住，只会哭。"

"放屁！"我一边哭一边骂她。

"对哦，还会骂人。不过真的，夏莱，我是想明白了。我从小喜欢争喜欢比，真的是从小。我妈那时候总是教育我不能输给别人。我活得挺累的。记得那年去坐跳楼机吗？其实我那时候……真的蛮想死的。很多次站在窗前，都想跳下去，又没胆量。真不是因为你激我，我只是想试试看跳楼的滋味。"

我一时说不出话来，亏我自责那么多年，这个疯子林小音。

"不过……那一次我虽然不算凶险，但真的是明白了，我还真不是天不怕地不怕，我有点怕死。我读那么多书，就是为了找到一直困扰我的答案。后来才知道，很多事读再多别人的经验都没有用，自己经历才有用。成长好烦，对吧？但是，总有一天会有一个人出现，让你觉得烦恼都不算什么。我会和他一起去新西兰。"

"什么！谁？"我瞪大眼睛。

"别急，先吃你的。他开完会就过来。我好好给你引荐。"

天哪，我倒是真想看看，一向眼光高得不得了的林小音的这个真命天子是何等模样！居然还能让她抛下事业。

"对了，你啥时候结婚？"她忽然放下烤鸭腿，微笑地看着我。

"啥意思？"

"抢在你前头。"

"我就知道。"我怒瞪着她，"你这个不怀好意的女人。"

"要接着比下去么？"她笑着看着我。

我也笑开了："好啊，比比，谁更幸福。"

阿 狼

文/马鹿君　图/布眠子

我心想,我是个人,它是条狗,守住人类理智的底线,绝对不要和它一般见识。

与阿狼初识

阿狼是我在狗里的"初恋"。

它是我去打工的"英田农庄"里养的狗。我被正式任命为暑期员工之后,它便成了我的狗。

见到它时,我正落在人生的低谷,家中双亲正闹得不可开交,学校中人际关系尴尬。"社会实践课"的课题发到我手上,才发现成群结队的好项目已经全被勾完,剩下藏在角落里孤零零的一个下乡项目。

本地特色,没有完成社会实践无法毕业。

我只得怀着沮丧的心情,投入到社会化大生产的洗礼中去。

幸亏遇到了阿狼。

阿狼具有一只狗所能具有的一切优秀特征——英俊、聪慧、忠诚,完全刷新了我对这个物种的认知。

直到它去世后三年,我依然时常想起它,和人提起它,以它作为标杆评价我见到的每一只狗。

然而我们的最初相遇并不愉快。

那时我完全不能和狗相处,小时候被狗追咬过,没有留下什么大不了的伤痕,只留下我对犬类的恐惧和厌恶。半个手臂长的小泰迪,一叫起来都能把我吓得屁滚尿流。更别提半个我那么大的阿狼了。

农庄主人禾叔带它来面试我,那时它站在禾叔身边,威风凛凛地竖起耳朵,深灰色的眼睛里闪耀着精明的光,像一条狼,也像一个保镖,皱起鼻子,压低嗓门,对我发出"呜"的低吼。

我吓得连连倒退,撞在墙上,发出"咚"的闷响。

"别怕别怕,"禾叔拍着阿狼的脑袋,"它不咬人的,就是吓唬你。"

我看着它那两排雪亮的大白牙,心中充满疑虑。

它一眼看穿我的忐忑,嘲讽似的偏偏头,眨巴着深灰色的眼睛,炫耀似的懒洋洋地张开嘴,露出那令我胆怯的牙齿,像是在说——

喊,弱小的人类。

坏的开始是失败的一半。这样糟糕的相处方式被带入我的试用期。在农庄住下开始工作之后,只要见到阿狼,它都会耷拉下尾巴,伏低身体,对我发出像初次见面时那样威胁的低吼,直到被禾叔禾婶呵斥为止。

幸亏它主要"跑外勤",而我在试用期内只负责大棚内和室内的工作,与它打照面并不频繁,否则真不知道能不能撑过三天。

然而很快,这个"幸亏"就随着试用期结束烟消云散。更糟的事发生了——

禾叔把阿狼带到我面前:"从今天开始,你就是正式员工。阿狼跟着你……"

"等……等一下!"我大骇,"那个我,我和它……"

不等我充分表达反对的意见,禾婶就凑了过来,用更爆炸的消息击溃了我:"事实上是倒过来,你跟着它。阿狼的资格比你老呢,是你的前辈。附近的路它都认得。去放牛放羊的时候要跟紧它,不要走丢。如果走丢了就大声喊,它的耳朵和鼻子都很灵,会找到你的。"

Excuse me?你们认真的吗?

我的心中一片荒芜,但出于礼貌,尴尬地"呵呵"着。

禾叔禾婶招呼阿狼过来——他们是认真的。

我不知所措。倒是阿狼一副成熟懂事的样子,宽宏大量地走到我面前,对我摇摇尾巴表示友好——和昨天那龇牙咧嘴皱鼻子生气低吼得眼睛都要红了的家伙简直判若两狗。

"汪。"它说。

我简直要一屁股坐在地上。

它斜眼看了看我那不争气的样子,摆了摆头,向后退一步,给我留出了属于人类的自

尊，转身在前面带路。

我心中默念，它只是只狗，不要和它一般见识，提心吊胆地保持着自以为安全的距离跟上去。

转正后第一个工作是放羊。这是个简单又艰难的工作。说简单，是因为只需要"把羊从羊圈里放出来，领到草多的地方"就可以了。说艰难，是因为上了年纪的羊全是机灵狡猾的大骗子，它们完全听得懂人的话，但这对于服从性完全没有帮助——恰好相反，那些灰黄的眼睛里总是转动着歪脑筋，一旦它们领会了人类的真实意图，就一定会竭尽全力地向反方向努力。

年轻的小羊并不主动作乱，但它们对自己的同类长辈远比对人类信任。一撩就跑，一跑就乱，完美起到为虎作伥的效果，把手足无措的我淹没在汪洋的羊民战争中。

山路又窄又陡，有许多地方都淹没在落叶和碎石子中。人类的脚在这种地面上简直像废旧坦克半脱落的履带一样笨重。而羊们却一个个都像轻盈的林中精灵，蹄一蹬就飞上半人高的矮坡，再一咩就没进树冠之间。想要追上它们犹不可得，更别说把它们赶到目的地⋯⋯

"喂！不要上那个树！"

"敢啃桃子的话就吃了你哦！"

"下来！全都给我下来！前面有陷阱掉进去我可不救你们啊！"

我只能气急败坏地咆哮——当然起不到任何效果，只是发泄情绪而已——工作刚开始十分钟，我已经气喘吁吁，火冒三丈，心中不断念叨"中午就吃羊肉"，心想难怪西方总把山羊和魔鬼联系在一起。

阿狼安静地跟在我身边，在路特别狭窄的时候会主动换到靠山崖的一侧，以防我失足掉落。

观察了十五分钟，看我果然拿那些羊一点办法没有，终于啪嗒啪嗒地跑到我身前，冲着羊群隐没的树林汪汪地叫起来——像是咏唱召唤魔咒，羊一只接着一只，从树干上跳下来，从枝桠间钻出来，从深及膝盖的草丛里抬起头来，咩咩地无奈地叫着，向山路上聚拢。

阿狼看了我一眼。

我撇撇嘴。心想这有什么了不起。你是狗啊，牧羊天赋当然比我好。人家新西兰澳大利亚那边一条狗能看上百头羊呢。这才不到十只，有什么可得意的。

况且——我数了数羊的数目，还差两只最老的："呐，你也没比我强到哪里去，"我指着羊群对阿狼说，"这些我跑跑也能搞回来，最麻烦的那两个根本没搞定，等它们一咩，这些就又跑啦！"

阿狼又看了我一眼，抖了抖毛，猛地蹿进林间。

那是我第一次看阿狼飞奔——在这之前，它要么跟在禾叔身后亦步亦趋，要么吐着舌头小步奔跑——真像是一道棕色的闪电，腾空的身姿矫健得像拉满的弓，腰身细长柔韧没有一点赘肉，在空中滑翔的姿态宛若大笔泼墨一般流畅，在春夏季节略短的毛在阳光下根根分明，仿佛每一缕都有自己的生命力……

一瞬间我明白它为什么被叫作"阿狼"。

林木间窸窸窣窣地乱响。两只老羊"咩咩"地哀叫着，连滚带爬地跑出来，混进了羊群里。

阿狼从灌木丛间钻出来，抖了抖背后粘着的树叶，再看我一眼。

我心想，我是个人，它是条狗，守住人类理智的底线，绝对不要和它一般见识。

尽管这么想，可我也不得不承认，在这远离先进文明的山村里，阿狼比我有用得多。"阿狼的后辈"这个说法实在是太高估我了——在正式开始工作的那一个星期里，我只能算得上是阿狼的跟班，绝大多数时候的作用仅相当于它的腿部挂件，比较努力的时候大抵可以比得上一条狗腿。

这让我有点沮丧，感觉十多年人类生涯的历练都喂了狗。

禾婶敏锐地捕捉到我的情绪，安抚我说："没关系的，其实村里剩下的这些人，多半还比不上你呢……"

此话不假。村里头脑清醒、手脚利索的，无论男女，都进城打工去了，留下的全是老弱病残，即便加上我，常驻人口也凑不满十人。除了禾叔禾婶以外的人全都脑回路笔直，只能进行简单的单线程操作，仅存的智慧全都用于偷懒和赌小钱，甚至无法胜任阿狼的腿部挂件。

然而……这又有什么值得欣慰的呢？

我更沮丧了，觉得人类几十万年的进化都喂了狗。

阿狼走过来，在我身边蹲下，非常哲学地望着远方。

我从碗里挑出肉来喂它。它小心翼翼地叼着，并不碰到我的手，举止文雅而从容，就像一个绅士。

我看着自己糊着一点灰土没有完全洗净的手，又看看阿狼保持得洁净、油光水滑的皮毛……

好吧，人类又一次输了。在这个远离文明的山村，大概只有它才能保持姿态做一个绅士。

——后来我想，那大概就是我对阿狼心动的第一个瞬间吧。

阿狼的聪明与勇敢

当我和人谈起阿狼,七成时间都在描述它的聪明。

因为它实在是一只聪明的狗。

正式上工第一天,我就认识到这一点。之后的相处不断地加深着我的印象:看家护院、赶走来厨房偷吃的小动物、照顾牲畜、和飞跃而下的猛禽做斗争……阿狼是无所不能的。以至于住了一个星期,我就产生了"在农村家庭狗能顶一个半壮劳力"的错觉。

"并不是这样。"禾叔纠正我的错误观念。借着去领种子的机会,把我带到山下的村子里去看。横七竖八的狗们,只会躺在树荫里,拖长舌头喘气。有点精神就混作一堆彼此爬跨。看到人不管是谁都汪汪大叫,稍微被吓唬一下便夹着尾巴屁滚尿流。可谓是群魔乱舞,魑魅魍魉。

"嚄。"我绕开它们,有点嫌弃。

禾叔笑起来:"狗嘛,还是乡下这些没有品种的狗,可不就是这样?你当都像咱们阿狼啊?"

阿狼走在他身边,听到夸奖开心地"汪"了一声,尾巴摇得很谦虚。

是假谦虚。完全不经夸。一眨眼功夫就飞蹿出去,和其中一条特别修长好看的母狗并肩而行——那是山下村里的狗中女神。它那样出名,以至于就算不常下山的我,也颇有耳闻。平时如果只要有任何一条公狗打起它的主意,场面就要转变为一场血雨腥风的厮杀,但这一次,其他狗只是远远地走开了。

我有点奇怪:"它们不上来和阿狼打架吗?"

"它们怎么敢?"禾叔笑得很得意,"这片山头所有的狗都是阿狼的手下败将。"

"怎么可能?"我惊呼,"那几只明明比阿狼个子大那么多!"

禾叔点点自己的脑门:"动手的不如动脑的,有肌肉不如有智慧啊。"

我还是将信将疑:"真有那么牛?"

阿狼在百忙之中停下来一刻,像国王巡视臣民那样了看不远不近地围着的狗群,给我一个"下次带你见识见识"的眼神。

呦呵还挺臭屁。我心中暗笑。在禾叔天花乱坠的吹嘘中,生起一点期待。

不久,还真就被这"见识见识"的机会砸了个措手不及——

那是仲夏水稻开始抢收的时候,禾叔禾婶整个白天都守在稻田中忙碌。我便负起每天正午送餐到地头的责任。地是梯田,在半山腰,离山下的村子甚至还要近一些,从农场基地走过去,要经过一段曲折的羊肠小道,我一城市孩子,独自绝不敢走,但有阿狼作陪,似乎就没有问题。

"没有问题"的意思是一人一狗单独走过的时候不至于太害怕。而不是——

事情过去很久，我至今想来背后依旧冷汗涔涔——在最狭窄的拐弯处的阴影里，忽然面对不知从哪里蹿出来的四五条满是肌肉的炸毛大狗……

当时我的腿肚子就开始转筋。如果不是为了保持人类的尊严，早"吧唧"一声坐在地上了。

回过神来，阿狼正伏着身体，对着树荫的某个角落发出"呜——呜——"威胁式的低吼——那一刻我认识到它威胁我的吼声全不过是玩笑——真正的野兽开战之前的互示威，比在人类面前展示的要粗野得多也凶残得多。阿狼耳朵尖向后，颈毛全都竖起来，身体膨大了半圈，尾巴倒垂下来有力地勾在腹下。

我第一次看见这样野性全开的阿狼。和那个轻易把肚皮摊给我任我抚摸的家伙，仿佛完全不是一条狗。我呆住了。

片刻之后才发现，在阿狼吼叫的方向，树荫的黑影里，一条黑色的狗正亮出它雪亮的尖牙。

是大黑。

大黑是山下村里的狗，主人是个隔三差五玩失踪的二流子。物似主人形，主人在的时候，它就跟在他屁股后面到处骗吃混喝，主人不在，它就在村子里四下游荡，东家偷一块肉，西家叼一片鱼。它主人脾气坏，又擅长胡搅蛮缠，村里人不想多惹事，只要损失不大便都不太和它计较。

这对于狗来说可是天大的礼数——要知道，其他的狗，包括阿狼在内，没有哪只不是偷吃一口就要被打三天的。狗们发现人类对它的特殊待遇，难免敬它三分。加上它块头大，肌肉壮硕，打起架来像疯子一样不要命，简直长期横行乡里：公狗们若不想被欺压得抬不起头来，就得乖乖地当它小弟；母狗们自然都成了它的后宫——它每日过着鱼肉百狗、欺男霸女的腐败生活。

大概是被这样的滋润日子蒙蔽了判断力，又或者山下的领地已经不能满足它日益膨胀的食欲，三年前的一天，大黑"千里迢迢"地摸上山来，妄图到我们的厨房里偷东西吃。被阿狼抓了个现行。

那时阿狼只有一岁多，还不能算完全的成年，比现在身形还要小一些，只有大黑的三分之二长。可它不知用什么办法，不但完美守护了厨房，还彻底反杀了正当盛年的大黑——追出三里地，一路赶到山下，直追到大黑夹着尾巴缩进主人的简易搭盖里不敢出来为止。大黑威风尽失颜面扫地，从此失去了耀武扬威的体面生活。

阿狼一战成名，以一岁零三个月的年龄，登上英田山最年轻的狗王宝座——这可是就算在人类中都足以成为佳话的传奇。禾叔每向人介绍阿狼都要拿出来渲染一番，讲述时手舞足蹈、抑扬顿挫，活像一个职业说书人。

梁子从此就结下了。大黑把阿狼恨得咬牙切齿。一见到阿狼下山，总要不时地冒出头来呜呜地发出威胁。好几次在各种拐角妄图埋伏反击，都以可耻的失败告终——每输一次，大黑的境况就更差一点，最近，就连二流子主人都开始嫌弃它不争脸，开始寻找更年轻更凶狠的替代品。

不难想象大黑迫切地想要打败阿狼重振雄风的心情。但其他这些跟着大黑来的……

我忐忑地环顾周围。这下看清了。

斑驳的树影中除了大黑之外还藏着四只狗。其中有三只是高大而强壮的成年狗；另外一只稍微年轻一点，但也初现威武雄壮的雏形。看身形，就算不能稳赢大黑，最少也能打个四六开，不像是会完全听命于大黑的样子……所以这并不是大黑的手下，而是各自和阿狼有积怨，或是想要打败阿狼才集合在一起吗……

那可比都是大黑的手下更糟，糟得多。

如果不过是大黑叫来的乌合之众，只要制住大黑自然作鸟兽散；但眼前这种情况……大概这几只都会前赴后继，以彼此受伤的身体甚至是尸体，作为自己登上狗王宝座的垫脚石，不战到最后一刻绝不善罢甘休吧……

而且……

它们呜呜的低吼越来越清晰，爪子踩在腐败落叶上的沙沙声也渐渐靠近……

……这一场犬科之间的较量似乎并不打算把我这唯一的人类排除在外？

我慌了。虽然在科技和工具的帮助下，人类整体已稳站食物链顶端上千年，但单个没有受过特殊训练的人——比如我——在尖牙和利爪面前还是脆弱得像一块砧板上的肉。

也许阿狼单打独斗能比它们都强一点点，但现在以一打五，又加上我这个累赘……

有狗的脚步落在我侧后方。不到三步远的地方。

我不敢回头看是哪一只。心跳又重又快，像是戏台上战争要发生时的鼓点，震得耳膜嗡嗡作响。

别怕、别怕。我安慰自己。

照理说，这些家养的狗，对于人类有本能的恐惧和服从性，并不会真的攻击人类。但是……

所有的狗都竖起了毛。压抑的低吼像是来自于遥远未开化的史前。空气里散布着大战开始之前紧张的气味——就算人类迟钝的鼻子也能清晰辨别出其中的危险意味……这种剑

拔弩张一触即发的时刻，真的能相信这种被人类驯化出来的所谓"本能"吗？

——最起码阿狼是不信的。

就在我因为恐惧腿一软倒退几步，想要找个树干靠上去的一瞬间，一道棕黄的身影划过。

迅捷。

只留下残影。

宛如疾风。

有什么扑通一声软倒在地。我寻声转头一望，是最年轻的那一条狗。倒在地上，腿脚和尾巴都松弛着，显然已经断了气。阿狼抬起头，嘴角似乎还带着一点鲜红，是血。

我目瞪口呆。这可是阿狼啊。从小到大没有吃过生食，对家畜没有攻击性——连鸡都没有追过的阿狼……竟然一口就咬断了……虽然只是其中最小的一只但是……

阿狼显然并没有察觉我动摇的心情。它已俯下身做好再次战斗的准备，皱起的鼻子露出上下两排尖牙，银灰色的眼睛在鲜血和斑驳的日影中闪闪发光。

包括大黑在内，所有的成年狗显然都没有想到它会那么快发难，一时都安静下来。阿狼低吼着，向前逼近两步。

刚刚被它挡住的尸体落在阳光下。灰黄的毛在夏日的热风中微微摇摆，只不过片刻，便已经失去光泽。像是在诉说着自然和争斗的残酷。

我的脑中一片空白。

回过神来，那几只狗已经被赶跑了。

那过程后来时常出现在噩梦里：呼啸声，扑打声，互相威胁的吼和被咬之后疼痛的哀嚎，散乱的毛在空中飞舞——对于犬类的恐惧从心中升起，我站在原地一动不动。每一只狗看上去都可怕极了。大黑它们固然凶恶，但阿狼……我实在没有办法说它英勇……它看上去只是比其他的狗加起来更加凶残而已……

阿狼低着头，吧嗒着脚步一步一歪地走过来。我这才发现它脖子上被咬下了好大一块皮肉，尾巴也几乎被咬秃了。

这种时候应该要上去安慰它吧？

但是……

阿狼越走越近，我看到它身上的血，被血黏成一缕缕的毛，耷拉着的秃尾巴，浓重的血腥味冲进鼻腔，带着还未散去的恶狠狠的煞气……那熟悉的三角形的狗脸上还残留着完全陌生的属于杀戮的表情……

心中压抑的对于狗的恐惧奔涌而出，我一屁股坐在地上，瑟瑟颤抖，饭菜洒了一地。

阿狼抬头看我一眼。我看到它灰色的眸子里自己的倒影瑟缩一下。阿狼很明显地愣住了。在离我还有五六步的地方停下来，思考片刻，像算一天正式上班那样，后退两步，为我留出心理上的安全距离，然后转头，一瘸一拐地走出一片狼藉的"战场"。

不知为什么，我觉得它的背影看上去有些孤单。

阿狼的肉体负伤和心灵负伤

听说阿狼受伤，禾叔禾婶立刻放下手里的活，开上农用车，带它到附近的检验检疫站就医。

一路上，禾婶都在用湿手帕擦它的毛，不断地说些糊弄小孩似的软话安抚它，眼泪在她的眼圈里打转。她是看着阿狼长大的，对阿狼的感情比我深得多——"简直像自己的儿子受伤似的。"

还好，兽医检查之后表示只是皮外伤，涂上一些防止发炎的药，保持干净，休息静养就会恢复。

人类大大松了口气。

禾叔这才想起问我是怎么回事："这山上没有敢和阿狼干架的狗。就算真打起来，阿狼也不会吃亏——从小到大，没受过这么重的伤……"

我脑子里一片乱麻，颠三倒四地把事情说了一遍。

禾叔叹气："你这傻孩子，你要跑啊。你跑了不就没事了吗？"

"我跑不过狗啊。"

"阿狼会帮你挡着它们啊。"禾叔说，语气里有些责怪的意思——因为一个才来了两三个星期的员工，让自己一手带大的狗受了这么重的伤，他会不满也是应该的不是吗？

我哑口无言。

片刻，禾叔叹了口气，揉揉我的头发："不好意思哈，不是说你做得不对。只是，你是个人嘛！总要学着保护自己，不能靠狗啊！你这么傻站着，如果阿狼打不过怎么办呢？你跑了，阿狼也好跟着跑啊。"

是的。我想起来了。

如果不是有我，阿狼本来可以跑的。它不是那种蛮干的狗。以一敌多暂时撤退也没什么可丢脸的。何况它在山上山下有大把弟兄和手下，稍微等一会儿就能带着大军卷土重来。然而它没有。都是因为我。

而我竟然……

感激和愧疚像是涨潮的海水从脚底升起，不一会儿就漫过了头顶，心在这片情绪的波浪中飘荡，起起伏伏的。

在回程的车上，我主动接过照顾阿狼的职责。

它累坏了，头耷拉在我的腿上，全身软绵绵的，清洗过的毛蓬乱松软，整个狗活像一个毛绒包裹的棉花口袋。我握着它的前爪，心想应该说点什么话。又觉得说了它不一定听得懂。后来想起它能听懂——不但能听懂单字，而且能听懂不少简单句子，却又想不出该说什么。

就这么沉默着，直到把它抱回窝里。

它四十多斤，挺沉的，放下的时候我一阵喘。

我鼓起所有的勇气说："阿狼，那个……"但又迟疑了。对一只狗说对不起和谢谢，是不是太奇怪了？

阿狼听到我的声音，抬起眼皮，瞥了我一眼——之前它一直耷拉着脑袋，我还以为它睡着了。

我在它温柔的水汪汪的灰色眸子里，看到不知所措的自己。

然后它伸出舌头，轻轻地舔了我的手。

阿狼很少舔人，就算我也只被舔过三次。这是第一次。但我后来无论怎么用力回想，都记不起那时的感觉。

事很快传遍山上山下。

阿狼英勇护主的义举受到广泛追捧。而那几只拦路截击的狗被全部处死——尽管大黑的主人躺在地上哭闹，另外几只狗的主人也尝试一些救援的努力，但完全没有任何作用。这是原则问题，敢于攻击人类的家犬，在这样的山村里是不会有容身之地的。

"如果阿狼有一天攻击人了，它也会被处死吗？"我问。

禾叔摇摇头："它不会攻击人。"

"我说如果。"

"没有这样的如果。"

趴在一边阿狼抖了抖耳朵，对禾叔的论断表示赞同。它的伤口已经开始结痂，边缘凹凸不平，丑陋而狰狞——这是它驯服的印记，是它为保护人类与同类搏斗留下的勋章。

那时的它一定发自内心地相信自己绝对不会攻击人类吧。

如果能让它保持这样纯真的认知走完这一生该有多好，只可惜……

大概是八九个月后，我接到禾婶的电话。

那时，农场的第二期工作已经随着寒假结束——是的，寒假我又回到农场工作，甚至

连春节都是在农庄上过的,和禾叔禾婶的关系已经亲密得像一家人。初二下学期开始,渐渐能闻到中考的硝烟味,我搬进集体宿舍,投入紧张的学习中。学校并不严格地规定不允许使用手机,同学们几乎人手一台。

我也不例外。然而爸爸妈妈都是微信派,整一个月我的过往通话记录都是空的。禾婶是第一个给我打电话的人。

"婶子,你到城里来了?"摁下通话键,我先开口。

那边的禾婶喘息着,声音听上去有些颤抖:"那个,婶子现在在公安局。阿狼出事了……"

"欸?"我大惊,迫不及待地问,"什么事?"连声音都拔高了三四度。

"咬了人。还是小孩子。"禾婶的声音听上去沮丧极了。

"怎么可能?"我随手拽过一件外套披上就往外跑,一面急不可耐地询问具体情况。禾婶显然整个人都懵住了,说话断断续续的,前言不搭后语。我好不容易才弄明白地址,跳上出租车。

一路上听到自己的心脏突突直跳,像揣着一只兔子。

阿狼咬人?还是小孩?

我反复琢磨着这两句话,越想越觉得不对劲。

不,我并非觉得阿狼是不会犯错的。

恰恰相反,随着相处时间越来越长,我对它的了解越来越多,也越来越清楚它的缺陷和弱点——它毕竟是一只狗而不是人类,就算再聪明再擅长忍耐,也有许多无法摆脱的本能。

比如争夺地盘。作为整座山的狗王,它在狗的世界里拥有这座山的所有土地和物产,同时也面临着随时随地的挑衅。在遇到挑战的时候,阿狼总是毫不犹豫地还击,时常失去风度,有时还会受伤。禾叔对此非常困扰,却没有办法。

比如贪吃。虽然阿狼并不像教养不好的狗,会到厨房里偷食物;也不贪图主人以外的投喂——事实上,除了禾叔禾婶和我,阿狼几乎不吃别人给的东西;但它对于在垃圾堆里刨剩饭剩菜,从路边捡被丢掉的鸡骨头一类的事怀有迷一样的执著。我们三番五次警告它这样容易吃坏肚子甚至导致生命危险,都没有用。

"这大概是狩猎行为?"我如此猜测,想要为它辩解,"它把那些东西当做它捕捉的猎物。"

"什么狩猎,"禾叔嗤之以鼻,"就是嘴馋。"

再比如,狗眼看人低。相处久了才发现,阿狼不像村里的其他狗,并不是对所有人类都友善和服从,它心中有明确的亲疏排序,会根据人的身份不同,表现出天差地别的应对方式——对主人如春天般温暖,对外人如秋风扫落叶般冷酷无情。

它只听三个人的话：禾叔，禾婶，我——这个名单是按照指令优先级排列的，其中我甚至只能提出建议而不能发出命令。其余人等的话一律不听。哪怕村支书来也是一样，连尾巴都不摇一下。这个倔脾气给禾叔添了不少麻烦，很让他头疼："明明只是一只狗，这么有傲骨有什么用哟！"

可无论对外人多么不友善，它都应该不会咬孩子才对。

阿狼意外地，非常喜欢孩子——哪怕被追打或者吐口水，或者稍微揪揪毛，都不会发脾气。在孩子面前一秒从工作犬变成宠物犬。

这样的阿狼怎么可能……

就在我思绪万千的时候，出租车已经在约定的派出所门口停下来。我匆匆甩下一张整钞跳下车跑进门。禾婶正坐在门口的条凳上抹眼泪，阿狼栓着铁链趴在她脚下，垂着眼皮，脑袋耷拉在交叠的前爪上，俨然一只死狗——就算重伤奄奄一息的时候，也没见它这样缺乏活力。

听到我的脚步，阿狼抬起眼皮看了我一眼。

我还以为它会照惯例叫一声和我打招呼，可并没有——它只是死气沉沉地稍微动了动尾巴。

随即，一个尖锐的女声钻进耳蜗："哦？搞半天你就叫来这么一个人？"随着声音，一个上吊眼大波浪头发的中年妇女出现在面前，"看你这身衣服还是学生吧？能顶什么事儿？我劝你还是……"

一副咄咄逼人的样子。难怪禾婶被吓得不轻——禾婶是典型"主内"的家庭妇女，离了禾叔连讨价还价都难说出口，这样的阵势一辈子估计都没见过几回。

我把禾婶挡在身后，用更大的音量生猛地打断她的话："是你被咬了？"

那女人一愣——以她的音量和音色，大概这辈子第一次遇到能正面硬刚的选手吧——跺脚把一个挂着鼻涕的孩子拽到身前："是我家宝贝被咬了！你们这些养狗的……"

"咬哪儿了？"我低头看，那个孩子身上并没有显眼的伤痕——他被我看了两眼，又看了看他妈，哇地开始哭。

"这！那么大一块！你瞎啊！"他妈声色俱厉。

"你才瞎呢！"我瞪她一眼，"又没流血，也没牙印，怎么就说是我的狗咬的——我还说是你咬的呢！"

"你……你……"她的脸因为生气涨得通红，一把把我拽进办公室，"监控呢？给她看！"趾高气扬地对值班警官说。

片刻后我看到监控，一共有三个摄像头，从不同角度拍的，很清晰也很具体。

禾婶进入画面，身边跟着阿狼。她拐进农用商店。阿狼照例留在店门口。它蹲坐在地上，安稳得像一座雕塑。片刻后，拖着鼻涕的孩子上线。他一眼就发现站在路边的阿狼，飞快地跑过来。先是在阿狼身上戳来戳去，紧接着拽它的尾巴把它向后拖曳，然后又拔它的毛——直到这一步，阿狼都保持着极大的克制，甚至为了不让孩子够不着而俯下身……就在它低下头的瞬间，男孩对它飞起了脚……

我闭上了眼。握紧拳。

"看吧看吧！咬了！"女人的声音尖刀一样扎进我的耳膜。

我想到画面上那孩子用得飞在半空中旋转的身体，想到他身上几乎看不出来的伤痕，想到阿狼没精打采的死气沉沉的三角形小头颅。

"多少钱？"我问。

"什么？"

"赔偿，你想要多少钱？"

"这是钱的问题吗！这是无证的狗吧？也没有牵狗绳！还伤了人！应该叫打狗队把它抓走然后……"

听到"打狗队"三个字，禾婶瑟缩了一下。阿狼原本摇摆的尾巴落到地上。

"这里是两千块，"我庆幸跑出来之前搜刮了所有朋友的现金，"吓到您的孩子是我们不对。请您多包涵。"

女人脸上闪过得意的神色。

我忙沉下脸，抢在她说话之前说："如果您不能包涵，我会想办法让您包涵的。"

——这是我第一次说这样嚣张的话。我也没想好如果她没被吓倒后续该怎么办，完全是硬着头皮一咬牙就上了。我脑子里全是阿狼独战五狗被咬掉一大块皮血肉模糊的脖颈。

事情解决之后，我立刻给阿狼办了狗证。

它来城里，禾叔禾婶没精力照管时，我都会主动接过这个任务，把它放在家里，给它洗澡，陪它散步，拿报纸兜着它的便便直到找到垃圾桶，一路牵着狗绳，不离它左右。

"呐，在乡下呢，你保护我，在城市里呢，就换我保护你。"

"汪。"阿狼说着舔了舔我的脸。

就这样说定了。

阿狼的命运枷锁

死亡，对于阿狼来说，从来不是忌讳的事。

——甚至在它还活蹦乱跳的时候,就已经被提上议事日程。

因为乡村中的狗鲜少能善始善终颐养天年——它们有的在地盘和配偶的争夺中身负重伤,有的一失足跌落山崖,有的因为偷食被打个半死……就算能撑到最后,也难逃成为卤肉或是火锅的命运——说不定吃的人还会感慨一声"杀得太晚,肉太老"。

"我们是绝对不会让阿狼被吃掉的。"提到这个时,禾叔有一下没一下摸着阿狼毛茸茸的三角脑袋,"但我恐怕它啊,根本活不到被吃的那天——你看看它,每天都要下山去和宠妃私会,色字头上一把刀啊,迟早折在这上面。"

狗的恋爱,永远是和血腥争斗联系在一起的。每一次看似风轻云淡的恋爱背后,都隐含着无数热血沸腾的征战。

那时、阿狼的第一批儿子已经将近成年。开始蠢蠢欲动地想要挑战老爹的权威,上演乡村犬类版的《俄狄浦斯王》。它们终有一天会长大,恰如阿狼终有一天会老去,当力量对比发生逆转的那一刻……

"不不,"禾婶在一边笑,"它哪里能撑到那时,照它这么喜欢在地上刨东西吃的劲头,天知道什么时候一口没吃好,就扑腾过去了……"

这的确很让人担心。

阿狼刨野食的恶习根深蒂固屡教不改。说也说了,打也打了,它依旧兢兢业业地每天翻找路边的垃圾堆,在土块和树根里挖小虫子。幸亏它的鼻子灵敏,长大之后学会分辨腐烂过期的食物,才没有像山下某些不体面的家伙一样,成为一只三天两头拉肚子,奔跑时屁股后面总甩着屎汁的笨狗。

但能避过腐败的食物,不代表能避开人类的陷阱。

这些陷阱有集体的。村里每隔一两年,就要集中投放灭鼠药——把剧毒的药物搅拌在甜丝丝的糖里。小动物们简直无法抵抗这种诱惑。那段时间总能看到鸟雀、黄鼠狼、猫和狗横七竖八地和老鼠的尸体混在一起。

也有个人的,但凡哪家的蛋,或是小鸡小鸭被咬了,总要用猪油拌上毒鼠强或是百草枯,和肉末、米饭混在一起,做成对肉食动物专用诱捕的团子,或是直接用大块卤过的香喷喷的排骨肉掺毒。其本意大概是针对黄鼠狼和野猫,但每次都有一大群无法抗拒食物香味的家犬无端中枪。

前者造成的伤亡比较容易避免,只要在投放期间把阿狼送到城里由我照看即可。后者却防不胜防——事实上就曾经有一次,禾叔一个错眼不见,阿狼就叼了一块毒排骨,幸亏还没来得及咬就被发现,立刻让它吐出来并去洗了胃,否则真不堪设想。禾叔心有余悸,第一次认真地殴打阿狼。

那之后，阿狼对野外的肉团和排骨表现出高度的防备心——照禾叔禾婶的话说是："虽然要是换成鸡腿，估计就逃不过，但现在好歹不那么容易上当。"

阿狼听到自己被取笑，不开心，抖了抖耳朵，站起来趴到另一边。

那副"好生气哦但还是要保持微笑"的表情非常有趣。我忍不住跟过去，蹲下身，摸了摸它的小三角毛绒头："我们阿狼才没有那么笨呢，是不是啊阿狼？"

阿狼没有答话，只是愉悦地摇着尾巴，翻身把肚皮摊给我。

我伸出手，感受指尖传来的柔软而蓬松的触感，忍不住悄悄地叹了口气。好色和贪吃，是乡村狗身上普遍存在的致命缺点。但对于阿狼来说，最可能夺走它的生命的还是这个吧……

——对于人类过分的依恋与忠诚。

在乡村的人们眼里，这无疑是一条狗最好的品质。拥有这样品质的狗受到人类的欢迎，反之则被厌恶，更严重的——就像大黑它们——则被处决。

可对于阿狼来说真的好吗？

它的第一主人禾叔脾气并不好，会因为莫须有的错误惩罚它，心情不好会无端地训斥它。每当这样的时候，阿狼就耷拉着耳朵，脸朝墙趴在角落的阴影里，停止进食——并不是抗议式的绝食而是内疚式的"配不上吃东西"。这样的时候，就算我或者禾婶安慰它并不是它的错，劝它吃点东西，它也断然不听，一直饿到禾叔解除批评为止。

在和人类相关的事情上，它总是过分乖巧可爱。工作中兢兢业业，舍生忘死，找一只意外走丢的羊，能三天不回家，不吃一口饭，走到脚爪破损流血。日常中艰苦朴素，对窝没有要求，或者不如说在我来之前根本没有窝，哪里躺下哪里睡，肉汤拌饭就能吃得很香，一周才洗一次澡。

我来之后时常把我那份肉食分给它，洗澡的频率上升到两三天一次。只是这样，禾叔便要说："它只是条乡下狗，你这样要把它宠坏了。"

"阿狼那么讲道理，哪里会宠坏，"我不服气，"禾叔你啊，才应该多宠爱它一点。"想了想，我又加上一句。

毕竟，阿狼可是只要为了让你高兴，就会忘记自身的能力限制，去尝试危险甚至品尝痛苦。比如那次你和酒友们笑闹，故意把东西扔到离悬崖很近的地方，叫它"阿狼，去捡回来"。它就飞奔而上，完全不顾脚爪旁边就是万丈深渊；比如你和人打赌，引诱它爬上村里最高的树，它吓得尾巴都夹起来却还是上去了；比如打牌输了把它抵押给别人。你知道那一刻它的灰眼睛有多么悲伤吗？！幸亏最后赢回来了。但要是没有呢？

当然这只是腹诽。

身为第三顺位主人的我，在阿狼心目中，是没有资格对第一顺位的禾叔指手画脚的。但有时会在我心中掀起一股细小的醋酸味旋风。

嫉妒而无可奈何。

但我依旧喜欢在一旁观察阿狼安静时沉默地望向禾叔的眼神。

那双灰色的眼睛在微光下会反射淡蓝的色泽，柔软湿润，饱含海一般深沉的情感，比最赤诚的骑士更加忠贞，比最激越的情人更加热忱——像一个被无上的咒语束缚的，高贵而隐秘的保护者和奉献者。

这样的角色，无论在哪个时代的艺术作品里，都无法成功地走到故事的结局。

——可我没想到终结的审判日来得这么快。

那是中考之后的暑假，漫长而悠闲。

我依旧在农场度过。那时，我已经在农场工作了四个假期，绝大多数农活都干得板有眼，是一个被禾叔禾婶信任的老员工。所以，发现野猪脚印的时候，他们第一时间就告诉了我。

"野猪？"我不知道该摆出什么样的表情——我甚至没有在动物世界以外的地方见过这种物种——只能机械地反问。

禾叔点点头，表情很凝重。

据说这座山里原来有很多野猪，入夜就来糟蹋庄稼，非常凶，又皮实，普通的土质弓箭、弹弓之类根本无法造成伤害，必须用猎枪，还必须好多枪一起发射，否则打不死，却让其受伤发狂，就难免造成人员伤亡。几次失败的射杀之后，连枪都不太敢用，只敢对着天空打空枪，起一个高声震慑的作用。

山上山下的村民都深受其扰。就在我来这里工作之前三四年，由村干部牵头，在地里拉起电网，卯起来不顾花钱每天晚上通电。野猪不知闪避，纷纷落网。那段时间每天山坳里都弥漫着熟肉的香味，顿顿都有美味Q弹的加料肉。这肉吃了半年多，野猪渐渐绝迹了。

"那……重新拉上电网不就好了？"我问。这种结界级别的大杀器在手还有什么可怕的？

禾叔摇摇头："之前电死过人咧。晚上眼神不好，起来撒尿撞上去，发现的时候……啧啧。那之后就不让用了。"

"唔……"

"不止拉不得电网，"禾叔长叹一口气，眉头蹙得很紧，"现在连想放两枪赶它们走都不行啦。"

"为什么呀？"

"前两年搞治安，枪都被收走啦！别说放枪，"禾叔又叹了口气，"现在连敲锅底赶它

们走都……"

"啊?"我吃惊,"这又是为啥?"

"总得有二三十个人一起敲锅盆吧,那响动才像样!以前人多,都对野猪恨得牙痒痒,一吆喝家家户户都拿着锅跑出来,那阵仗!可现在呢?都出去打工,地都撂荒了,山上山下统共不过十口人,扣掉老得不能动的,出工不出力的,剩下的一只手都能数得过来。到时候野猪一来,我抱我们家大锅,你禾婶拿那口小的,你拎一个烧水壶,我们仨就这么着去赶野猪?像话吗?!"

我一想,那画面充满黑色幽默。果然不像话。

"那……现在可怎么办呢?"

禾叔没有回答,只是又叹了口气。

不熟悉野猪的我,在听到这个消息的第一天,尚且抱有"它只是来逛逛,不会搞破坏,过两天就回去"的幻想。

第二天清早就被现实打脸。不过一个晚上,已有整整一畦地瓜阵亡——仿佛被粗暴犁过般连根拔起,损伤的块茎散落得到处都是,和野兽脚印、泥土、被踩得稀烂的茎和叶混在一起,其中几个最好的瓜上面留着被啃食过的痕迹,其余都是擦伤、碰伤……损伤不严重,可埋回去也不能活;自家吃不影响,但没办法上市销售了。

我目瞪口呆:"吃就好好吃呗,为什么要搞成这个样子……"

禾叔咬牙切齿:"它们就是这德行,只挑最尖儿的吃,为了找两口最好的,就把整块地全都踩翻。这算好的,你没见前几年,为了吃一口桃毁了整山桃林的那几只呢!要不怎么招恨?!"

禾叔一面说,一面弯腰捡起那些损伤的地瓜。

我跟在他身后,默默地撑开装地瓜的袋子,很心疼。这些都是品种特别好的紫地瓜,农庄收入的主要来源之一。劳作大半年,好不容易等到收获的时候,忽然……禾叔眼圈都有点红了。

然而并无法可想。

白天刚围上的保护网晚上就被撞破。放下的捕兽夹全被绕开。挖陷阱的速度赶不上它们转移阵地的速度。

不久,更糟的消息传来,有人和这次出现的野猪打上照面——不是别个,正是传说中的那个"八戒"。

八戒大名猪刚鬣,几乎是西游记中那个还没有皈依佛门的猪刚鬣翻版,黑、壮、一身鬃毛又粗又厚,子弹都打不透——禾叔不止一次给我描述土枪子弹击打在它厚实的皮肉上被"嗖"地崩开时,全部围捕成员集体石化的景象……

英日村一共发动了五次对野猪的围剿行动,其中四次,野猪都在它的带领下大获全胜。第五次"电网行动"人类虽然利用科技取得胜利,但最大的犯罪团伙头子猪刚鬣却始终逍遥法外,白日出巡,耀武扬威。

后来有一天它忽然消失了,所有人都大大地松了口气——等了两三个月依旧没有出现,隔两个山头传来出现大型野猪常驻的消息。英田村男女老少喜出望外。

"因为这里再没有什么让它满意的产出,它自己走了。"禾叔总是这样心有余悸地总结八戒的离去,"如果它不想走,估计没人搞得定。"

而现在,就是这个猪刚鬣回来了。

并且,赫然出现在我面前。

我整个人都懵了。

阿狼的最终舞台

那是一个普通的乡村早上。

我提着帮禾叔禾婶准备的早餐,走在通往稻田的路上——似乎糟糕的事总发生在送餐的途中——经过硕果仅存的地瓜田,瞥见一个巨大的黑影。

第一时间我甚至没有想到那是一个生物,还以为是掉落在地上的防晒油布被早晨的风吹得鼓起来……实在太大了,直接贯穿了我的常识范围。

然后我就看到它的獠牙和血红的眼。

很奇怪,为什么会是血红色的呢?后来我查过关于这种生物的资料,似乎它并没有产生红眼睛的可能。大概是恐惧扭曲了我的记忆。

我僵在原地,恐惧像是蚂蚁成群结队顺着背脊爬上我的后颈,甚至无法颤抖。

"汪!"

阿狼的叫声。

我感到裤脚被什么东西拽了拽。是阿狼吗?

对不起啊。我应该跑的,但是……

要么你先跑吧,这一回就别管我,我……

我看到阿狼瑟瑟发抖,尾巴垂下来,夹在双腿之间。那是狗害怕表示臣服时特有的姿态。勇敢如阿狼,也没有办法对抗深植在基因深处,本能的恐惧吧……

……所以你自己先跑吧!快跑啊!

再不跑，就没机会了啊——

我看到猪刚鬣缓缓转动着巨大而笨重的身躯，渐渐把脸面向我们这一边……

阿狼渐渐沥沥地尿了出来，保持着臣服的姿态，一点点地向后退……然后踩到我的脚……整个狗惊得接连小跳了两三步，才反应过来是我。它迟疑着，又拽了拽我的裤脚。

我依旧不能动。而野猪已经完全转过来了。

快跑，阿狼。我在心里说。快跑。

它没有跑。

相反，它夹着尾巴，用一种非常奇怪的姿态，一边颤抖，一边向猪刚鬣跑过去……

我一下明白它要做什么。

打不过的！绝对会死的！——我会害死阿狼的！

一个血红的念头闪过我的脑海。

智商、行动力和声音同时上线。

"不要！阿狼！回来！"我大喊着，把早餐篮里香喷喷的肉丸抓出几个奋力朝猪刚鬣身后扔出去，转身开始跑。

直跑出十几步，我才想到这肉丸对阿狼同样充满诱惑，它该不会……

连忙回头看，还好，阿狼没有嘴馋，也没有脑子不灵光和猪刚鬣硬刚，它跟上来了……

回过神来我已经坐在农场小屋的地上，浑身颤抖，气喘吁吁。

阿狼趴在我旁边，吐着舌头喘息。

我一把搂过它："笨狗狗！笨阿狼！你是傻瓜吗？就那么冲过去了！你会死的啊！"

它没有任何回答。

我嗅到它下半身沾着的失禁留下的液体和固体的气味，还真有点臭。

当天下午我就被送回城里。

发生了这种事，禾叔不敢担保我的安全。

"可是你们呢？"

"我们啊，"禾叔抽了一口烟，闷在嘴里半天才吐出来，"我们是山里人，这是命。"

大概怕我太担心，他随即又加了一句："而且那老猪对着我们，也不像对着你那么大胆的。这些山里的家伙都欺生，你一城里人，身上尽是新鲜怕事的味儿，之前连几条小土狗都敢联合起来欺负你，何况这么大的大家伙呢！对我们它可没那么放肆！我和它也算老对手了！就算打不过它，它在我手上，可也讨不到什么好！"

"但它已经把地瓜全捣鼓光了，下面就是胡萝卜，半山腰那些大棚估计也……"话没说完我就后悔。

真是哪壶不开提哪壶。

禾叔的脸阴沉下来。刚刚还快乐地甩着的阿狼的尾巴，也沮丧地耷拉下去……

"啊那个……"我妄图补救，张开嘴却不知还能说什么。这些土地上生长着禾叔禾婶一年的汗水，还有年初买种子肥料的贷款。照这么下去，不但一年的辛劳全打水漂，还极有可能陷入负债无法偿还债滚债的恶性循环……

禾叔的烟抽得吧嗒吧嗒响，车厢里充满烟和郁闷的气味。阿狼前爪撑起上半身，忧虑地探头过去看他，伸出舌头舔着禾叔的侧脸安慰他，灰色的眼睛里似乎闪过了某种非常深邃的情绪。

一直到我家楼下，没有人再说一句话。

"呐，阿狼。"好容易下了车，我和禾叔告别，转过身走两步，不放心，又回过头，蹲下来平视着它，"那可是野猪。看到它一定要快跑，不要想不开再往上冲了。你才它五分之一大呢！知道吗？"

阿狼转转眼睛，不置可否。

"哈哈，"禾叔大笑，"说什么呢！阿狼又不傻！如果不是你在旁边，它早夹着尾巴逃得远远的啦！"

"……那就好。"

是夜，我辗转反侧。脑子里总是阿狼看禾叔的那个眼神。是我想多了吧？大概是车子里奇怪的反光吧？毕竟它只是一条狗……

然而第三天清早，禾叔载着阿狼，又回到了我家楼下："……认不认识好的兽医？"他急得一头汗，声音里带着抖。

"阿狼怎么了？"我看他这样也慌了。

他侧身，我看到趴在副驾驶座上的阿狼，吐着舌头，蔫得像发霉的白菜。看到我，姑且甩了一下尾巴——抬到半空，就软绵绵地倒下去。

"是中毒。"

"啊？"

"吃了山下的诱捕团子，已经洗过胃了，但还是……"

我不等他说完转身冲上楼飞快地翻出钱和卡又一口气飞奔而下。一路上我夺命连环call，车开到兽医院门口，还没停稳我就抱起阿狼蹿进去……

时间变得粘稠不易流动，每一秒都格外漫长。

我和禾叔在等待室里大眼瞪小眼。许久我才想起来问："怎么会吃那个？不是上次挨过打之后，就不再吃了吗？"

阿狼 Polaris

禾叔两手抱着额头:"我也……不知道……"

太奇怪了。

"这一次的药劲儿还特别强,"禾叔痛苦地说,"不知哪个黑心的下的药!敢情农药不要钱啊……连八戒都遭不住,何况……"

"等等,你说八戒——就是那个野猪?"

"是,不然还有哪个?"

"它怎么也……"

"据山下人说,老林家前两天闹黄鼠狼,就放了诱捕丸子,不知怎么就把八戒引来了。吓得他家一个老汉躲在房里不敢动。那丸子可香。但猪刚鬣也很警惕,没见过,不太敢就这么吃。阿狼正在那旁边会情人,也闻到味儿,就去吃了。"禾叔痛心疾首,"我们早就说过,它不是死于好色,就是死于贪吃,果然吧,死于好色而贪吃……"

"那猪刚鬣?"

"看阿狼吃也跟着吃了。它吃得比阿狼还多。这会儿估计已经死透了。"

一个模糊的念头在我的脑中渐渐成形——阿狼,你并不是嘴馋对不对,其实你是……

"这黄狗的家属是哪位?"不等我细想,医生推开检查室的门问。

我和禾叔连忙迎上去。

医生对我们遗憾地摇摇头:"它中的毒是百草枯,这类农药对于生物的伤害是不可逆的。接下来它只会越来越虚弱。到了这个阶段,时间已经很少。就算安乐死也没有意义,只能尽量让它不那么难受——大概就这半天了吧。"

听见"城里的名医"这样说,禾叔像是被抽掉提线的木偶一样瞬间瘫软在地,哇哇大哭。

我提醒他赶紧和禾婶打电话叫她来见阿狼最后一面。随即上前抱住阿狼,把它毛绒绒的三角形的小脑袋搁在腿上。它的前爪上扎着维生的点滴,已经彻底没有力气,柔软而松弛,抱起来和平时的感觉不太一样。我低头问它痛不痛,难不难受,它并没有什么反应。

"呐阿狼,"我弯下腰,凑在它耳边,"我知道你不是贪吃。我知道。你是为了引诱猪刚鬣一起去吃那个诱捕团子吧?"

阿狼颤抖了一下,抬起眼皮,看了我一眼。

我的心凶猛地狂跳起来:"它现在已经死了,你……放心吧。"有水珠滴在耳朵尖上。我一摸,有点涩——是我自己的眼泪。

阿狼没有再动,身体随着呼吸一起一伏,像是每一下呼吸都用尽它所有的力气。然后,这起伏的幅度越来越小……我不知该做些什么,只能机械地一下下顺着它柔软的棕黄色的毛抚摸。

许久才想起来，我低下头用前额贴住它的额头："阿狼，我会很想你的。你是我喜欢的第一个狗狗。以后也都会是我最喜欢的狗狗。我会一直，一直很想你的。"

它像是听到了，又像并没有。

又过了许久，它伸出舌头，最后一次舔了我的手。

尾声

阿狼变成了一个小小的土堆。

坐落在它生前最喜欢奔跑的山坡上。

我买了个石碑，刻上"阿狼的墓"，放在这个小土堆前。

山里人都笑话我，说哪里有给狗这样办事的。就连禾叔都觉得有些扭捏。不过他还是同意了。经过我认真的分析，他终于察觉阿狼的死和猪刚鬣的死之间不可否认的客观联系，在别人嘲笑阿狼贪吃，或是说起猪刚鬣死得可惜都没吃上一口肉的时候，会大声地呵斥。

——这应该能让阿狼高兴吧。

我变得不再怕狗。视野里见到的每一只狗都让我想起阿狼。这一只比阿狼小，这一只的毛色和阿狼差不多，这一只虽然看上去很凶，但真的打起来，一只阿狼能打它十个……

我时常和人谈起它。

都是些琐碎的事情。比如它一年换两次毛，夏天比较黄，冬天比较灰；比如它不敢向禾叔讨东西吃，却敢巴望着我碗里的肉；比如它做噩梦的时候蹬腿的样子……

同学们都说想看照片。我才发现，这么久以来，我从来没有和阿狼合照过。

它并不是可爱的上镜用的宠物狗。而我也不太需要照片来记住它。

它留给我的东西，比照片里的影像要多得多。

我从此知道一只聪明的狗比一群狡猾的羊更有用，狗王从来不对妄图以数量取胜的乌合之众低头，无论多强大的生物总会犯错也需要保护，有荣耀的死亡并不比生存更可怕……

老师和同学都说我变了。性格变得坚强和从容，不再谦卑地退让——人际关系反而好起来。

我想，这大概是阿狼的灵魂，通过舔舐我皮肤的唾液，融进了我的身体。

再后来，禾叔从阿狼的儿子中挑选了一个，起名叫作"二狼"。

我们都希望它能像阿狼一样，英俊、聪慧、忠诚。

上大学之前，我回到农庄，在阿狼的墓前久久地站立。和阿狼的回忆又一次填满我的脑海，唯独刚到农庄时那个怕狗的、无论面对什么都胆怯的小女孩，已经远得连我自己都

认不清。

　　二狼陪在我身边，静静地看着，看着它父亲的坟墓，也看着追忆岁月的我，像是目睹一整个生命的轮回。

丑怪先生

—— 文/不鱼　图/徐菲 ——

朋友，我和丑怪先生。我们，是，朋，友。

一

"喂，丑八怪，你怎么敢写这封信呢？"公交车站旁，林伊伊被一群人包围着，为首的女生漂亮的眉眼间尽是嘲讽。

一个空信封落在林伊伊脚边，上面印着半个脚印，被众人传阅过的信被捏成皱巴巴的一团，滚落一旁。

中二是个复杂的时期，所以哪怕林伊伊是个丑姑娘，她也觉得灰姑娘能变成白雪公主，癞蛤蟆能吃得到天鹅肉……咳咳，因此她大着胆子，勇敢地用情书向学校里最最英俊的男生告白了。

然而结果令人心碎。

林伊伊仰着头，努力镇静，不就是写给别人的情书被退回来了么，不就是那个男生拜托其他女生转交给自己吗？只不过，恰巧这些女生不太友好，罢了。

"因为喜欢。"

她习惯性地摸摸帽子给自己打气。

居然这么理直气壮！女生们瞬间被激怒了，林伊伊的帽子被打落在地，她被女生们围在中央，无助地抱住自己，不知所措。

天空乌云翻滚，似乎在酝酿一场暴雨。公交车站前的人们行色匆匆，或多或少会有怜悯的目光向她投来，却都很快挪开，并没有任何人想要上前拉她一把。林伊伊觉得自己像是被困在一个阴暗的世界里，孤立无援。

突然，女生们像是见到了怪物一般惊叫起来。阴影豁然分开，一个巨丑的"奥特曼"出现在了林伊伊面前——那是一只丑怪。

我的老天，他可真丑，林伊伊想。

他那么大，黑压压一大块移动的淤泥，眼睛小小的，挤在肿胀不堪的脸颊上，身体表面不断冒出许多小泡泡，它们以肉眼可见的速度长大，然后"砰"的一下爆裂，回归烂泥般的身体。

这是林伊伊第一次这么近距离看到丑怪，当他看过来的时候，林伊伊惊讶地瞪大了双眼，一动不动。

丑怪似乎愣了一下，然后转头环视一圈，女生们迅速退散得更远，神情厌恶而畏惧。然后他再次转头看着林伊伊，似乎疑惑她为什么不害怕自己。

乌黑的天空终于有了动静，风哗啦啦地把雨斜着吹下来。

"丑八怪配丑怪！最好啦！"女生们远远看着，不敢接近，抛下几句嘲讽，匆匆离开。

雨很快大到不可思议，林伊伊被打落在地的、她最最珍贵的漂亮帽子，像一艘小小的船一般漂荡在路边迅速涨起的积水中。

雨那么大，林伊伊犹豫着要不要过去救回帽子。她抱着自己蹲在地上，光溜溜皱巴巴的脑袋，像一个秋天里未被及时采摘的柚子。

丑怪看了看她光溜溜的脑袋，又看了看在水里打漂的帽子，突然冲了出去，快速弯腰把帽子捞了回来。

在捞帽子的过程中，他的一条腿不小心碰到了水坑，然后那条腿就短了一点点，好像冰淇淋融化在热水里，以至于他回来时走路的姿势都不太自然。

"给你。"他的声音咕噜咕噜的，和他的身体一样，仿佛冒着气泡。

林伊伊呆住了，有点反应不过来，直到他似乎快要恼羞成怒的时候，才接过了帽子。她扯了扯嘴角，很努力地笑，一滴眼泪却掉了下来。丑怪歪歪脑袋，身体一阵晃动后"矮"了下来，看着她。

大眼瞪小眼。

林伊伊把帽子戴了回去，水从打湿的帽子里流下来，淌在脸上，她对着他使劲笑了一下，指了指帽子说："我戴上去啦。"

丑怪什么也没说，淡淡地看了她一眼，站起身走到了车站右边离她最远的位置。

林伊伊叫住了他："丑怪先生。"不知道为什么，她觉得这只丑怪是一个绅士。

丑怪兀自转回脑袋，小眼睛里面光线明暗不定。

丑怪先生 Polaris

"谢谢你。"

"咕噜咕噜。"丑怪先生把脑袋转回去。

灰色雨雾中,公交车缓缓驶来,莫名其妙自来熟的女孩钻进车内,转头告别:"再见,丑怪先生。"

公交车缓缓驶动,雨水打湿的窗户外,丑怪先生一动不动地站在那里,似乎和灰暗的世界融为一体。

二

在转学到这座小城之前,林伊伊从未真正近距离接触过丑怪。她印象中的丑怪,仅仅是电视里长相丑陋的奇怪生物,大马路上被狗追着奔逃的狼狈身影,或者夜色下蜷缩在垃圾堆旁的一大团灰色。

丑怪是一种有别于人类的生物,浑身是一摊泥巴似的胶装物质,所有的器官都被这种物质包裹,外形丑陋。

据说他们拥有相当丰富的情感,但人类还是把他们当做一种不受待见的生物,原因无他——他们实在是太丑了。没人知道他们是何时来的,反正有一天,第一只丑怪来到了这座城市,接着第二只、第三只……他们游荡在各种地方,成为城市里常见却不受欢迎的一分子。

她从未想到过,丑怪其实是这样的。

昨天她到公园写生,再次遇见了丑怪先生。

金色的阳光下停着一辆蓝色的婴儿车,粗心的妈妈不知道去了哪里,婴儿的哭声传出几里远。

林伊伊正想着要不要过去看看,就看见婴儿车边的花丛动了几下,一只巨大的怪物打着惊天动地的哈欠出现,居然是公交车站遇到的丑怪先生。

丑怪先生一眼就看见了那个惊扰他好梦的罪魁祸首,他摆出十分凶恶的样子站到婴儿车前,然而小坏蛋并不理会,只管自己哭个尽兴。

丑怪先生歪了歪丑陋的脑袋,在花丛里挑挑拣拣半天,最后,肥大的手拈起了一朵开得楚楚可怜的红色小花。他把小花轻轻地放在婴儿鼻尖,婴儿睁开湿漉漉的眼睛,使劲看鼻尖上红红的东西,乌溜溜的大眼成了一双乌溜溜的斗鸡眼。然后,他小嘴张开,露出空荡荡的牙床,笑了。

这一幕被林伊伊画了下来,画面上的丑怪先生也在笑,张着没有牙齿的大嘴巴。

就在这个时候,年轻的妈妈回来了,只一眼,就吓得胆战心惊,一只巨大的丑怪伫立在她柔软脆弱的宝宝前狰狞大笑,正伸出他那丑陋的大手!

她花容失色:"滚开!丑怪!"

"咕噜咕噜。"丑怪先生似乎想要说什么,但是年轻妈妈已经冲了上来。

"等等!"林伊伊连忙放下画板上前道,"这位丑怪并没有伤害您的孩子,只是在逗他笑。"

年轻妈妈看着林伊伊,露出明显不相信的表情,她又生气又害怕,推着婴儿车一转身,跑出了飞一样的速度。

丑怪先生京地看着年轻妈妈离开,然后把那堆应该是脑袋的烂泥转向林伊伊,小眼睛里面的目光意味不明,大概是在警告林伊伊不要嘲笑他吧。

林伊伊走过去,捡起掉在地上的花问丑怪先生:"这能送给我吗?"

丑怪先生低着头没说什么,只是沉默着离开。林伊伊在他身后大声道:"谢谢你的花,丑怪先生。"

丑怪先生愣了一下,回过头默默地看了她一眼,然后害羞似的飞快离开。

挺可爱的嘛,她想。

于是写生作业,其他人都是花啊、鸟啊、房子啊之类的,只有林伊伊这朵奇葩画了个丑怪。美术课代表收作业时习惯性地看了一眼,再看一眼,噗嗤一声笑出来,举高着摇晃:"看呐,林伊伊画了丑怪!"

周围的同学一哄而上,林伊伊踮着脚去抢,却被一次次躲开。她就像个小丑,被逗弄得羞恼,这丑态却取悦了他人。

画被传阅无数次后终于到了一个男生手中,男生举起画,在阳光下看得十分认真。

"这是你画的吗?"男生,也就是韩峰走过来问。他生得好看,哪怕皱着眉头也赏心悦目。

"啊?对。"林伊伊几乎要哭出来,小声应了一句,有点不敢看他。

"可以给我吗?"

"这个……"这是作业,给了他就没法交差了。林伊伊犹豫着,最终小幅度点了点头。一声礼节性的谢谢之后,韩峰转身离开,又回去写作业了。

林伊伊很想问问,她写的情书他看了没有,是看都没看就退还给她了吗?她低着脑袋,没有注意到一道目光正在盯着自己,目光的主人名叫李倩,正是之前带头围堵林伊伊的女生。

李清是班级里最漂亮的女生,这种女孩总是受到众多偏爱。大家都会觉得,最好看的男生和女生在一起是万年不变的定理,韩峰和李倩似乎是公认的一对,尽管两人从没有承

认。此刻李倩盯着林伊伊看了一会儿,又看了看韩峰,轻蔑而不屑地哼了一声。

因为没有交美术作业,这天林伊伊被留到很晚,老师要求她重新画一幅交上去。她咬着画笔看窗外的天,脑子一片空白。

"你和丑怪有接触吗?"一个声音忽然出现,将她散漫的思绪召回,是留下来做值日的韩峰。

什么意思?林伊伊坐在椅子上抬头。

然而她还未来得及回答,笑得灿烂的李倩就出现在了门口:"韩峰,走啦!"

三

终于画完回家,天色已经微醺。快要路过一户大门微敞的人家时,林伊伊忍不住攥紧了书包的带子。这家人养了一条恶狗,每次一嗅到她的气味就会狂叫。

果然,她一靠近,里面就传出震耳欲聋的狂吠。并且不知道为什么,门居然没有关上!狗一下子扑了出来,林伊伊吓得拔腿就跑,连哭都忘了。

"救……救命!"

身后的狗紧追不舍,一声一声在耳侧吠叫,仿佛只要一停下,屁股就会被狠狠咬上一口。林伊伊呼哧呼哧地跑过一个路口,与一个巨大物体撞了个满怀。

一只丑怪与她一起倒在了地上,大口喘着气,他的身体一鼓一鼓,身边翻倒着一辆掉漆的自行车。

原本疯了似的狗在看到丑怪先生后,虚张声势地叫了几声就夹起了尾巴,可怜兮兮地打算逃走,跑了几步却慢了下来。一阵脚步声快速接近,是几个孩子和一个大妈跟了上来。

"快点看看,是不是你的自行车?"叉腰喘气的大妈对一个孩子说,肚子上的游泳圈不停上下浮动。

孩子鼓起勇气看了看大妈,壮起胆子靠近丑怪,在丑怪的注视下探查了自行车一番,摇头:"不是。"

"不是?你看清楚了?他肯定是偷的,得把车留下来。"大妈信誓旦旦道。

"阿姨。"坐在地上的林伊伊喊了句,然而她只是稍微挪动了一下,虎视眈眈盯着她的大黄狗就几步上前,一副只要她一动就要扑上来的姿态,大妈却只是毫不在意地瞟了她一眼。

林伊伊害怕得又叫了她一声,仅得到一记厌烦的瞪视,倒是那只摔得变形的丑怪忽然动了一下,拿小眼睛去看林伊伊。

大妈顿时紧张起来，握着扫把将孩子们护在身后，英雄般上前。

出乎所有人意料的，丑怪晃了晃，连咕噜咕噜的声音都没有发出，扶起倒在地上的自行车，拉起林伊伊让她坐到后座，然后弓起身体，在大黄狗呜呜的低吼与大妈震惊的目光中，踩着自行车飞快地离开了。

自行车飞速前行，随着轮胎转动发出濒临散架的、嘎吱嘎吱的哀嚎。在这哀嚎中，林伊伊紧抓着前座椅，看着两侧飞逝的景色，恍惚间觉得这个世界上似乎只有自己和丑怪存在，而他们即将一起亡命天涯。

天空中的橙色已经退去，在太阳落山的另一边，浓烈的深紫色预示着黑夜即将笼罩大地。

自行车停下，丑怪看了她很久，林伊伊才愣愣地下车。车子很久很破，经过刚刚的折腾更加破烂。

"丑怪先生，我叫林伊伊。"林伊伊不好意思地擦了擦糊在一起的眼泪和鼻涕。经过刚刚的事，她与这只丑怪产生了深厚的革命友谊，而且她认出来了，这是丑怪先生。丑怪先生不作声，推着嘎吱嘎吱响的自行车准备离开。

"谢谢您救了我。我可以请您吃东西吗？"林伊伊小跑上去拦住丑怪先生。

深紫色的天色下，丑怪先生的嘴巴慢慢张开，定格在一个标准的"O"字形上。

没有一家店允许丑怪进店里吃东西，林伊伊便从书包袋里掏出零花钱，跑到最近的冰淇淋店，让丑怪先生在外头等着，自己进去买了两支巧克力味的甜筒。

不顾服务生的驱赶，丑怪先生固执地站在门口等着，然后在服务生惊讶的目光下，林伊伊蹦蹦跳跳地把冰淇淋递给他。

丑怪先生的注意力全都集中到手上那支凉丝丝的东西上，超大的手小心翼翼地捏着，啊呜一口咬掉一半，然后打了个哆嗦，身子抖得和果冻一样。

那样子太可爱，林伊伊忍不住笑了出来。

"丑怪先生，这个要慢慢吃啊。"林伊伊细心教导他，"你看，我现在咬一小口，让它在嘴巴里面一点点融化。很好吃哦。"

丑怪先生狐疑地盯着林伊伊，小心地咬了一口，眯起了小眼睛。

"自行车，没偷，我。"丑怪先生拉住林伊伊的衣角，声音浑厚，却委委屈屈，配上这么一个大个子显得分外不协调。

林伊伊愣了一下，然后用力点头，几乎要把帽子甩掉："我知道我知道，丑怪先生最棒啦。"

丑怪先生愣愣地看着她,明显一副不相信的样子。

"其实,我也是个丑怪啦。"林伊伊说。

五官平凡的林伊伊总是戴着帽子,因为她是个秃子。一年前一场大病让她失去了漂亮的头发,要是头皮光滑倒还好,可是她的头皮却皱巴巴,像是小老太婆的皮肤。所以她的衣柜里整整齐齐放了五排帽子,大小不一,颜色款式各不相同。

但帽子总会有掉下的时候。

"我刚刚转学过来不到一个月,就已经被骂过无数次丑八怪了。"林伊伊摘掉头上的帽子给丑怪先生看了看,然后不在意地耸耸肩,"我们可是同病相怜呢。"

丑怪先生沉默着听完,有些手足无措的样子,指了指她的帽子:"好看,帽子。"

"谢谢。"林伊伊弯起了眼睛。

四

林伊伊和丑怪先生成了朋友。

丑怪先生虽然长得那么大一只,但内心其实还是个小孩子。他有很多从垃圾堆里捡来的东西,包括那辆自行车,他真的很努力很努力地在融入人类世界。

林伊伊热衷于当丑怪先生的老师,教他与人类谈话的技巧、生活礼仪等等。他们一起玩耍,一起聊天,虽然绝大多数是林伊伊一个人讲,丑怪先生认真地听,说够了就在街道上晃荡。

很多次,她都会撞上班级里的同学,他们看着她,好像看一个来自外太空的ET。她却笑笑,在同学吃了一斤屎的表情中,揽着丑怪先生的手臂悠然前行。

夜晚的街道上霓虹灯热闹地亮着,人群里欢声笑语。

在林伊伊拿起一个狐狸面具在丑怪先生脸上比画的时候,对面一个人"呀"地叫了出来,接着转化为无比的嫌弃,是李倩。

"我的天呐,"李倩捂住嘴,拉了拉身边的同伴,"居然真的在一起玩啊!"她说得很大声,引来了更多意味不明的注视,林伊伊突然感觉自己手上的狐狸面具沉重了不少。

李倩开始与她的朋友一搭一唱:"原来他们以前没有看错,林伊伊她呀,真的和一只丑怪做了朋友啊。"

"啊?我以为她只是在逗那只丑怪玩呢?"

"是啊,还以为她挺酷的,居然自降身价到这个地步啦。"

"是的呢,他们现在还一起玩呢。"

"好恶心。"

李倩轻笑："但是你们想想，王八怪和丑怪不是很配吗？"说完，一阵哄笑声响起。

林伊伊怒视李倩，李倩斜视着林伊伊，口中不断嘻嘻笑着吐出伤人的话。手上的面具被移动了一下，林伊伊抬头，丑怪先生拿下了她手中的面具。他的视线被面具挡住了，见不到这一场景，却听见了声音。

丑怪先生看着林伊伊，露出一个很难过的表情，然后转身打算离开，想要证明自己和林伊伊不是朋友，这样林伊伊应该就不会被嘲笑了。

林伊伊看看丑怪先生离开，愣了几秒，冲上去一把拉住他，丑怪先生茫然地咕噜咕噜几声。

"朋友，我和丑怪先生。我们，是，朋，友。"夜市灯火通明，她听见自己这么说。声音从震动的胸腔里发出来，在夜晚微凉的街道上久久盘旋。

李倩的神色突变，最后脸上肌肉拧了几拧表情化为大笑，一群女孩子笑得东倒西歪，只有丑怪先生出神地站着。

林伊伊感觉到胸腔的震动，轰隆隆在响，还未平复，她做了个鬼脸，不顾一脸嘲讽的李倩，在女生们奇异的眼神下，拉起丑怪先生大摇大摆地去了隔壁烤羊肉串的小摊。她故意点了很多分，一串又一串油滋滋香喷喷，吃得夸张又高兴，然后拿着剩下的羊肉串招摇着去了许多地方。

吃饱喝足后，林伊伊坐在丑怪先生的自行车上张开手，开心得像个白痴一样。指间有风溜走，嘴里发出怪叫，兴致来了还把帽子摘下，让皱巴巴的脑袋接受风的吹拂，仿佛只有这个时候，她才能放开不在乎别人的眼光。

丑怪先生用力踏着脚踏板，听着身后女孩的鬼叫，也发出咕噜咕噜的声音，一人一丑怪就好像大龄智障儿童一般。

回家的车站偏僻，路灯坏了几天都没人修理，深邃的夜空浮现出明亮的星星。林伊伊和丑怪先生一起看着星星，突然摘下帽子，往天空虚抓一把放进帽子。

"里面都是星星哦，丑怪先生。"

丑怪先生小心地探头张望了一下，帽子里空空荡荡，可他很配合林伊伊，用肥大的手盖住帽子："不要跑掉，星星。"

林伊伊靠在丑怪先生的肩膀上，看着天空，突然想到了什么："对了，烟花晚会，丑怪先生您知道烟花晚会吗？过几天广场上会举办烟花晚会，烟花啊，超好看的。"林伊伊跳上长椅，张开手臂模拟烟花盛开的样子，"砰！啪！像春天的花开了一样！"

丑怪先生 Polaris

119

她的眼睛那么亮,似乎有无数的小星星在里面。

丑怪先生出了神,对于烟花的向往上升了好几个高度,小眼睛里闪闪发亮。

"想看,烟花,好看。"他咕噜咕噜地说。

"那就约好了,不要迟到哦,丑怪先生。"林伊伊挥手告别。

月光浅白,黑乎乎的丑怪先生站在苍蓝色天空下点头,也学着挥手。

林伊伊心情很好地走在回家的路上,转过一个弯,看见一个熟悉的人——韩峰。

他伸出的手里放着面包,对面是一只比丑怪先生小一点的丑怪。那只丑怪在几米远处垂涎地盯着面包不敢上前。

韩峰转过头看见林伊伊,晃了晃手打招呼,并没有要交谈的意向。

五

空无一人的厕所里光线阴暗,坏掉的水龙头滴滴答答地滴着水,林伊伊有点害怕,快快地洗完手准备出去,门却"砰"的一声紧紧闭合。

风太大了吗?她试着拉开,门却纹丝不动,似乎是被卡死了。林伊伊有些吓到了,使出全身力气用力踹门,累得大口喘气时,听到了门外一片清脆的笑声。

"谁?谁在外面?"林伊伊不顾脏趴在门上,声音带着一丝希冀,"门外是不是有人?门被风关死了,可以帮帮我吗?"

"好啊,你等等。"安静了几秒,门外有声音响起。声音很熟悉,林伊伊一时顾不得去想到底是谁,连忙感激地道:"嗯,谢谢你。"

门外捣鼓了一会儿,那声音再次响起:"好像锁死了,得去找学校保卫处拿钥匙,你等等。"

林伊伊再次感激地应声,急切地守在门口等着,时间一分一秒地过去,门外却始终没有再出现任何动静。她开始感到不安,难道刚刚那个人嫌麻烦,并未依言去找钥匙?

没关系的,她这样安慰自己,总会有人要来上厕所的,只要有人来就能发现她被锁住了,不用着急。

林伊伊默默地等待着,听着滴滴答答的声音,直到窗户外的光线逐渐暗淡,放学的铃声响了起来。

"有人吗!有人在外面吗!"她用力地去拍、去踹,几乎要哭出来,然而并没有起到任何作用。她甚至能听到门外有人在走动的声音,但那些脚步声只是稍稍凑近,就远远地离开了。

她难过地蹲下来，发现一张纸条不知何时从门缝中被塞了进来——"再见，丑八怪！在香喷喷的厕所里好好享受吧！"

林伊伊终于意识到，自己又一次被整了。她抿紧了嘴唇，努力平复心情，却在深呼吸后一把将纸团揉碎，低低呜咽起来。

她想起了那个声音的主人是谁，是李倩，是她们把她关在了厕所，然后看她出丑。

在那天晚上她和李倩呛声后，李倩变本加厉地欺负她，各种恶作剧层出不穷地出现在她身边，蚱蜢、蚯蚓、螳螂，她的座位都快成为小型动物园了。

不仅如此，她还告诉班级里的其他人："她真的和一只丑怪做了朋友，真是个变态！"

于是原本就被孤立的林伊伊更加孤独了，所有人见到她都绕着走，生怕和她有一点点肢体接触。

林伊伊一直默默地承受着，并未觉得有什么大不了，直到这一天，她才终于见识到李倩的手段。关厕所这种她只在电影里见过的手段并不高明，杀伤力却真的很高。

失去希望后的林伊伊又气又害怕，把门拍得砰砰砰响，大声地呼救。直到她手掌通红、脚尖在门上撞出了水泡，就快放弃的时候，门外传来了脚步声。

骂骂咧咧的声音中，开门了。

"怎么回事？"保安满脸不耐烦。

光线流泻进黑暗的厕所，林伊伊低着头不顾保安的抱怨快步离开。

时间已经很晚了，校园里安静得过分，天边的落日如一颗刚挖出来的咸鸭蛋蛋黄，鲜艳，却仿佛正散发着咸咸的陈腐味道。

教室门关了，窗户也锁起来了，可林伊伊的书包还在教室里，正在徘徊之际，一个声音响起。

"要帮忙吗？我有钥匙。"

来人是韩峰，林伊伊苍白的脸色突然变得通红，支支吾吾地问他："你，你怎么还在学校？"

"我在打篮球，没想到你也那么迟不回家。"韩峰开了门，让林伊伊拿了书包，"一起走吧。"

林伊伊低低地哦了一声，忍不住摸帽子，突然反应过来："什么，啊？好！"

韩峰看见她的反应，笑了笑。

回家的路上，韩峰无意间问："对了，可以和我讲讲有关丑怪的事情吗？"

林伊伊胸口小鹿乱撞："好，好啊。"

一路上，林伊伊一五一十地把关于她和丑怪先生的事情说了。韩峰听得很认真，一边

丑怪先生 Polaris

听一边问一些丑怪真的吃人类的食物吗、他们不是吃淤泥的吗之类的问题。林伊伊很严肃地告诉他丑怪和人类一样,不吃淤泥,那都是偏见,她还补充,丑怪真的是一种很可爱很可爱的生物。

韩峰眼神飘忽,继而发出感概,和你聊天真有趣,他笑着说。

"林伊伊。"到门口的时候,看着林伊伊扶着帽子离开,韩峰像是想到了什么,突然叫住她。

"嗯?"林伊伊她只顾着低头看脚尖,没瞧见韩峰若有所思的眼神。

"明天晚上的烟花晚会,一起去看烟花吧。"

什么?韩峰在约她吗?!林伊伊本来就红的脸几乎快爆炸了,她觉得自己头顶都冒烟了,大脑一片混乱,这是真的吗?韩峰在约她一起去烟花晚会!

"好啊好啊!"林伊伊大声说。

"我真的很喜欢他,是很喜欢的喜欢!"

林伊伊特地买了超大份的巧克力味冰淇淋向丑怪先生赔罪:"对不起丑怪先生,您可能只能自己看烟花了,我,我要和韩峰一起……"

她说不下去了,因为丑怪先生正认真地看着自己,她为自己的话感到羞愧,低头看着模糊的影子。

丑怪先生用宽大的手掌拍了拍林伊伊的背,他的手是温暖的、厚实的。

林伊伊仰起脸看丑怪先生,昏黄的灯光下,丑怪先生认真地替她把帽子扶正,这是她今天精心挑选的帽子,天蓝色,有点荧光粉,在烟花绽放时一定美丽非凡。

"好了,去吧。"丑怪先生咕噜咕噜说。

林伊伊皱起来的脸展开,露出了释然轻松的笑,她拥抱了丑怪先生一下:"太好了丑怪先生。"

六

韩峰对于丑怪有着异乎寻常的好奇。

烟花晚会之后,他经常和林伊伊一起在放学后去玩,在西街丑怪经常出没的地方。街道上摆放了几个巨大的垃圾桶,丑怪们常常来这里翻找食物。

"我很想喂他们面包,但不知道为什么他们总是不肯接近我。"韩峰苦恼道。

"嗯,那我来吧。"林伊伊把面包提起来,跑到一只丑怪身边。

"请您吃东西。"她伸出手，双手把面包举过头顶，仰头看着那只丑怪。那只丑怪犹豫了一会，但林伊伊定定地看着他，满脸真诚的笑容。

松软面包的香气诱惑着他，他小心翼翼地接过面包，咬一口，再咬一口，最后囫囵吞了下去。

不远处的韩峰出神地看着这个场景，突然拔腿过来，丑怪却一下子跑开。

"你看，他们愿意吃我的面包呢。"林伊伊激动地说。

"你是怎么和丑怪做朋友的？可以教教我吗？"

"当然啦，这和我们平时交朋友没什么不同。"

韩峰迫不及待地向林伊伊请教各种接近丑怪、和他们做朋友的办法，这让林伊伊感到喜悦，他和李倩他们不一样，韩峰愿意和丑怪做朋友。最近几天，西街的丑怪大多都愿意接受韩峰手里的食物了。

林伊伊和韩峰每天都来西街，在校门口等待林伊伊放学的丑怪先生，则每天都在沉默中离开。

有时候林伊伊会看着他的背影暗中发誓，明天一定要拒绝韩峰，和丑怪先生一起。可到了第二天，当韩峰有些期待地向她发出邀请时，她又会不由自主地答应他。

直到这天放学，轮到韩峰做值日，可他是校篮球队的，刚好有重要的训练，林伊伊就提出帮他做值日。韩峰道了谢，说训练完在校门口等她一起回家。

林伊伊做完值日，走出校门，找了一圈却没找到韩峰。唯独一个角落传来哄闹声，还围着一圈人，林伊伊走过去一看，居然是丑怪先生和韩峰在打架。

丑怪先生压在韩峰身后，发出巨大的咕噜咕噜声，韩峰的脖子涨红，用尽全力都推不开丑怪先生。

"丑怪先生！韩峰！"林伊伊几步上前弯腰想要分开他们俩，"别打架啦！"

丑怪先生听见林伊伊的声音，有些愣。他用那双豆大的眼睛看了林伊伊一眼，林伊伊无法辨别里面的感情。

丑怪先生片刻失神，韩峰趁机一把推开这个愚钝丑陋的大个子，狠狠连击两拳，却像打在泥巴上。

赶忙劝架的林伊伊被他无意间推倒在地，红色的大帽子掉在地上，露出丑陋的干瘪脑袋，围观人群发出唏嘘声，她的脸瞬间刷白。

在韩峰的拳头下，丑怪先生臃肿的脸不停地变着形，喉咙深处发出咕噜咕噜的声音，像个巨大的怪兽。怪兽弯着腰，受着拳头，捡起了那顶红艳艳的帽子。

最后韩峰踹了丑怪先生一脚，拉了拉衣服，转身气冲冲地走了。

被丑怪先生扶起来的林伊伊犹豫着,想要追上去,但又放心不下五怪先生。眼睁睁地看着韩峰消失,林伊伊咬了咬嘴唇,感到无比沮丧。丑怪先生小心翼翼地接近林伊伊,把帽子戴到她脑袋上。

林伊伊跑到药店买了药,她不知道这对丑怪有没有用,只能试试。药喷到腿上时,丑怪先生明显颤抖了一下。林伊伊心疼地摸了摸他的腿:"疼吗?"

丑怪先生摇了摇头。

"为什么打架?"林伊伊又问。

丑怪先生又摇了摇头。

七

韩峰请假了,病假。

"丑八怪!一定是你身上带着丑怪的病毒,现在传染给韩峰啦!"李倩对着林伊伊骂道。

不知道为什么,最近莫名其妙传出了丑怪携带病毒的流言。林伊伊担心地告诉丑怪先生韩峰生病了:"我得去看看他。"

丑怪先生拉住了林伊伊的衣服,林伊伊无奈地拉下丑怪先生的大手:"我真的得去看他,我喜欢他,非常非常喜欢。"

丑怪先生的眼睛暗淡下去,那双大手却没有放开,欲言又止。林伊伊急着去看韩峰,心里一急,说:"求求您快放手吧!就是因为和你打架,韩峰才生病……"

林伊伊骤然住口,不可思议地瞪大眼,丑怪先生的身体剧烈地晃动着疯狂冒着泡泡。林伊伊低头,不知道什么时候,执拗地拉住她袖子的大手放开了。丑怪先生推着自行车独自离开了。叮当叮当,破旧的自行车发出濒临死亡的哀叹。

林伊伊扭头,心里难过万分,却无法迈出追上丑怪先生的脚步。而且,林伊伊想起韩峰,他,他还病着呢……

然而林伊伊却扑了个空,韩峰并未在家。他出去了,韩峰妈妈这样说。

会不会是去西街了?

林伊伊急急忙忙跑到西街,街上的丑怪少了一些,但是没见到韩峰,看来他不在这里。

林伊伊失望地准备离开,却在转角处听见奇怪的咕噜声,应该是丑怪的声音吧?但怎么,那么奇怪,好像是被什么捂住了嘴?

是不是需要帮助?她这样想着折回转角处,果然,一只丑怪正在痛苦地挣扎。林伊伊正想上前,丑怪轰然倒地,露出了背后的韩峰,一脸兴奋,笑容夸张。

这样的韩峰林伊伊有些陌生。三个男生出现在韩峰身后，林伊伊知道他们，他们是韩峰的校队同伴。

其中一个上前随意地用脚踢了踢失去意识的丑怪："唔，不得不说，韩峰你实在是太高明了，居然能靠和丑八怪做朋友得到接近丑怪的方法，终于可以弄一只玩玩当宠物啦，哈哈。"

"我还以为你做不到呢？说真的，这个办法真不错。"另一个男生蹲下来看着丑怪，戳了戳，有些好奇又有些嫌弃，"真的是委屈你了，和那个丑八怪在一起那么久的时间。"

"那有什么，现在不是有收获了吗？"韩峰谦虚道，耸了耸肩做出很大牺牲的样子，"她超级黏人，真的好麻烦，还有她那个丑怪朋友，他还为她跟我打架，啧啧。不过她也算有点用处，上次我一说做值日有点麻烦，她就说要帮我做，而且可听我的话啦，我随口编的谎话她也相信。"其他男生听后哈哈大笑。

一瞬间，林伊伊的大脑似乎无法准确地翻译那些话。眨眨眼睛，有什么滴落了下来，她挪动了一下脚步，不小心踢到了什么东西。韩峰抬头，面上出现瞬间的难堪。

"你都听到了？"他沉下脸问。

林伊伊捂住嘴，这样的韩峰令她感到害怕。

"算了，反正你也没用了。"韩峰露出一个无所谓的笑，然后开始和其他男生一起抬动丑怪。

"不，不行！你们不能这样！"林伊伊鼓足勇气上前一步，企图把丑怪护在身后。

"啊？"连韩峰在一起的四个男生嗤笑道，"我们要怎么样和你有关系吗？"

"反正你们不能这样子！"林伊伊无措道。

韩峰上前俯视林伊伊："你识趣点，乖乖让开。"

林伊伊突然觉得这样的韩峰让她恶心，她固执地摇了摇头。

韩峰眼睛一眯，冷笑一声，其他三个男生立即上前，扭动手腕一副威胁之势。林伊伊没想到他们会这样做，联合起来威胁她。她被推倒在地上，在拳头即将落下时，她绝望地闭上眼睛。

预期中的疼痛没有到来，林伊伊试探着睁眼，一个巨大的阴影挡住了她，是丑怪先生。他拉住了韩峰的手，韩峰的脸涨得通红，却挣脱不开。

"别怕，伊伊。"丑怪先生浑身冒泡，像是沸腾起来，谁一接近就会被烫伤，其他三个男生见势不妙，很快溜走了。林伊伊蜷缩在丑怪先生的阴影里，大口喘气。这里是安全的，她看着丑怪先生，似乎天塌下来了也有他帮她顶着。

丑怪先生放开韩峰，对着他发出咕噜咕噜的声音，比打雷还大，像是吃人的怪物。苍

白着脸的韩峰腿一哆嗦摔倒在地,然后飞快地爬起来,狼狈离开。

这天晚上,林伊伊抱着丑怪先生难过了很久很久。她知道了韩峰接近她的目的,他不过是想利用从她这里得的消息,降低丑怪们的警惕,好方便他捕捉丑怪用来观察逗弄,就像那些凌虐流浪动物的变态一样。

那些温柔、那些喜欢都是假的,是骗骗她这个蠢到爆的丑八怪的,而她却因为韩峰误解了丑怪先生,丑怪先生打架都是为了自己啊。

丑怪先生小心地抱着林伊伊,不言不语间给予她温暖,他之所以没有告诉林伊伊事情真相,是不想看到她难过。

他无法开口,只能一直跟着她,也好在他一直跟着她,才阻止了这一场悲剧的发生。

"对不起,丑怪先生。"林伊伊向丑怪先生道歉。

丑怪先生环住她:"没关系的,伊伊。"

八

韩峰连请了几周病假,之后转了学校,林伊伊再没有见过他。

"韩峰转学和你有关吧?"李倩拦住林伊伊,挥了挥拳头。她依旧对林伊伊报以仇视的态度,只是苦于丑怪先生总陪在林伊伊身边,她找不到机会。

林伊伊绕过她,她怕李倩,但不会屈服。

李倩几乎咬碎了一口牙,狠狠瞪着林伊伊离开。

"啊,啊啾!"林伊伊揉了揉红彤彤的鼻尖,好像一只戴红帽子的兔子,丑怪先生咕噜咕噜笑起来。

秋天的天气已经不适合吃冰淇淋,但林伊伊固执地和丑怪先生保持着这个习惯。

小城里关于丑怪的流言越发的多,丑怪先生的处境越来越艰难,常常在路上就被人驱逐,只有吃冰淇淋时他才能忘记那些烦恼。

"没关系的。"林伊伊拉住丑怪的手,"一切都会好起来。"

那时候林伊伊以为,她以后会考上这里的大学,她会和丑怪先生永远永远当朋友,而时光,会淡化这条伤疤。

直到有一天,她放学回家,惊恐地发现街道上的丑怪全都不见了!

每个角落都干干净净,一只丑怪都没有!

这是怎么回事!林伊伊跑在街上,街道上有穿着白色制服的人巡查,她问来问去,得到一个让人绝望的消息，政府正在清理丑怪！

为什么？有人回答她，因为他们会传播疾病，和流浪狗流浪猫一样不干不净。

林伊伊走在街道上，想起来以前经常喂养的一只流浪猫，在开始抓捕流浪猫行动开始后，她就再也没有见到。那她，还能见到丑怪先生吗？

她失魂落魄地走在街道上，撞到一个人，抬起头，是李倩。

李倩先是惊讶地挑眉，再是恶意地笑，装模作样地望了望林伊伊的身边："哦？你的丑怪保镖不见了啊？"

林伊伊茫然地看看她，终于意识到她在说什么，脸上露出焦急担忧的表情。李倩恶劣地笑了，问道："你知道丑怪们会被怎么样吗？"

林伊伊急抓住李倩的衣角，瞬间忘记了两人之间的种种不愉快："你知道？"

李倩点点头，和身边其余的女生互相笑笑。其实林伊伊只要稍微想一下就会知道，李倩知道的不会比自己多到哪里去，可是她现在脑子糊里糊涂，况且她心情那样急切，只要有一点可能她都愿意去试一试。

"我们去其他地方讲。"李倩和其他女生商量后这样告诉林伊伊。

她们来到了废弃的游乐园，不大不小的湖里漂浮着几个脏兮兮的水气球，过山车扭来扭去地躺在地上，一副破落冷清的场景。

"可以告诉我了吗？"林伊伊丝毫没有意识到有什么不对。

李倩笑了笑，林伊伊才惊觉这里的偏僻，咬了咬牙追问："请问，可以告诉我了吗？关于丑怪们的事情。"

"丑怪？我可不知道，你嘛，我倒是知道，因为你马上就会很惨很惨。"李倩咬牙切齿地笑，笑着笑着，面颊肌肉奇怪地抽搐起来，"一定是你害的韩峰转学的！他现在瘦了好多，没精打采的，都没有以前好看了，我要为他报仇！"

她那么喜欢韩峰，韩峰却一直对林伊伊这个丑八怪青睐有加，实在可气！又因为有一只丑怪守在林伊伊身边，实在快把她憋坏了，现在丑怪都被清理了，这口气，她总算是可以出了。

林伊伊看着慢慢靠近的几个女生，这才恍然大悟，她上当了！她拔腿就要跑，然而没跑几步就被追上，然后被按倒在了地上。

李倩很是得意，一边用脚踢她一边骂："丑八怪，也不看看自己的样子！呵呵，还有你那个丑怪朋友，天哪，和丑怪做朋友！真是恶心死了，丑怪最好都死掉吧！永远不要回到这里！"

　　李倩骂骂咧咧很是出了一口恶气,她没有发现,脚下那个有着丑巴巴脑袋的女孩的表情,从一开始的隐忍变为了无法抑制的愤怒。

　　林伊伊忍着剧痛站起来,一把推开李倩:"不许你这么说!你才是丑八怪!真正的丑八怪!"

　　李倩一下子倒退了好几步,缓过劲来,顿时气急,和其他女生按着林伊伊来到湖边,不顾她的挣扎,狠狠将她的脑袋按到水下:"说我丑?你自己照照吧!"

　　意识浑浊的时候,林伊伊听见女生们的惊呼,身边一片混乱,她在抬头的瞬间看见了丑怪先生。

　　错觉吗?

　　丑怪先生好陌生,浑身膨胀起来,像是一只凶狠的野兽。女生们纷纷躲闪着尖叫,但是按着自己的李倩还是没有放弃,好不容易得来的机会,她不甘心。

　　林伊伊双手拍打着湖面奋力挣扎。湖水很脏,异味扑鼻而夹,她用力挣脱那双按着她脖子的手,回过神来的时候,她已经掉进水里了。

　　一群女生有些害怕地看着她,互相询问是谁把她推下去的,她们似乎想要找东西救她,但是又很犹豫。最终,也不知道是谁起的头,纷纷迫不及待地离开了。

　　丑怪先生看着落水的林伊伊,浑身颤抖。

　　林伊伊在水上扑腾着,大口大口的水灌进鼻腔,大脑一片空白,只知道用力滑动,可是她还在不断下沉。

　　她不要死!

　　丑怪先生试图过来,他用手碰了碰水,那只手迅速地消融了。

　　"别过来……"林伊伊感觉眼睛好痛,视野模糊起来了,"丑怪先生,求求你,别过来。"她用所有力气让自己浮上水面几秒,但很快,她又掉了下去。

　　她双腿拨动,双手乱动,像只掉进水里的倒霉虫子,渺小而无力。就在她快要失去意识的时候,她的手碰到了一样东西,圆圆的,滑滑的,是水气球!她重新生出了力气。

　　当她浑身脱力地趴在水气球上时,丑怪先生已经失去了一整只脚和一整只手。

　　天边出现了大片大片艳丽的晚霞,红色的光线在小树林前投下一片阴影,林伊伊无声地哭了起来。

　　"丑怪先生,快点走吧。"她说,然后继续无声地哭。丑怪先生担忧地看着她,却不打扰她的哭泣。

　　林伊伊哭啊哭,哭啊哭,直到丑怪先生轻轻呼唤:"伊伊,林伊伊?我想到办法了。"

　　"什么办法?"林伊伊迷迷糊糊地抬头,她整个人在水气球上晃动。

丑怪先生不能碰水，于是他找到了一只木盆和一块木板，然后笨拙地单脚跳着，用一只手把木盆推到湖中，坐上木盆向林伊伊划着过来。

他只有一只手和一只脚，技术也实在是不过关，很长一段时间都在原地打转，而林伊伊安静地等待着丑怪先生的营救，突然无比的安心。

夕阳在湖面上开出波光粼粼的花，丑怪先生坐在木盆上，小心推着水气球缓缓向前滑动，构成了一幅林伊伊一生都无法忘记的画面。

丑怪先生救了林伊伊，然而，他却要走了。

搜捕丑怪的行动越来越严密，很多丑怪都被抓走了，他及时地躲了起来，只为和她告别。

林伊伊为丑怪先生换上爸爸的衣服，戴上了口罩墨镜围巾假发，然后买了两张大巴票，伪装成父女带他逃离城市。

虽然引来了众多奇怪的目光，但好在没人想到有人会带着一只丑怪逃跑，他们最终还是顺利地抵达了目的地。

一大片墨绿色的森林前，林伊伊摘下自己的红帽子，踮起脚尖放在丑怪先生脑袋上。帽子太小，丑怪先生的脑袋太大，歪歪扭扭的，很不协调。

"丑怪先生，带上它吧。"林伊伊忍着眼泪与他告别，"里面，有星星哦。"

丑怪先生点点头。

九

"伊伊，要不要出去看看？"

冰淇淋店里，一个女孩好奇地望着落地窗外骚动的人群。

"看什么？"对座的女孩儿百无聊赖地应声，戳着自己的那份冰淇淋抬起光溜溜的脑袋，正是已经成了大学生的林伊伊。

几年过去，林伊伊不再形影单影只，打从那天与丑怪先生告别之后，她再没有戴过帽子，却收获到了不介意她丑丑的秃头的、真正的朋友。

"好像是丑怪吧？"同伴扭头看着她，"你没看新闻吗？对丑怪的政策放宽了，重新接纳他们回归社会，居然这么快就……伊伊，你去哪儿？！"

林伊伊飞快地冲出了冰淇淋店。

丑怪回来了！林伊伊看着那些大大小小、傻傻憨憨的丑怪们，他们回来了！

她焦急地拨开人墙，一抬头，就看到了一顶大红色的帽子，在人群中格外显眼。

丑怪先生越过人群,走到林伊伊面前,他的脚和手已经长好了。

伴随着熟悉的、咕噜咕噜的声音,他笨拙紧张地摘下帽子,颤抖着把帽子戴回林伊伊的光脑袋上。

"星星,没丢。"

捕鲨记

—— 文/郑星　图/鱼鬼 ——

这样一意孤行的我们，其实是在把自己一步步逼上绝路吧？

一

我感觉整个世界都在摇晃。

尽管此刻我已退到渔船的船沿处，牢牢地抓住栏杆并紧闭双眼，让黑暗覆盖眼前的场景，但海浪的声音掺杂着人们的吼声传入我的耳朵，海水的腥味混合着血的味道钻进我的鼻腔，让我不得不提醒自己，闭眼的逃避是没有用的。

心中挣扎良久，我再次睁开眼，让那残暴的画面烙印在我的视网膜上。

我所站的位置是渔船的甲板，甲板宽阔得仿佛一个大型的广场，这个"广场"被分成四个部分，每个部分安装着两根粗长的铁钉和一个自动杠杆。杠杆的一头站着一个操作杠杆的人，另一头则吊着一张巨大的网。而此刻，网里禁锢着一头头巨大的鲨鱼。

这些鲨鱼在垂死挣扎着，但无济于事。囚禁它们的网是特制的，里面镶满了细长的钩子，牢牢地插进鲨鱼的血肉里。它们越想要逃生，伤得就越严重，越不可能有力气挣扎。

很快的，鲨鱼们的挣扎便会停止，包裹它们的网会移到那两根有一定距离的铁钉之上，然后它们会被重重地砸到甲板之上，铁钉刺穿它们的身躯——往往是钉在头和尾部——然后网被撤开。鲨鱼感觉到巨大的疼痛，又重新开始挣扎，尾巴不停地拍击着甲板，发出刺耳而悲切的声响。

屠夫在此刻上场，他们有专业的工具刀，专业的屠杀技术，一刀下去，鲨鱼便会彻底停止挣扎。它们的尸体躺在甲板上，羸弱得一点都不像海中恐怖的食肉者模样。阳光照在染血的铁钉上,铁钉尖锐的顶端闪耀着残忍的亮光。

科学家们在确认鲨鱼死亡后,戴着口罩凑近,蹲下身来在屠夫开出的伤口上检测。然后,有些鲨鱼的尸体被抛回海里,有些则被送往渔船底部的密室。

那些被送往密室的鲨鱼都是严重变异的鲨鱼,需要带回陆地销毁。而那些被扔回海里的鲨鱼的鲜血则引来更多的鲨鱼,下一轮捕杀又开始了……

无人知道这些鲨鱼是什么时候开始变异的。等人们反应过来的时候,它们已经以一种令人诧异的速度繁殖着,其中一些鲨鱼还在海底传播着病毒,船只受到影响,渔业受到巨大的冲击,最重要的是旅游业也被波及……政府下令对这些鲨鱼进行捕杀。

我看着眼前血腥的场景,虽然告诉自己为了通过报社竞争激烈的实习期一定要把这些画面记录下来,但是我举起相机的手一直在颤抖。同样在颤抖的还有那颗胃。

我感觉到一阵阵眩晕,我清楚地听到心中有一个声音在大声地说:"不行!"然后我转过身,终于忍不住冲着大海吐了起来。

"就说你一个小姑娘就别跟来了,你看看现在……"站在一旁的一个身上染血的屠夫大叔看了我一眼,"你有没有带晕船药?"

我摇摇头,努力撑着身子。上船之前,我把自己准备的那包药不小心弄丢了,现在悔恨不已。

"你再忍忍吧。"大叔无奈地看了我一眼,转身投入到工作中。

我想回到我的房间去好好躺着,但是我已经控制不住自己的身躯沿着船沿壁滑坐了下来。

在恍惚中,我看到一个人朝我走了过来。他摘掉戴着的口罩,露出一张俊朗的脸来。十六七岁的模样让我震惊,因为他穿的制服表示他是一位鲨鱼屠夫!接着,他摘掉了手套,不知道从哪里拿了一瓶水洗了洗手,然后从口袋里拿出一颗药,递到了我的面前。

"大叔他们身经百战,不用备药,但是我担心自己有时候会头晕,随身带着。如果你不介意的话……"他似乎听到了刚才我跟那位大叔的对话。

我接过他手中用白纸包裹的药,正准备往嘴里送,他下意识地拉住了我的手。他的手掌冰凉,却莫名让人安心。

"啊,对不起。"他看着我诧异的眼睛,迅速松开了手,然后淡淡地说,"吃药就水。"

说着,他把一瓶未开过的水塞到我手里。然后再次迅速地拉开与我的距离,好像怕自己身上的血会染在我身上似的。

科学家已经表明即使是严重变异的鲨鱼的病毒也不会对人造成感染,他应该知道吧。他大概只是怕我嫌弃不干净吧。

捕鲨记 Polaris

我感激地吞下药,看着他默默远去的年轻而挺拔的背影出了神。

我的脑海里满是刚才他蹲下来观察我时关切的眼神,那眼神像一阵暖风,似乎能驱散甲板上的血腥味,让我因这些血腥画面而撼动的心渐渐安定下来。

"云介你这个兔崽子给我好好在岗位上呆着!"负责少年所在区域杠杆操作的大叔拍了一下他的脑袋,吼道。

他挠挠头,站在铁钉的旁边。此刻,他已经重新穿戴好,手里拿着一把锋利的刀蓄势待发。

明明长着一张俊朗得像是校园偶像剧主角的脸,对人的举动也是温柔善良的,而此刻却浑身戾气持着刀……怎么看,都觉得突兀。

我慢慢站起来,拍拍身上的灰尘,望着不远处的云介,心中对自己的报道有了新的想法。于是我对着他举起了相机。

云介不知是因为关心我的身体状况,还是因为察觉到了我在注视他,突然转过头来。

"咔嚓——"
我按下了快门。

二

云介给我的药,让我的眩晕好了很多。我开始直面眼前血腥的画面,硬着头皮继续穿梭在甲板上拍照采访。因为觉得可以以少年屠夫的生活为切入点来撰写我这篇关于捕鲨的报道。所以,在我采访的过程中,我花了比较多的时间去留意和观察云介。

他没有拒绝我的采访,只是专心致志地干着自己的工作,任由我拍照。他的刀起刀落干净利落,一看就知道是已经熟练了这种屠杀方式。可是我却在鲜血飞溅里,看到了他眼中的悲伤。

每下一刀,他眼里柔软而庞大的悲伤便更深刻一些,仿佛刀的伤害从鲨鱼的身上分了一半到他的心里,让他苦不堪言。

我明白刚杀生时内心的痛苦。很多年前,当我第一次杀鱼做菜时,心里也有隐隐的不忍,可是后来也就习惯了,割开鱼肚时并不会掺杂多少感情。然而眼前的少年,明明应该已经可以习惯这样的屠杀,却依旧流露出悲伤的神情,让我心中有微微的撼动,当然更多的还是好奇。

吃晚饭的时候,我是有机会找他聊聊的,佢我却放弃了。

他是渔船上年纪最小的，但没有人会去照顾他，反倒将所有的杂事都丢给了他，帮忙切菜、端菜，给在坐的所有人盛饭、倒酒……

我端着他给我盛的饭，坐在他的右边。

他终于完成像是义务似的服务，坐下来，端起饭来。

刚准备扒一口，突然他又想到什么，停下来。

"对了，这是原本存放在我房间的药。"他从口袋里拿出一盒晕船药来，推到我面前。

"啊，谢谢。"虽然一个下午都撑着身子在采访，也渐渐适应了船上的状态，但脑子还有点晕晕的，于是我便不客气地把药收了下来。

我想这小子虽然年纪小，但还挺贴心的，正准备夸他几句，顺便聊一些用来当素材的话题，就看到他低头安静地扒着饭，一脸疲惫。我突然于心不忍，闭上了嘴。

我能看到穿着T恤的他右臂肌肉很发达，加上他清瘦，所以与左臂显得有些不协调，我猜这应该算是职业病。

他察觉到我在注意着他的手臂，像是吓了一跳似的害羞地低下了头，却又不小心被嘴里的米饭呛到，背过身去剧烈地咳了起来。

坐在他左边的是他的叔叔，林培木。他的腿被压瘫了，现在在船上帮云介操纵杠杆。此刻，喝了点酒的他不耐烦地看着云介，抄着一口方言骂了起来。他脸色泛红，唾沫横飞，让全桌的气压立马低了下来。我听不懂，但能感觉都是极其污秽的话。云介默不作声地喝了口水，闷闷地扒完剩下的饭，钻去了厨房。

他要去帮忙整理剩下的食材，直到大家都吃完，他才重新出来，帮忙收拾餐桌。

喝高了的大叔们在房间里找了个角落打牌吹牛，他们嚷嚷着让云介给他们弄盘花生米，也招呼我过去跟他们玩。我连连说着不了不了的时候，有一个满脸通红的大叔站起身，就准备伸手拉住我。我被吓到，赶紧往后退了几步。

惊慌之时，云介跑过来，横在我们的面前，将一盘花生米递到那位大叔手中。他扫了我一眼，我立马识趣地溜回了自己的房间。

松了口气的我本想着就在床上躺会儿再起来整理资料，但是不知不觉睡着了。重新醒来已是凌晨三点，我脑袋昏沉，觉得房间闷热，便跑去甲板透气。

然后我在漫天的星光下看到了云介。

他趴在船沿的栏杆上，身影单薄，听到身后有动静，警觉地转过身。看到是我，他松懈下来，问道："睡不着吗？"

"睡得早，醒来得也早。"我边不好意思地说道，边用手整理着被海风吹得肆意飘散的头发。

捕鲨记 Polaris

135

我从口袋里掏出发圈,想要把头发扎起来,但这海风太肆虐,我怎么都捋不好它们。对此我有些尴尬,于是转移话题般问他:"你呢?"

"啊,我啊。做了个噩梦,醒来就睡不着了。"他如实回答,忽然走到我身后,从我手中接过发圈,熟练地帮我扎好。

"……"我从未想过有个男生会帮我扎好头发,一时间有些错愕。

他宽大而轻柔的手离开我的头顶,解释道:"在家,我妹妹的头发都是我梳的。"

我"哦"了一声,转过身想跟他道谢,却在月光和星光里,看到他的眼眶微微泛红。

我问他:"哭过?"

他慌了神,像是被戳破了一个足以令他蒙羞的秘密。

"啊,是被噩梦吓哭的。"最后,云介还是换上故作轻松的口吻,笑道。

渔船正在回航,在海面拖出长长的白色波涛,远处的灯塔要比天上的月光还要明亮,如同悬在海上的一颗小太阳。

我迎着海风站立在栏杆前,望着无垠的大海,侧着脑袋听云介说话。

他说他梦见自己变成了一条鲨鱼,在海中饥饿地寻找着食物,忽然间他闻到一股肉的血腥味,于是奋力地循着味道游去。海底昏暗,他没有察觉危险,突然就被一张巨网围捕,无数的钩子刺进他的躯体,他痛苦挣扎,却更加痛不欲生。然后它看到了强烈的阳光,看到了碧蓝的苍穹,他发现自己悬在半空中。接着,他被狠狠地砸在了甲板上,两枚巨大的铁钉穿透了身躯,剧烈的疼痛让他痉挛——他至此都还未被吓醒,直到屠夫上场举起了刀朝自己刺下来,他在明晃晃的光里看到了自己的脸。

说完噩梦,他似乎还心有余悸,身体微微地颤抖。他终于露出十七岁少年会有的脆弱的一面——他原本在我面前呈现出的细心、温柔、机智和某种隐忍让我时常错觉他是个成熟的男人而非男孩。

"我觉得我是在作恶。"他最后难过地说道。

"你就把那些被屠杀的鲨鱼想象成我们平时吃的海鲜,比如带鱼、鲳鱼之类的。"我企图安慰他。

"我也曾经这样告诉过自己,可是,就是莫名其妙觉得它们又是不一样的。你如果问我哪里不一样,我却又回答不上来,反正就是觉得不一样。"他有点倔地回应我。

"你不用太过自责。这些鲨鱼就快要泛滥了,有些甚至带有病毒,而大海的资源是有限的,所以政府才会采取行动,开展捕鲨活动,这是为了生态平衡,也是为了……"

云介打断我的话,他说:"可是这些鲨鱼有错吗?人类往海里排放污水和倾倒垃圾才让它们变异的吧。不管是大量繁殖抑或是传播病毒,都是它们自己所控制不了的。人类让它们发生变化,又要对它们赶尽杀绝,是不是也太残忍了?!"

我一时间无言以对。眼前的少年出于生活所迫,跟着叔叔林培木上船捕鲨谋生,心中却对这些庞然大物有恻隐之心,他想不明白世界上为什么会有这种"滥杀无辜",他落下的每一刀都不情不愿却又一刀致命。这是他能为这些伤痕累累的鲨鱼能做得唯一的一点善——不让它们再多痛苦一秒。

之后,我们长久地沉默,仿佛谁都没有力气再延续话题。

不知过了多久,云介才同我道别,起身回房。看着他的背影消失在不远处,我的脑海中一遍一遍在构建他口述的那个噩梦。

天上的群星闪烁,每一颗都像是少年的心事。

三

抵达海岸是隔天中午。

双脚终于踏实地踩在陆地上,我的心情也跟着好了起来。我站在海边,看着云介一行人整理好所有物品走下船来,便凑上前去,问云介是否可以借住他家几天。我想留在海边再收集一些资料,让我的整个选题内容更加丰富一些。

云介露出为难的眼神,转过头看看叔叔林培木。

林培木此刻正拖着他瘸掉的腿,跟其他大叔嚷嚷着,似乎嫌弃他们又要以修护船只为由收取费用。他不烦地挥着手表示自己不愿意出这份钱,人群里也有同他想法一致的人应和帮腔着。

不知道最后吵出了什么结果,林培木走到我们面前的时候垮着脸,满脸不悦。

云介小心翼翼地问是否可以让我借住,我看林培木下意识地要拒绝,赶紧在旁边补了一句"我会付借宿费",这才令他答应下来。

我给了一笔不错的费用,林培木喜上眉梢,招呼他老婆准备了一桌好菜。在林培木老婆还未进厨房前,云介便已经识相地溜进厨房清理鱼和蟹,帮忙做饭,盛菜盛饭。以海鲜为主的饭菜上桌之后,林培木喊了良久他女儿的名字,他女儿才慢悠悠地从房间里走出来。

他女儿有一双单眼皮的小眼睛,加上她脸上堆满了肥肉,那双眼睛似乎更小了,总感觉她像是在梦游一样紧闭着双眼。

她坐在桌子前,也不等我们拿起碗筷,便自顾自地埋头吃起来。

林培木打趣她是不拘小节,我勉强笑了两声,拉着还在忙东忙西的云介坐下来吃饭。

　　林培木拜托我把捕鲨的工作写得越辛苦越好，这样政府说不定会给他们加钱，我敷衍着应和，低着头默默扒饭。

　　一顿饭吃得莫名尴尬，我本想询问一些问题，愣是被这份尴尬害得不知道怎么才能问出口。想着算了，今天就先好好休息，明天再问，我草草吃完饭便回到房间睡觉。

　　在渔船上，那狭小的房间总让我觉得烦闷，微微的摇晃感也让我睡得不舒服。回到陆地，终于能踏踏实实睡一觉，我很快就沉入了梦乡。

　　凌晨两点，我还在睡梦里，忽然听到屋子里有巨大的声响。不明所以的我赶紧披上外套开门察看，只见林培木左手拎着木棍，右手提着云介的胳膊把他从房间里拽了出来。

　　云介赤裸着上半身，身材消瘦，被惊醒的眼睛里满是困惑和恐惧。

　　深夜醉酒归来的林培木勒令云介跪在地板上，然后举起木棍挥打了下去。

　　少年身上满是淤青和伤痕，林培木的棍子每下一次，他的身体就会颤抖一下，他的脸淹没在垂下的头发里看不出表情，但想必是紧咬着牙满头大汗吧，因为他一直未发出声音。

　　"住手！"我不知道发生了什么，错愕良久才大喊道。

　　林培木转过头，看着我，笑道："我教训小孩子，吵到您了？"

　　我疾步走上去，护住云介，对着一身酒味的林培木大喊道："他做错了什么？你要打他？"

　　林培木愣了片刻，似乎在思考着打云介的理由，然后他挥着木棍，道："这次出海，又是我们这组完成的捕鲨数量最少，拿到的提成少不说，还要被那些老不死的家伙笑话。按理说他这年轻力壮的小伙子不应该远远落后于那些老不死的，他就是偷懒，慢吞吞……怎么，那些鲨鱼是你的亲戚，你舍不得杀？"林培木说着把木棍指到云介的下巴处。

　　我一抬手，打掉他的木棍，嚷道："他才十七岁，你对他的要求也……"

　　我的话还未说完，林培木就打断我，把木棍指向我，又指向云介。

　　"这些年来我供他吃供他穿，我教训一下怎么了？"

　　木棍又指向我。

　　"我看你是个记者，尊敬你，但你别来管我们家的家事！"

　　木棍再次指向云介。

　　"你这兔崽子，要是下次出海再不给我勤快一点，我非打断你的腿不可！你别忘了，我这条腿瘸了也是因为你！"

　　林培木嚷嚷的声音早已惊醒了他的妻子和女儿，我转过头向她们抛出一个求救的目光，但是发现她们只是冷眼旁观着。两人的眼神仿佛都在说：活该！

　　我有些孤立无援，生怕林培木不顾我对云介的维护，继续打他。

于是我把身子整个挡在了云介的面前。

林培木虽醉了酒,但也知道不好对我下手,撂下几句方言的辱骂摇晃着身子走了。我松了一口气站起来,转过头问身后的云介:"你没事吧?"

他站起身来,道:"没事。"我看到他倔强的表情,以及脸上密密麻麻的冷汗。

我有很多话要问他,但是等我反应过来的时候,他已经走到了自己屋子的门口。进屋前,他转过头来对我说谢谢,声音微小而真诚,然后他便准备关门。

我跑上前去,拿手抵住了门,问道:"你不处理一下伤口?"

"我自己有药。"

"但是你后背上的伤,你自己怎么上药?"说着,我侧身进门,让他拿出药来。

我帮他上药时他一直咬着牙不愿发出声音,但他还是会有忍不住倒吸一口凉气的时候。

我看着他身上的旧伤,知道林培木对他莫名其妙的殴打并非只是今晚而已,不免心生怜悯,又愤怒不已。

"为什么不报警?"我问道。

"他是我叔叔。"

"……"我恨铁不成钢般地在心里翻了个白眼。

"其实他们对我挺好的,"他低着头,说道,"我爸妈去世后,如果没有他们,我就会被送去孤儿院……"

"现在看来,还不如去孤儿院呢!"我气愤道。

"并不是这样的。"他说,声音轻柔而悲伤。我边帮他擦着伤口,边听他讲起自己的故事。

云介的母亲想嫁给云介的父亲这事,云介的外公是不同意的。两个飞蛾扑火的年轻人便准备生米煮成熟饭,以为到那个时候外公便应该会松口。但是当外公知道自己女儿怀孕时,却一气之下病倒了,没过几个月便过世了。

村里的人都骂他母亲不孝,活活气死了自己的父亲。云介的母亲为此郁郁寡欢,不小心动了胎气,早产时大量出血,最后,他母亲用命换来了他的出生,而他的父亲却为母亲殉情。

"听上去悲剧得很不可思议吧,但是这就是我的人生。"他惨淡一笑,然后继续无所谓似的说下去。

林培木是他母亲的表哥,看他无人照料便抱回了家。一开始,他的妻子便不同意,说他是个灾星,害死了那么多人,就不应该出现在这个世上。但是林培木当时膝下无子,看他实在可怜,硬是留下了他。

他很感激林培木当年对他的呵护,总是帮着做家务。后来妹妹出生、长大,他连给妹

妹扎头发的活也揽了下来。

三年前，云介和林培木上山采野菜，不知村里有人在山中开采矿石，两人爬山爬到一半，突然听到爆炸的巨响，山林里的巨石被震落下来，林培木赶紧护住云介，自己却被压坏了腿。

他的妻子伤心不已，责怪他就是因为留了云介这么个灾星在身边，才会发生这些不幸，怒气当头的她也责骂云介，用上了"去死""多余""养你也浪费"的字眼。她还教唆原本与他还算亲近的妹妹也冷眼对他。

林培木看着自己瘸掉的腿，听着妻子日复一日的哀怨，心理也渐渐有了变化，生活中一有不顺的事便找他出气。他不反抗，因为他觉得，或许真的是因为多余的自己带来了不幸。

听完他的故事，我终于能够明白他为什么对那些鲨鱼那么冷悯，也理解他为什么会做成为鲨鱼的噩梦。

大概在他心里，他就是一条多余的、有病毒的鲨鱼，他不知道自己为什么会降生，也不知道自己为什么会被怨恨辱骂。他只能努力揽下家务、即使屠杀鲨鱼给他带来或多或少的心理压力也硬着头皮上场工作，他希望自己是有用的，希望不会有一天轮到自己被淘汰、被抛弃。

他在质问那些鲨鱼有什么错的时候，其实也在质问自己有什么错吧？

"我们明天去报警，或者我写个报道，用舆论……"良久后，我提议。

"不要。求求你不要。"他抬起头，看着我，眼神是真挚的乞求。

"你难道不恨他们吗？"

"的确，被打的时候会恨，但是……还是求求你不要。"他最后用央求的语气说道。

我在心中叹了口气。

他坚强，却又软弱。心中的矛盾让他无法成为一个成熟的自己。甚至令我觉得他的三观都是错的。我很希望他起来反抗，但是我也知道我再怎么劝说都无济于事。最后，我只留下无可奈何的担心。

四

我在海边采访了两天，相机里那一张存着大量海上捕鲨照片的内存卡已经满了，我便换上新的卡。但是晚上回到林培木他们家时，我发现原本好好装在口袋里的内存卡竟然不见了。

云介看到我如此慌张，便提议陪我出去找。

我心中焦急，准备马上出门，却被他拦了下来。

他从口袋中拿出一罐驱蚊的膏药，递给我，道："呐，擦点这个。我们这里夜里蚊虫多。"

我感激地涂好药膏，便和他沿着记忆中采访的路线一路寻去。

漆黑的夜色中，我们两个打着手电筒拐进一条长满杂草的小径。他关掉我手电筒的电源，以免吸引蚊虫，并让我在小径上呆着，自己却拎着手电跑进杂草堆里找了起来。

我站在原地，看着他弓着身子，低头认真一遍遍扒开杂草，心中责备自己丢三落四，又被他的热心感动。

其实我觉得内存卡不太可能掉进草堆这种地方，但是云介怕我完不成报道不能转正，所以执著地不肯放过任何一个地方。

可最终，我们还是无功而返。那毕竟只是小小的一张内存卡，我们的搜索行动就像海底捞针，所以失败也是意料之中的事。

我颓然地坐在海边的沙滩上，看着远处海平面上泛白的云层，又疲惫又懊恼。

没有捕鲨的照片，我拿什么跟主编交差？

云介在一旁安慰我，说总会好起来的，总会好起来的。我猜想他大概一直都是这样安慰自己的吧，可我听了却依旧提不起精神。

远处的海平面上露出太阳的一角，世界因此明亮起来。这时我才注意到，云介的胳膊、小腿、甚至脸上，都有蚊子叮出来的包。

"你没涂驱蚊膏吗？"

"涂了，不过那些草堆里面的蚊子太凶残了。"他无所谓地对我耸耸肩，抓了一下痒，对我笑道。

我看着他身上的包，满脸愧疚。

忽然，他拍拍我的肩膀，分散开我的注意力，提醒我不要错过日出。我抬起头来，看到绚丽的朝霞从天空的那端开始蔓延，世界被笼罩在一片温暖的红色之中。

"要不，你重新出海拍一次吧？"云介抱着膝盖，看着日出，轻声地提议道。

我转过头看着他，思考了良久，最终叹了口气，道："看来只有这个办法了。"

有了一次出海经验，再次出海时，我带上了足够的晕船药，也做好了十足的心理准备，所以一切进行得十分顺利，甚至因为有了一次尝试，所以这次拍出来的照片要比原来的更好一些。

晚上我坐在渔船的房间里看着照片，幻想着它们被刊登在报纸和网络上时会引起的轰动。

我拍摄的照片里，有鲨鱼们被诱饵引诱聚集的画面，它们露在海面上的鳍就像在水中插了一枚枚帆，甚是壮观；有鲨鱼被大网围捕的画面，它们庞大的躯体被吊起时，身后阳光刺眼，像是庆贺着某种胜利；有它被钉在铁钉上的画面，屠夫们熟练地下刀，科学家们认真检测伤口，井然有序……当然我还以云介为主角拍了很多，主要抓住他眼神里一如既往的悲伤，觉得可以以此来煽情……

我正在沾沾自喜的时候，并不知道漆黑的海平面上，正有一波危险向我们袭来。

翻滚着的波涛混合着海风的呼啸，让整个海面笼罩在一份诡谲的气氛之中，海面上慢慢浮上来无数的鲨鱼鳍，像一枚枚镰刀，朝着一艘渔船蜂拥而去。

那艘渔船的底部，一块铁板露出一块空隙，一阵阵的鲜血正从那块空隙流出来。饥肠辘辘的鲨鱼怎么能抵抗这鲜血的味道，拍打着尾巴准备大吃一顿。

它们当然不知道，那空隙里是存放严重变异鲨鱼的密室，那些惹得它们嘴馋的鲜血其实来自于同类。

而船上的人也不知道，掀开的铁板在引诱着鲨鱼的同时，正让海水一点点涌进来。

五

那晚我是被海上的雷电吓醒的。那巨大的声响穿过隔层的挡板，让耳朵嗡嗡作响。

云介曾告诉我，在海上，天气阴晴不定十分正常，所以我一开始以为这不过是一个普通的雨夜。

但是忽然，我听到了走廊里的躁动声，心中的不安跟随着躁动声和连绵不断的雷声排山倒海袭来。

我打开房门的时候，正看到云介从自己的房间出来，奔向甲板。我叫住他，紧张地问他："发生什么事？！"

他还没能够整理自己脸上惊慌的情绪，担忧地对我说道："渔船进水了！"

"啊！"我大叫一声，害怕地问道，"船上有急救用的皮划艇吧？"

"是的，船上有皮划艇，但是我们现在遇到了更大的麻烦。"他焦急地看了一下走廊后头，那些大叔也跟着从房间里出来了，连林培木也拖着他那条瘸了的腿奔了过来，他们每个人的手里都拿着猎枪。

"发生什么了？"我惊恐地看着大家，问道。

"接着！"林培木丢了一把猎枪给云介。

云介接到手上，转过头看着我，有些绝望地说："我们被鲨鱼群包围了。"

"轰隆隆——"又一声巨大的雷响，吓得我不自觉地往后退了一步。

因为渔船漏水的部位在船的后方，所以为了保险起见，所有人都聚集到了甲板上。瓢泼大雨砸在甲板上，混合着人们凌乱的脚步声，折腾出巨大的声响。

大雨淋湿了我的头发和身躯，让我的目光也变得模糊，我只能不停地擦拭着眼前的雨水。我站在云介的身旁，怀里抱着一叠子弹，准备他手上的子弹一旦打完便立马递上去。

"砰砰砰！"所有拿枪的人都对着漆黑的海面发射着子弹。

那些炮火的光在我的视野里炸开，像一簇簇小型的炮仗。其实没有人能在这大雨倾盆里看清海面上的物体，一开始大家只是胡乱地扫射。很多子弹就消失在了茫茫的大海中，显得那么无力又无用。

突然，天空中一片光亮，又是一个闪电，把漆黑的海面照得通亮。人们被眼前的场景吓了一跳。

无数的鲨鱼鳍漂浮在海面上，预示着海面之下围聚的鲨鱼数量之庞大。大概已经打中过几条鲨鱼，所以海面上有了鲜血的痕迹。

很快的，闪电过后，海面又恢复成了黑暗。人们继续对着海面上的鲨鱼胡乱地扫射着。

"轰隆隆——"雷声在光亮之后响起，像巨大的鼓声，又像悲怆的预言。

"不要害怕。"云介转过身，看着我，安慰我道。

虽说他在安慰我，但是我还是看到他眼神里的担忧和惊恐，只是他伪装出一种坚强，一如他在面对生活对他的磨难时一样。

而即使有他的安慰，我也依旧害怕得要命，心脏扑通扑通地剧烈跳动着。我觉得我大概已经哭了，但是雨水不停地砸在我的脸上，令我已经分不清到底有没有泪水。

没有拿枪的科学家们已经纷纷从房间里取出了手电筒，帮助大家更准确地射击。

"换子弹！"我听到云介大喊道。

我赶紧把怀里的子弹递上前去，他大概很少用这猎枪，所以换子弹的速度不快，加上情况紧急，他焦虑起来。忽然，他像泄了气一样坐在地上，握着还未上好子弹的枪，任由大雨侵蚀他的身躯。

"我就说，会有报应的。我们作了恶……我们杀了那么多鲨鱼……"他哭了，哭得瑟瑟发抖，溃不成军。我抱住他，学着他的话安慰他："会好起来的，会好起来的。"

"混蛋，你现在在这里哭个屁！给我站起来打！"站在一旁的林培木转过头来冲云介吼道。

云介沉默下来，抹了一把脸上的泪和雨水，低着头努力将子弹上膛，然后跟着我重新站了起来。

他对着波涛翻滚的大海正准备开一枪，突然渔船一阵摇晃，所有人都被甩在了地上。

船舱应该已经灌进了不少水，正在不受控制地下沉！而围攻来的鲨鱼似乎被猎枪激怒，纷纷撞向了渔船。

"混蛋！船有问题为什么不修？！"林培木冲着他身旁的几个大叔嚷道，然后突然想起什么，立马闭上了嘴。

——是他自己曾怕再出钱，说船只暂时不需要维护的。

有人已经爬了起来，趴在栏杆上朝着鲨鱼们再次开枪，有人和科学家们跑去拿皮划艇，还有人因为刚才的混乱被自己人的枪支误伤，趴在甲板上起也起不来。

渔船还在继续下沉，鲨鱼们还在继续撞击着渔船，我绝望地与云介对视，心想今日大概就是死期。

没有一个人敢把皮划艇丢下去，爬上皮划艇逃生。人们只能举着猎枪不停地对海面发出子弹。

又是一阵摇晃，船开始倾斜，很快，它就要翻进冰冷的海水里，每个人都将成为鲨鱼的盘中餐。

"没时间了！横竖都是死！放皮划艇！"不知是谁喊了一声。我在恐怖的氛围里被拉了起来，一片混乱里，我被云介拽着，拉着一条长长的绳索降到了扔在海面漂浮的皮划艇上。

下降的过程里，我已经抱着必死的心，心中满是绝望。云介朝着皮划艇周围的鲨鱼猛开枪，船上也有人在掩护着我们，他们冲着那皮划艇的四周发出子弹。

我们的存活几率十分低，要是哪头鲨鱼一游过来，就能把皮划艇掀翻，或者我们哪个人不小心开枪走火，令子弹穿过皮划艇，我们就只能直接掉进海里跟鲨鱼肉搏。

好在，我们都安全上了皮划艇，但内心的恐惧却更加汹涌澎湃。

因为鲨鱼的身躯离我们那么近，只要它们一对我们发起攻击，我们必死无疑。

"掩护那两个孩子走！"突然我听到头顶响起林培木的声音。

"你个死瘸子，下辈子你再那么抠我们可不会跟你做兄弟！"还努力趴在栏杆上的大叔嚷道，然后他们朝着我们周围的鲨鱼一齐开枪。

云介抱着猎枪，全身紧绷地对着海面，我撑着桨，努力地往远处划去。

暴雨和海水，混乱和恐惧，鲨鱼和死亡……我们像是陷入旋涡，搞不清楚状况，只能拼命挣扎。

不知道过了多久，我们远离了渔船，也远离了鲨鱼群。雨渐渐停歇，全身湿漉漉的我们筋疲力尽地趴在皮划艇上，看着远处的海面上那艘已经淹没了一半的渔船终于翻倒，被海水淹没，消失不见。

我和云介的眼泪不停地流下来，心中的悲伤溢到喉咙，却只发出悲怆的呜咽声。

过了很久之后，天地之间似乎只剩下我和云介。我们两个人疲惫地仰躺在皮划艇上，沉浸在悲伤之中。我们目光所及是浩瀚星河与宽广的大海，它们的无垠让我浑身起了鸡皮疙瘩，那一刻，我才发现我们是多么脆弱而渺小。

在海上漂泊，有很长一段时间，我脑子一片空白，也有很长一段时间，我脑子里是各种胡思乱想——经历生死，难免会有无数感悟。我陷入反思之中。

这些年来，我们为了自己的所谓进步可以不顾一切，我们排放工业污水，随意丢弃垃圾；我们屠杀影响我们利益的族群还沾沾自喜，仿佛只有人的性命才是性命，别的生物都可以由我们决定生死；我们总是误以为自己能够改变世界，却忘记对自然的敬畏，忘记对其他生物的敬畏……

这样一意孤行的我们，其实是在把自己一步步逼上绝路吧？

我想着，转头看了一眼云介。此刻，他已经坐了起来，只是沉默地抱着膝盖蜷缩着身子。我知道他回去将面对什么，不免为他担心起来。

我挪到他身旁，对他说："这不是你的错。"

他抬起头看着我，眼中噙满了泪水。那是无法言语的悲伤和迷茫。

六

这一年，尽管还是有别的船只在捕杀鲨鱼，但我却放弃了捕鲨的新闻选题，转而跑去做更困难的环境调查项目。

在这期间，我做起了卧底，暗访过很多工厂，我们曝光污染环境的公司和项目，也监督他们停业整改。我遇到过无数危险和阻碍，但我心想，我都能从鲨口中逃生，这点困难算不了什么。

云介随我来到了城市，在杂志社谋求了一份工作，从最底层做起。他把每个月领到的薪水寄一部分给自己的阿姨和表妹，虽然她们时至今日还在怨恨，觉得是他的倒霉让他们家家破人亡。可我知道，命运的磨难并不是云介的错。

领导总说，云介比社里任何一个人都要努力。他想要证明自己的价值，证明他不是多余的一个人，不是总会给别人带来悲伤的人。而他在社里的受欢迎程度证明，他做到了。

他说他时常想起林叔叔，小时候，他难过时，是叔叔安慰他说："总会好起来的。"虽然后来叔叔发酒疯时打得他遍体鳞伤，但是那晚，当叔叔跑过去帮他系上绳索让他下到皮

划艇时，他所有的恨都释然了。

每次他说起叔叔，我也会不由自主地想起那晚的可怖。同样的，我也会想起那日的日出时分。

漫天的霞光将世界照亮，清晨的凉风吹动着翻腾的海浪，我们看到海岸的公路，房屋，还有人群。

像死而复生般，我们心中感慨万分，激动得热泪盈眶。我们拼命向海岸划去。

远处，忽然有一团一团的黑烟升腾。云介说，那是人们在焚烧被严重污染的鲨鱼。

那时望着黑烟，心中有一股难以言说的悲伤。我想，就算我的力量确实渺小，但我应该要去试试改变这一切。

天与地

—— 文/蒙莎　图/山番 ——

南洋，西洋，海有多宽，我们就去多远！

一

"不许碰我的东西!"

这是我在这个世界上听到的第一句话。

我被一个少年抱在怀里。他神情惶恐,手臂上有一道深深的伤口,里面渗出的血滴在我身上。

是那些血把我从沉睡中唤醒。

周围一片混乱。烈火在烧,女人和孩子们在哭喊,兵刃相撞的声音混杂其间。这是秦始皇二十六年的临淄。秦军南下,齐国不攻自破。齐王出城投降,齐国的王族贵胄一夜之间沦为俘虏。

这些事当然是后来才知道的了。我好不容易搞清楚自己身边的状况时,少年已经被驱赶着走上了西行的旅途。

周围的人叫他"阮白",据说是某个齐国公主的外孙。阮白人如其名,长得像只小白兔,又软又白。披头散发地走在路上,时常被秦军当成小姑娘欺负。

押解的秦军不许俘虏携带太多的东西。阮白把我和一堆乱七八糟的东西一起放在一只布袋里,晚上停下扎营的时候就把我拿在手里,用一枚缺了角的贝壳用力刮我身上的锈迹。

"哎哟!"

某次他刮得太用力了,我忍不住喊了一声。

我理所当然地被严重受惊的某人甩在地上。

"哎哟——小心一点啊！"

"你你你你……"

他绕着我来回跑了几圈，就是不敢再伸出手来。

我又说："还不快把我拿起来，地上脏死了。"

"你你你在说话？"他用颤抖的手把我捡了起来，"真的是你你你在说说说话？"

"是啊，怎么了？"

周围坐着不少人，然而似乎只有他听到了我的声音。他凑过来仔细端详："你……到底是，什么东西？"

"你不是看到了吗？我是面镜子。"

"当真只是面普通的镜子？"

"当真。"

他半信半疑，把我丢回布袋里。

后来我才知道，普通的铜镜是不会说话的。所以我肯定不是一面普通的铜镜。

我为此得意了很久。

二

秦军的队伍纪律严明，非常守时。他们带着计时的漏刻，每天卯时即起，酉时即停下扎营。火头军埋锅造饭，连吃饭的时间都准时得很。

这一队俘虏被押着往西去，齐王和女人们尚且有马车可乘，像阮白这样的旁系子孙便只能跟在后面跑路。稍一落后，即遭鞭笞。

有人因为受不了这样的侮辱而自杀。有人因为试图逃跑或是反抗而被杀。活下来的人衣衫褴褛，步履蹒跚，战战兢兢，斯文扫地。

阮白能活下来，当真是个奇迹。

因为阮白总是最后一个去领饭。

秦军看守只有在吃饭的时候会稍稍放松警惕。开伙的锣声一响，饥肠辘辘的公主王孙们丝毫无风度地扑过去狼吞虎咽。阮白却会趁着这时候跑到隐蔽的地方干些偷偷摸摸的勾当——晚上拿着直角矩对准北极星看它有多高；白天则把圭表平放在地面上，看竖起的指针在底部的刻度盘上投下的影子的长度和方向。

然后他用簪子在圭表的底部刻下一排排数字。

他偶尔会给亲友们报数。

"此地距临淄一百二十八里。"

"二百三十二里。"

"三百五十一里。"

这个数字每天都在增加。他们麻木地听着,不赞同,也不反驳,没有人问他是怎么得出这些数字的,只有在秦军不注意的时候,他们才会回头恋恋不舍地望向东方。

阮白在出发后的第四天从一个兄长那里讨到了一块羊皮,每次测量过太阳和北极星之后便用簪子在上面戳出一排小洞。

小洞连成一条弯弯曲曲的线,那是我们走过的路。旁边还刺上了一些不同的图案,代表路边的山川与河流。

第十八日,一个秦军头领发现了他的羊皮,用马鞭狠狠地抽了他一顿,那张羊皮也被丢进了火里。

那天阮白整整一天没有吃饭。晚上歇下,也没有再去测量北极星,只是木然地揣着我发呆。

我身上那层厚厚的铜锈都已被他刮干净了,镜面上还被刮得一道一道的。我因为生气,十几天没理他。

"喂,镜子,镜子?"他几乎是把嘴贴在了我身上,用耳语的声音问,"你还在吗?我有事想问你。"

我不说话。

"你的名字是不是叫作'镜'?"

我还是不说话。

阮白又说:"那么以后我就叫你'镜'了。"

乱给别人取名字怎么行!我没好气地说:"我叫'天机'。你没看到我背后有幅星图,还有'天机'两个字吗?"

"早看到了。要不是因为那幅星图很稀有,我也不会一直带着你。我问你,你是什么人造的?造了多久?是造来做什么的?你为什么——为什么会说话?"

"不知道。"

"不知道?你怎么会不知道自己是怎么来的?"

我反问他:"哎哟,那么你又知道你是怎么来的吗?你说说看,世界上为什么会有你这么一个人?你又是为了什么活着的?"

阮白被我问住了。我哼笑着自己跳开。

等等，我是什么时候学会自己跳的？

下一刻就被阮白抓了回来。他盯着我上上下下地看，忽然两眼放光，以至于我以为自己变成了一条香喷喷的烤羊腿。

"我想起来了。古书上记载，有些物事生来便蕴藏天地间的灵气，在钟灵毓秀的地方呆久了就会变成妖精。妖精会说话，会换形，会法术，会蛊惑人心。你——是铜镜变成的妖精！"

我也不太确定："大概是这么回事吧，不过你说的那些我可都不会。"我的意识是被他的血唤醒的，想想就觉得这不是件好事。

"天机兄，我想和你商量一件事。"

"嗯？"

"我想把地图刻在你的镜面上，可以吗？"

"绝对不——"

我大吼着逃出他那双魔爪，骨碌骨碌一口气滚出去几丈远。

那可是大爷我的脸啊！

三

我背后有个原本是用来固定在支架上的纽。阮白用一条绳子从中穿过，又拴在他的腰带上，我再也逃不掉了。

"还以为你有多大的本事呢，原来也只是会蹦一蹦滚一滚而已。"

确认了这一点之后，他把我按在膝盖上，凭着记忆在我的镜面上强行刻下了已经走过的路线。倒不至于觉得疼，但总归很不爽就是了。我夸张地嗷嗷大叫，咆哮，骂人，然而都没能阻止阮白的暴行。

这家伙是铁了心要把我变成一个大花脸。

弯弯曲曲的曲线一直延伸到镜面的另一端，阮白在线的尽头画了个圈，旁边刻上两个字："咸阳。"

那时候，"软白"也彻底地变成了"糙黑"。

秦王——不，现在应该称呼他为"皇帝"了，为了方便监视六国的俘虏，把他们全都聚在一起"安置"在咸阳城内，贵族女子尽数被充入后宫。又过不久，蒙恬率三十万大军北击匈奴，身分普通的六国旧族也被发配入伍。

三十万大军分拨前进。

走在最前面的是三队探路的骑兵。

骑兵之后便是阮白所在的那一队戍卒，他们只负责开路，遇山开山，遇坑填坑。为了保证有足够的时间开路，他们和大部队保持着三天路程的距离。

在他们和大军之间还有三十人一组的几队人马，负责在探路营和大军之间传递消息。

阮白仍然把我和那堆矩尺圭表塞在随身的皮囊里。镜面上的曲线随着大军的推进向北延伸。每到一个地方，他就钻上一个点，在旁边标上地名和两地之间的里数。也许是因为还记着羊皮被烧的那件事，他测量以及画地图的时候都会刻意地避开别人。

黄土高坡上的视野非常开阔。天气晴朗的时候，阮白喜欢在夜里把脑袋伸出帐外，久久地凝视在墨蓝的夜空中倾泻的星河："你看，那就是铸在你背后的北斗七星，参宿，商宿……"

我懒得理他。在他躺在那里窃窃私语的时候，我通常会尝试着运用自己的力量。在某次终于挣脱了绳索之后，阮白换了根细铁链继续拴着我。虽然还是逃不掉，但是我慢慢学会了驱使风卷起尘土迷住某人的眼睛，把小虫子丢进某人的衣服里之类的小把戏，聊胜于无。

当然还是没有办法阻止阮白画花我的脸，所以只能抓住一切机会诅咒他。

"你私画地图，当心被当成细作活埋掉哟！"

他的回应就是盯着我邪恶地笑，然后把线条刻得再深一些。

我万万没有想到这句话竟然会应验。

那是一个狂风大作的下午。

他们已经渡过了泾水，越过了遍布黄土高原的北地郡，走到了沙漠和草原相接的地方。过了眼前的这片沙漠，就是被匈奴人占据着的九原河南地。风卷起的沙尘遮蔽了整个天空，草原上刚刚冒出的嫩芽又被流沙淹没了。所有人都被吹得睁不开眼，寸步难行，整个队伍被彻底打乱。

然后，正当风吹得最猛的时候，有一队骑兵毫无预兆地从风沙里冲了出来。

我起初还以为是跑在前面的秦军骑兵——

"来者何人？"

走在最前面的戍卒大声喊。一匹马从他身边擦过，他随即倒在了地上。

他的头不见了。

那是匈奴的骑兵。

匈奴人似乎毫不在意这场狂风，因为他们自己更象是可以摧毁一切的风暴。匈奴人似乎有成千上万，马蹄扬起的沙尘仿佛在前方形成了一座山。他们在靠近之后便大开杀戒。大秦的戍卒们呆若木鸡，毫无还手之力。匈奴人像收割麦子一样收割了他们的头颅，又继续飞驰南下。

阮白在匈奴人刚到的时候就被一匹马踢中了大腿。他被踢出去半丈远。眼看着有柄大刀劈头砍下来，我扬起沙土迷住了那个匈奴人的眼睛。

刀落在阮白身边。它再砍下来的时候，我已经用沙子把阮白埋了个严实。

"憋气，不许出声不许动啊！"

我恐吓他。

看来我会的东西还是挺有用的嘛。

匈奴人来得快，去得也快，一眨眼就呼啸着不见了。阮白哆哆嗦嗦地从沙土下面爬了出去。周围的沙子都被血浸透了，一百个人的戍卒队伍里似乎只剩下了他一个活口。阮白站在那堆失去了头颅的尸体旁边，彻底呆掉了。

不对。我在口袋里蹦一蹦，叫他："喂，喂，那边好像还有个活的——"

阮白就那么愣着，我蹦了好几下，他才有了点儿反应："什么？在哪里？你怎么知道……"

"我就是知道！就是刚才我用沙子盖住你的地方，下面好像还有一个！"

阮白空手在沙地里扒拉，从下面拖了个人出来，看来是我埋阮白的时候不小心一起埋下去的。那人两眼紧闭，头上破了一块，大概是被什么钝器砸晕了，亏了没出太多血——正是他们的百将奚怀光。

此人据说骁勇善战，心狠手辣，杀人不眨眼——包括杀犯了军纪的自己人，所以被派来做这队戍卒的百将。曾经有人好奇地问奚怀光的年纪，奚怀光傲然道："我行军五年，如今一十八岁。"这答案令阮白很是受伤。

阮白的手在奚怀光心口摸了摸，欣喜地说："还有心跳！"他扶起奚怀光，用手捂住他头上的创口，"百将？百将？"

风渐渐停了下来。

奚怀光哼哼两声，醒了。他摇摇晃晃地爬起来，看了看周围，又看看阮白，仿佛根本不在意头上的伤。

"都死了？"

声音平静得像是在问"吃过了没"。

阮白点头。

奚怀光又亲自清点了一遍，没错，一共是九十八具无头尸。阮白问："要不要……埋起来？"

他的声音在发抖。我知道他害怕的不是这些尸体，而是奚怀光。奚怀光盯着阮白的眼神仿佛在问：为什么唯独你活了下来？

"马都被抢走了?"

"好像是……"

奚怀光没有再多看那些尸体一眼。他从背囊中抽出一块一尺长六寸宽的薄木板看了片刻,又取出司南来校准方位:"此去东北五里有个村庄,去看看能不能借到马。"

我忍不住嗤笑:"借马?难道他还想追杀那些匈奴人不成?"

阮白问道:"借马做什么?"

"匈奴人到了这里,前头的探路队只怕都遭殃了,后面传递消息每队只有三十个人,肯定也招架不住。总得回去报信。"

"匈奴人的马这样快,我们怎么可能追得上……"

奚怀光反问:"追不上就不用追了吗?"

"百将……"阮白欲言又止,"我们不如翻那座山抄近路回去,或许还能赶在匈奴人之前遇到前营。"

"翻山?"奚怀光把木板丢给他,"你自己看此处的行军图。我们距大军一百八十里,中间虽然在谷上庄拐了个弯,翻山回去也得走几十里山路——"

"是十五里。"

阮白把木板丢在一边,趴在地上,用手指在沙地上画了个尖尖的角——左边线长,右边线短。

他指着尖角:"这里,是我们昨晚扎营的谷上庄。"

"我们走了一天,现在大概在这个地方,"他在较短的那条线一头画圆,"从这里到谷上庄正好是六十里。这边——"

他又指那条长线:"是我们昨天走过的路。这个弯角里面,便是我们在西南方看到的那座山。"

"前天晚上我们是在山那边的龙沟屯扎营。龙沟屯到谷上庄如果走直线,相距只有五十八里。如果我们现在翻山到龙沟屯去,最短的路线应该能和我们昨天走的那条路交叉形成一个直角。"

阮白"刷"地画了条直线,尖角变成了直角三角形:"我们这里到谷上庄是六十里,谷上庄到龙沟屯是五十八里,那么我们这里到龙沟屯的直线距离就是十五里。"阮白说着跳起来,"十五里的山路大概半天就能翻过去。我们现在就走,一定能赶在匈奴人之前遇上我们大军!"

"等等——"奚怀光蹲下,"这十五里是怎么算出来的?"

阮白斜眼:"我不是说了吗?这是个直角,这边是六十里,这边是五十八里,用六十乘六十减去五十八乘五十八剩下两百三十六,两百三十六再开方大约就是十五里多一点……"

奚怀光:"可是朝廷发的行军图……"

"画错了!"

我突然有种不详的预感,忍不住喊:"喂!别冲动!"

可是已经太晚了,阮白把我掏了出去:"你自己看我画的地图。我们走过的路都在上面。"

奚怀光闪电般拔出了绑在腿上的短刀,刀口对准阮白的咽喉。

"你到底是什么人?为什么会知道这些事?为什么私自画行军的路线图?怪不得——我看你这人鬼鬼祟祟,每天都躲着大家不知道在做些什么,果然是匈奴的细作吗?我这就砍了你的头!"

阮白吓得直接跪在了地上。

"我不是啊——我怎么可能——要不这样,我带你走,我们现在就走,倘若赶不上报信,你再杀我?"

一声轰隆隆的惊雷从头顶炸过。奚怀光沉默片刻,用绳索把阮白的两手捆了起来。

"若是兰日之内走不到龙沟,我杀了你!"

四

秦军之强,在于布阵。

每逢出战,第一轮发动攻击的便是走在最前面的弩兵阵。臂张弩在前,蹶张弩在后,每队各分三排轮流射箭。屯长一声令下,铺天盖地的黑色箭簇便像雨点般朝敌军飞射过去。

那队突袭秦军的匈奴兵大概到死也不会料到,在前面等待他们的会是这样的一场箭雨。他们的头颅复又被秦军割了下来,成为领军功的依据。

我忍不住感叹:"你们这些人类当真禽兽不如。"

阮白和奚怀光并肩跪在一辆战车前。车上端坐着前军裨将王恭仁,而我就躺在这位裨将手里,被他翻交覆去地看。

"你,是齐人?"

阮白点头:"是。"

"背后铸天文地理图样的铜镜通常是用来祭祀陪葬的。你这面铜镜从何而来?"

"家父生前掌管齐国的天文历法,这铜镜是家传之物。"

"你说我们行军用的行军图是错的?"

"我的意思是……画得不是很准……"

"如何不准？"

"我们从山那边抄近路回来只走了十五里多一点，可是百将带的行军图上，两地距离至少有四十里……"

"你出发之前，就知道这条近路只有十五里？"

"是，是根据另外两条路演算的……"

"算一遍给我看。"

阮白就地画图，又算了一遍。

王恭仁托着下巴若有所思："你刚才只说了怎么计算近路有十五里，但是从龙沟到谷上庄不是六十里而是五十八里，又是怎么算出来的？"

阮白迟疑片刻，把直角矩和圭表也掏了出来。

"北极星在极北的正上方，所以我们越往北，北极星在天空中的位置就越高；越往南，北极星在天空中的位置就越低。所以每天同一个时间测量两地之间的北极星高度差，以恒定的比例对照，就可以知道它们在南北方向上相差多远。至于东西走向的距离，则要靠太阳计算。"他竖起圭表的竖针，"正午的时候把这个放在太阳底下，越往东影子越短，越往西影子越长。但是因为四季交替，太阳每天升起的时间和方向都会不一样，所以计算东西走向的距离要复杂一点。"

他随手在地上画了个长方形，又从中间划了条线劈成两个三角形："但是，只要能知道两地之间东西南北两个方向上的距离差，就可以直接算出它们之间的直线距离是多少……"

王恭仁皱着眉头看了许久："最后一个问题。你为什么要自己画行军图？"

奚怀光一直沉默着盯着他前面的车轮，这时转头狠狠瞪了阮白一眼。

"这不是行军图，这只是，只是想记录自己走过的路……我怕死在异乡，变成孤魂野鬼，忘了怎么回家……您看，这里到这里是临淄到咸阳的路……"

奚怀光立刻掷地有声地驳斥他："花言巧语！我们一队几乎全军覆没，偏偏就你躲得那么及时，谁知是不是早就知道匈奴人要来！"

阮白顶回去："如果我是细作，我为什么要救你，为什么还带你抄近路回来报信迎击匈奴？"

王恭仁摆摆手示意他们住嘴，命人把阮白的皮囊取走，连我一起丢了进去。

"这些东西暂时由我保管。是不是细作，再查一查就知道了。"

我忍住了没动，因为阮白曾经这样警告我："你在人前要装成普通的铜镜，若是不小心被那些术士看到了你会动会说话，没准就把你当成妖魔除掉了哟。"

王恭人提着皮囊去见将军，我果然又被一堆人传来传去看了一遍，然后就被丢在王裨将的帐子里。

又过了两日，王裨将叫阮白来把皮囊领回去。

看到他还活着，我着实松了口气。阮白看来没有受罚，心情看起来似乎也很不错。他身边的帐篷不再是五个人一起睡的大帐，而是两个人睡的小帐。

奚怀光居然还在旁边。

阮白心急火燎地检查他那些宝贝是不是还完好无损。

奚怀光抱着胳膊在一边斜眼看着，冷冷地说："王裨将怎么会弄坏你的东西。我劝你趁着大军这几天暂驻此地好好学骑马，免得进了探路营又跟不上大家，遇上匈奴人就真的成孤魂野鬼了。"

探路营？我这才发觉他们都变样了——头戴紧压发髻的圆形小皮帽，窄袖窄襟的上衣外罩着仅垂及腰的短铠甲，裤子是紧扣下身的连裆裤，裤脚塞在一双结实的短靴里。这不是骑兵的装备嘛！

凡人有句俗话：人靠衣装。阮白换上这一身行头，仿佛瞬间从炭头变成了玳瑁——虽然黑还是一样的黑，却精神了不少。

可阮白不是修路的戍卒吗？怎么会被派去探路？

"反正你的任务是保护我，"阮白用直角矩拍了拍奚怀光的脑门，那得瑟状简直是奴隶一朝翻身做主人，"没听到王裨将说的吗？我在你在，我死你死。"

奚怀光握紧双拳，冷笑着把脸扭到一边。

阮白整理好所有的工具，最后往皮囊里塞进一块空白的木板和一把柳炭条。

"如果没什么事的话，我想现在就到周围走一走观察地形。既然王裨将的命令是重画行军图，我想尽量画得详细准确一些。我们可以出发了吗？"

五

阮白和奚怀光并肩坐在黄河边，两个人瑟瑟发抖。

被风吹的。

他们已经沿着河水走了一整天。现在阮白正在整理这天测量到的数字。他用树枝把它们写在湿软的沙地上，然后计算。

在阮白的木板上，用墨线画成的黄河即将合拢。

我的镜面上也有一条黄河。只是左上角也还缺了一段，那是匈奴人在九原河南最后的盘踞地。

这已经是秦始皇三十年。不出意外的话，秦军在半年之内就能彻底地把匈奴人赶出九原河南地。

阮白的工作仍旧是画图——不是路线图，而是详尽的地形图。因为将军和王贲将命他把所有能看到的细节都画到图上：什么地方可以抄近路？什么地方可以设埋伏？什么地方利于射箭？什么地方利于战车进攻？

因为不用上阵打仗，这个连长矛都抡不动的臭小子无比幸运地活到了现在。

阮白计算画图的时候，奚怀光就坐在一边用一块破布来回地擦拭他的剑。

阮白手里飞快地计算着，嘴里还唧歪个不停。

"子曰，逝者如斯夫……你知道吗？这条河会流经齐国故地，最终汇入大海。在河水入海的地方，整片海水都被它染成了黄色，非常壮观。"

奚怀光面无表情地站了起来，在身后的沙地上开始舞剑。

"如果有条船带我回家该多好啊。"

奚怀光把剑挥得锵锵作响，以至于让我产生了一种他会随时把阮白的脑袋砍下来的感觉。

"我只知道我饿了。如果我不回去吃东西就会没力气，如果我没力气就没办法保护你，如果我没力气保护你你就有可能会死。你最好快一点。"

阮白小心翼翼地把新的河道加在木板上，又刻在我的镜面上。

"你好像忘了我们现在是在大军的后方？"

我插话："可是后方也有些匈奴人逃到大漠里做了流寇……"

阮白用力敲我。

奚怀光看来是忍无可忍了，不耐烦地站了起来，径直自己一个人走开去牵马。听到他在远处喊了一声"驾"，阮白才慌慌张张地收拾东西追上去，"你不怕我被猛兽叼去了啊！"

奚怀光头也不回地打马先走了。阮白气呼呼地赶在后面，"奚木头！等我啊奚木头！"

我说："人家为了保护你四年才升了一次爵，换成是我，我也巴不得你被狼吃了！"

阮白还不服气："可是王贲将两年前就说过，如果他不乐意接这差事，可以换个人保护我。这分明是他自愿的嘛！"

秦军计算功绩的方法极其简单粗暴——以杀敌记功，按照砍下的人头多少计算赏赐。这几年奚怀光寸步不离阮白左右，平时没啥机会冲锋陷阵，他们升的一次爵还是王贲将特地请将军给加的。听说当年同时入伍还活着的伙伴们不是公乘也是五大夫，奚怀光却还是个万年不变的右更，难怪他不高兴。

两匹马一前一后，沿着河岸在夕阳中飞驰。

天渐渐黑了。

月光很亮。当然，阮白也是因为仗着晚上月光很亮，才敢在白天越走越远。

天幕尽头出现了星星点点的灯火。秦军在一年前攻占了这个地方之后就地驻扎，不打仗的时候便开荒种粟，放马养羊，原本长满了野草的荒滩有了个地名，叫坝子屯。阮白和奚怀光要回去的地方就是那里。

奚怀光看来真的是饿坏了，天黑之后不但没有放慢速度，反而越跑越快。阮白渐渐地追不上他，没命地打马。

不知道是不是他们跑得太快的缘故，连我都觉得有些心慌慌的——这只是打个比方，我当然没有"心"这种高度敏感的玩意儿。

"阮黑子，前面好像有——"

我的话还没说完，前方就传来一声惊叫。我看到奚怀光从马背上飞了出去。

"奚木头！"阮白大喊一声，狠狠抽了一记马屁股。他的马一个箭步冲出去，跑近了，只见奚怀光的马倒在地上挣扎嘶鸣，两条前腿断了一条，惨不忍睹。

奚怀光就在不远处，每天被他擦得雪亮的剑已经握在手里。他旁边围着三个匈奴人，所有人的武器都对准了他，还有个匈奴人正在慢条斯理地往弓上搭箭。

"别过来！快跑——"

奚怀光冲这边喊，声音歇斯底里。匈奴人终于注意到了奚怀光还有个同伴，同时转过头来。阮白还在发愣。匈奴人手里的箭已经在他有所动作之前射中了他的马的喉咙。

阮白惨叫着从马背上摔了出去。

第二支箭飞了过来。我大喊："趴下！"

阮白立刻向前扑倒，那支箭从他头顶飞了过去。

阮白吓得不敢动弹。叮叮当当的金属相撞声中夹着几声惨叫，之后有什么东西重重地倒下了。

"奚木头！"

阮白冲到近前的时候，奚怀光已经把那三个匈奴人砍翻在地。他撑着剑站在地上，脸色惨白。

"奚木头！你怎么了！"阮白扑过去扶他，手上沾满了血。

"你受伤了？"

"走……"

"好！"阮白看看左右，两匹马都已经不能动了。清冷的月光下，能清楚地看到奚怀光的左肩后被刺出了一个深深的洞。

"我先给你止血！"阮白"嗤啦"一下从衣襟上撕下来两块布，一块叠成一团压在奚怀光的伤口上，然后用另一块缠住了伤口。

"我上次能救你，这次肯定也行的——"阮白强行背起奚怀光，一步三摇地朝天边的火光走去，"木头你撑住！你还要保护我啊木头！撑住！"

"别吵！好像有人来了！"我吼道。

阮白瞬间噤声。

周围响起一阵窸窸窣窣的声音。

听方向，却是从河岸那边传过来的。脚步声越来越多，就连奚怀光也听到了。他果断地下令："趴下别动！"

阮白抱着他伏倒在草丛里。怕发出声音把匈奴人引过来，我也不敢乱吹风。只听到刚才发生冲突的地方响起一阵人声，然后那些人四散开了，似乎是在分头寻找阮白和奚怀光。

偏偏有淡淡的云遮住了月光。匈奴人在周围用马鞭抽打着杂草，慢慢形成了一个包围圈。

奚怀光耳语："他们，知道，我们，有人受伤了，跑不远。"

阮白的手在发抖，然而还是坚持着用力按住奚怀光的伤口："没事。他们找不到……"

然而鞭打杂草的声音还是在慢慢地靠近了。

是的。据说匈奴人都是草原上围猎的高手，他们也许靠血腥味就能找到猎物。

奚怀光动了一下，手里闪过一道寒光。

阮白按住他："没事，没事——你——"

月亮彻底躲进了乌云中。奚怀光强行撑起身体，手里的剑刃却架在了阮白的咽喉处。

"这是将军的意思。你不能，活着被匈奴人抓住。"

阮白先是一怔，继而恍然大悟。

他张着嘴傻笑："原来你也是在监视我。怪不得是你，必须得是你……"

"为什么，这么说？"

"我曾听说你有个从小一起长大的兄弟，因为犯了军纪被你亲手处决。将军派你监视我，是因为只有你才能这样毫不犹豫地对自己身边的人下杀手。"

"是。"奚怀光的手抖了一下，"他叫张贡。因为延误军机，军法如山……"他忽然说不下去了。

月亮又露出了半张脸来，我看到奚怀光的眼睛里泛起了点点水光。阮白盯着他，沉默片刻,"动手吧。他们快到了。我宁可死在你的剑下,也不想被匈奴人活捉去严刑拷打。"

奚怀光揑着那把剑,指节捏得发白,剑刃陷入阮白的皮肤里,血一点点地往下淌,淌得我全身都是。

我听到奚怀光在抽泣。

阮白急了:"快动手——你不是一直都很讨厌我吗?动手啊!"

奚怀光的手一抖,剑跌在地上。他喃喃地说:"我……平时对你那样冷淡……就是怕到了这时候,不忍……不忍……"

话未说完,他重重地仰后跌倒。

阮白扑过去抓住他的肩膀,"木头你怎么了?醒醒……"

搜索着的匈奴人终于听到了这边的动静。我听到他们互相呼喊着匈奴语,知道他们很快就会过来了。然而我感觉到自己生出一股前所未有的无穷的力量。

因为阮白的血。

"阮二黑!"我叫道,"你把我放下,我来对付匈奴人,你准备好,我喊到三的时候你就带奚木头走!"

不能再犹豫了。我自己挣脱了铁链跳出皮囊,滚到不远处。

"一,二,三,跑!"

匈奴人的皮鞭在阮白的身边落下,阮白抱着奚怀光跳起来,而我掀起的狂风把周围的沙土草木都卷到了半空中。

它们像被捅了窝的马蜂似的围着匈奴人飞舞。锋利的草叶割破了匈奴人的眼睛,他们哀号着抱头鼠窜。我喊道:"我还可以支撑一阵子!快带他走!"

阮白背起奚怀光,很快就消失在夜色中。

至于我嘛,我实在想不起自己究竟坚持了多久。

因为我又失去了意识。

六

"天机。能听到我说话吗?"

是阮白的声音。

啊,这家伙还是把我捡回来了啊。

可是这是哪里?

看样子像是在室内。上面是黑压压的屋顶,我躺在散落一地的木板和羊皮中间,身上

还淌着几滴鲜血。

阮白把一只食指含在嘴里。看来是他刺破手指,用血唤醒了我。

我叫他:"二黑。"

"谢天谢地,你足足三年没说话了。"

"三年?!"我居然一口气睡了三年?

阮白笑着点头:"我那晚把奚怀光带回大营,第二天就回去把你找了回来。可是我不管怎么叫都叫不醒你,今天我突然想起你第一次和我说话之前就沾上了我的血,这才想到要用自己的血试一试……你以后可不要再逃跑了,你没发现吗?每次你'睡'过去了,只有我的血能叫醒你。"

回头想了想,事情似乎是这样的。

我的灵气,我的力量,似乎全都来自他的血。

"你不当兵啦?"我跳起来左看右看,"还升官了?"

刚才第一眼看到他的时候,我差点没认出他来。

阮白仍旧是那么黑,只是头上的小皮帽变成了一顶长冠,身上的铠甲不见了,腰间挂着一把书刀。这是大秦国标准的文官打扮。少年的青涩褪去了。阮白的目光里多了点自信和从容。

"太史令胡毋敬大人也是齐人,和家父是故交,他听说了我重画了北地的地形图的事,便启奏陛下把我调回咸阳,专为军队绘制行军地形图。"

"不错嘛!"

我这才留意到,旁边的一张长案上铺着大块锦帛,上面的线条纵横交错,形成了一张完整的地图。

——囊括了整个九原河套地的全图。

这张地图和以前他画的所有地图都不一样,除了墨线绘成的道路山川河流之外,还有朱砂线交织而成的一个个方格子。

"阮白!"外面忽然有人叫他,是奚怀光!

奚怀光头戴双版冠,脚踩翘尖履,长襦外披着带彩色边饰的鱼鳞甲——瞧他那副威风凛凛志得意满的小样,也是升官了。他大步流星地进来,一阵风冲到阮白身边,"该走了。"

阮白点点头,卷起锦帛,"走。"

出门的时候,阮白仍然把我托在手里。

"它醒了。"他低声对奚怀光说。

我浑身一震——他居然把我的事告诉了奚怀光?!看来他们之间的生疏和隔阂已经完

全消失了。

还没回过神来，奚怀光就伸手在我划痕累累的"脸"上摸了一把："坏东西，知不知道阮白为你费了多少工夫？"

我用力蹦："干吗呢！信不信我咬你！"

阮白嗤笑，一把把我塞进了背囊里。

屋子的外面停着一辆马车，车边站着几个卫士。他们见了奚怀光，一起喊道："卫尉大人。"

阮白站在前面迟疑了片刻，奚怀光不耐烦地伸出手推他上去。奚怀光自己却不上车，和那几个卫士一起走在马车旁边。

"你不用亲自来接我的。"

"陛下要见你，这么大的事怎么能不亲自来。"

我惊奇地问："你要去见皇帝？"阮白在背囊上拍了两下，表示正是如此。

他在宫门外下了车，奚怀光只能送到这里了，有另外一队人接他进内廷。他全身上上下下都被搜了个仔细，那张锦帛也被人翻来覆去地看了半天，总算是被领上了大殿前那条几乎是高耸入云的台阶。

"站住，跪下，在此等候。规矩都知道了？"

阮白伏地长跪："是，知道。"

周围再也没有了声息。阮白一直保持着原来的姿势。过了很久才有人轻声提醒他皇帝到了，他大概因为跪得腿麻，愣了片刻才起身再行大礼。

大殿很深，皇帝坐得很远。我只看到黑色的华服裹着一个模糊的人影。由始至终，皇帝一言不发，所有的对话都由内侍官来替他完成。回声在四壁间回响，阴森可怖。

"你是在哪里学的画地图的方法？"

"小时候家父所传，臣又自己琢磨了一些。"

"蒙将军和胡太史令都赞你画的地图比前人的地图准确，这是为什么？"

"大地有高下之分，地上道路迂回曲直。之前的地图都把大地当成一个平面来画。画的地方一大，难免会有偏差。"

"你怎么做？"

"用水平校正高下，用垂绳校正竖直，还要计算各地之间的方向、高低、距离、道路与河流的曲直等等，这些全部都要折算成等同的比例才能画在地图上，这样画出来的地图会更加准确。"

这场面有些像考官在问学生的话。阮白始终不卑不亢有条有理地回答，我却渐渐听不

懂了。皇帝始终沉默地坐着,任由内侍官继续问下去。

"你的地图最大能画到多大?"

"臣能走多远,这图,就能画多大。"

"假如要你画一张大秦的疆域全图,你能办得到吗?"

阮白第一次被问住了,他不说行,也不说不行。我知道这是怎么回事。画疆域全图是皇帝的意思,他当然不能违抗;但是如果答应了又办不到,那么他就是在欺君。

我能清楚地感觉到阮白的心跳在加速。

三年前某个月明星稀的夜里,阮白在黄河边上测量着北极星的高度和位置,他忽然没头没脑地自言自语:"如果我能走遍全世界就好了。我想画一张囊括四海的地图,记录各地的风貌,看看大地究竟有多大,天与地之间的距离究竟有多远……"

那时奚怀光毫不留情地打击他:"哼,没有我,你连军营都回不去。"

画一张大秦疆域全图——这件事对他来说绝对是个天大的诱惑。

内侍官又问了一次,阮白郑重其事地回答:"能。只是臣要一个人走遍大秦疆土,恐怕需要很长时间。"

"你知道应该怎么画就行了。很多事,不一定非要你亲自去做才能办到。"

内侍官于是捧出了一份诏书。

上面说要成立一个方域司,任命阮白为方域郎,全权负责主持绘制大秦疆域全图以及各郡县地图。末了还有对阮白的封赏:禄米百石,加公大夫爵。

阮白道谢,告退。他回到家的时候,我看到门口停着一辆华贵的马车。

有不速之客在等他。

七

"听说昨晚丞相跑你家来了?"奚怀光好奇地问。

自从阮白从宫里出来说了画地图的事,奚怀光脸上就一直挂着笑。当然也许是因为阮白请他吃肉羹。陋室狭窄,瓦罐上热气蒸腾,两个人都吃得满头大汗。

"是。交代了些画地图的事。"

"说什么?"奚怀光的笑容明显呆滞了一下。

"他说不但要画好地图,还要记下各处地形的高低起伏,以便将来做一个有山有水的地理模型。我有得忙了。"

奚怀光沉默片刻,问:"丞相有没有说……这个地理模型是做什么用的?"

阮白茫然地摇头。奚怀光的表情实在凝重得离谱，我忍不住问："喂，你小子在想什么呢？"

　　奚怀光叹气："只是有些不好的预感。丞相亲自到你家来交代，可见此事非同小可。你自己一切小心。"

　　不知道为什么，听到"预感"两个字的时候，我突然觉得一阵难受，简直就像是被扔在了深不可测的冰湖之底一样——冷而憋闷压抑。眼前出现了一条长长的甬道，甬道的两侧各有一排跳动着的灯火一直延伸到视线的尽头。此外，再也看不到别的什么东西。

　　那种感觉转瞬即逝。我拼命地在脑海中思索，却始终想不明白它究竟意味着什么。

　　"阮白，我也觉得事情好像不太对头……你凡事留神。"

　　这还是我自打会说话以来，第一次以这样严肃的语调说话。谁知那臭小子居然摆出一副天塌下来当被盖的气势："就算真的会有什么事，我还能怎样？俗话说是祸躲不过，与其战战兢兢，不如及时行——啊唷！"

　　他话没说完，就被奚怀光拍了一下。

　　"不许说这样不吉利的话！"

　　与此同时——

　　我发现我居然也伸出了手，也想要拍阮白一下。

　　奚怀光和阮白看着我，俩人的筷子同时掉在了地上。我低头看看自己："哪里不对吗？"

　　然后我才意识到，事情确实有点儿不对。

　　我竟然变成了一个人。

　　严格来说，是一个小童模样的人。因为我发现自己的手几乎比奚怀光的手小了一倍。

　　我讪讪地笑："我也不知道是怎么回事，我不是故意要吓你们的，我，我这就变回去——"

　　谢天谢地，我在产生了"变回去"的念头之后，瞬间又变回了原来的模样。阮白抬起衣袖擦擦额头，"其实不用变回去也可以的，我正好缺个帮手。"

　　阮白果然忙了起来。

　　他的计划是这样的：由朝廷出面选拔一批学生，他用半年的时间教他们测量日月星辰大地与绘制地图的方法。一切准备完毕之后，将学生们送到全国的三十六个郡去，然后在约定好的某一天开始测量；他们要每天换一个地点，定时记录当地的观测数据，最后把所有的数据和画下的各郡草图汇总到阮白手里，阮白负责计算和绘制完整的地图。

　　当然他自己也不能闲着。学生们测量的是每个郡内的数据，这些数据只够画出全国三十六郡内部的地图。要画出大秦的疆域，最重要的数据其实来自大秦的边境。东方和南

方的海岸线，西南的高山与密林，西北的荒漠，北方的长城……大秦的勇士们开疆拓土所能去到的最远的地方都必须一一地画在地图上。没有边境线的数据，阮白永远也不可能在地图上画出一个完整的大秦帝国。

这条边境线，阮白必须、也只能自己去画。

从来没有人能沿着这条线完整地走一遍，所以也没有人知道它究竟有几千几万里，一个人要走多久才能走完——哦对了，还得再加个"活着"的前提。

我问阮白打算怎么走，他极其无耻地回答："北方沿着长城走很方便，东南沿海一带可以乘船，应该不会有什么危险。至于西南的瘴疠之地……到时候再说吧。你的法力不是越来越厉害了嘛，你肯定不会让我死在半路上，对吧？"

丞相李斯给方域司调了许多人手，又下令专门制造兵器的寺工优先制作方域司要的所有器具。要做的事情着实太多，我被阮白往死里压榨，跟在他身边帮忙打杂，忙得像个陀螺。

学生们招募完毕之后，阮白每天在一个露天的台子上给他们讲课。

"水在天气热的时候会膨胀，天气冷的时候会收缩，所以漏刻计时并不完全准确。大家在这里要学会的第一件事就是用日影和星辰的方位校对时间。你们手上的《甘石星经》载有数百颗星的位置和动向——当然，你们的任务是要确定自己所在的位置和时间，所以不需要知道所有的星星，只要把二十八曜的内容都背下来就可以了。"

有人举手："先生，我们可以带着书出门，需要看哪颗星的时候再查阅不就行了？"

"书很重，易散开，易被虫蛀，易受潮损坏，出门在外难免会遭遇意外，万一你把书弄丢了怎么办？再者，夜里在野外观星，你打算点多少盏灯看书？这次绘制大秦疆域全图不容许有任何闪失，记在脑子里最安全。"

"先生，您都背下来了吗？"

阮白翘起嘴角哼了一声，指住自己的额头："我十岁的时候，这本书就都在这儿了。"

学生们一片哀号。

八

秦始皇三十四年的初夏，那三十六个学生终于被派了出去。如果一切顺利的话，他们将会在立秋那日全部抵达各自测量的起点，然后开始同步测量。而阮白已经在冰雪初融的时候就已经出发前往北方。他打算趁着北方天气晴朗的春夏时节把北方和东北边境线测量完毕，然后赶在秋冬时分去测量东南和南方。

皇帝似乎真的很看重这件事。朝廷给每个出去测量的人都配了专用的马车和随从，甚至还有一支十二个人的小型护卫队跟在旁边保护。而因为阮白要去的地方比较特殊,皇帝还给了他一块可以临时调动边防军护送他到下一个目的地的令牌。

不过对我来说,最值得高兴的是:作为阮白的助手,我可以和他一起坐在马车里。

后来我发现,原来那些护卫不只是在保护阮白,同时也在监视他。他们禁止任何路人接近阮白,也禁止阮白和任何陌生人说话。阮白对此似乎完全没有意见。他每天只在正午时分和入夜时分下车观测,其余的时候,他通常抱着胳膊缩到车厢的角落里,低着头一声不吭。

我知道,他沉默,并不是因为失去了自由。

当然也不是因为奚怀光没能同来保护他。

那时长城并未修筑完毕。我们坐在马车里,时常能看到一队队刚被征发的民夫,以及等待着他们用生命去填补的人间炼狱。

修筑城墙的工地上,蚂蚁似的密密麻麻的民夫被鞭笞驱赶着来回运送泥土和砖头,他们枯瘦如柴,衣衫褴褛,身上布满血痕。许多人忽然毫无预兆地倒下,然后被抛到一个大坑里。车轮偶尔碾过一截枯骨,也没有人会往下面多看一眼。

阮白偶尔惊恐地抬起头来,那必定是因为他在不远处传来的哀求与哭号声中听出了齐地的口音。

我们从云中郡出发,经过了雁门、上谷等等六个郡,北方的边境线还没走完,阮白却快要崩溃了。

有一天他突然问我:"我答应皇帝,是因为我喜欢画地图。可是大秦的军队有了更精细的地图,行军便如虎添翼……你说,我是不是在助纣为虐?"

那时我还无法理解"比喻"这种人类通用的修辞手法,只是愣愣地反问"纣王不是早就死了吗",结果被他揪住了暴打一顿。

然后,阮白病倒了。

生病的原因是他连着两次下车测量的时候都只穿着一件单衣。我拎着棉袄追过去,他愣是不肯穿上。没过多久他便开始发烧,额头烫得能煎鸡蛋。我的法术全然失效,只能用皮囊装雪给他降温,谁知越降越热。好容易挨到天亮,眼看着他就快没气了,随从们决定把他送到附近的军营里去,让军医给他看病。

那军医姓公孙,名长明,长着一张看起来相当老成持重的脸。谁知他见到阮白的时候先是一愣,听了阮白的名字,手里的刀笔索性跌在了地上。片刻之后他回过神来,把所有人轰出了他的帐篷。

我严重怀疑这个公孙长明是不是真的有本事救回阮白的小命。等天黑下来,我找了个

没人的地方变回镜子,悄悄地从帐帘下滚进去。然后我就吓呆了。我看到阮白全身被裹得严严实实的,脑袋搁在公孙长明的膝盖上;而公孙长明正在给他喂一种浓浓的药汁。

阮白喝一口,就嘟囔一句什么。

公孙长明显然都没有听懂。因为无论阮白说了什么,他的回答都一律是:"小白,活下去。"

因为公孙长明操着一口齐国口音,我猜他们应该是旧相识,于是放心下来。

第二天下午,公孙长明把阮白送回了马车上。虽然他依然面色惨白,虚脱得说不出半个字,连站也站不稳,但——好歹是活着的。

在这之后整整三年的旅途之中,我曾经把阮白从山石的缝隙里拖出来,从深水的旋涡里捞起来,从蟒蛇蜷曲的身体中间扯出来,从南蛮首领的新婚洞房里抢出来……即使在拼了老命帮阮白度过无数次危机之后,我依然认为这场病是他所有的遭遇之中最凶险的一次。因为这是他唯一一次自暴自弃,唯一一次发自内心地不想再活下去,甚至连地图也不想画了。

所以我一直都很好奇公孙长明到底跟他说了些什么,让他居然那么快又振作了起来,还让他在那之后再也没有因为任何事而动摇过。

阮白一直吊着我的胃口。直到我们拖着半条命回到咸阳那日,他才在我的手心写下了公孙长明对他说的那十二个字。

"天道有常,不为尧存,不为桀亡。"

我摆出无法理解的表情给他看,于是他又解释:"秦这样残暴,必定不能长久;可是天地的运转却是永恒的。我的疆域全图倘若能流传下去,也能使后人受益。看长远些,画地图这件事终究是利大于弊。"

"原来如此。"我低下头,把一句刚到嘴边的话咽了回去。

——你确定你的地图真的能流传下去吗?

幸好,我没有问。

九

秦始皇三十七年的早春,阮白那些被派到各地去的学生终于全都回来了。他们带回来的观测数据被送到了阮白手里,然而朝廷禁止他们拜见阮白。

阮白事实上是被软禁了。他的家外面有十二个守兵日夜不停地轮流看守;他们不许阮白出门,每天只有一个既聋又哑的仆人来给他送饭,顺便把他换下来的衣服拿去洗。

阮白无比淡定地接受了这一切。

外面还在下着雪。阮白点起一只小炉，裹着薄被，左手拿算筹，右手拿算板，开始计算那些数字。我闲得无聊，想要再帮他，他却又不肯了，说是怕我计算错误，反而要给他添麻烦。

如此日复一日。雪渐渐化了，从门窗的缝隙里漏进来的风渐渐不再如刀割般冰冷，不久后屋檐下又传来了燕子的叫声。到了阮白需要开窗纳凉的时节，他终于把所有的数据换算完毕。然后他在地上铺了块两丈见方的锦帛，用朱砂预先画好了经纬线。最后要做的事，就是把各郡的地图一一画上去。

阮白完完全全地沉浸其中，常常花半天的时间去调整一小段长度不及半寸、细得几乎看不出来的线条。他每天只用很少的时间睡觉。大部分时候，我无论何时朝他看过去，看到的都只是一个佝偻的身影。

他的头上不知什么时候多了几根白发。

亏了时间还算充裕。始皇帝正在巡游的半路上，按照巡游的正常速度，他至少还要再过几个月才能回来。然而某天再次听到阮白这样说的时候，我的眼前突然闪过了一片鲜红的血色。

我知道，这是我的预感在发出警告。

那天送饭的仆人来得特别晚。

他在脸上蒙了一块破布，进门之后冲到阮白身边，用手捂住了阮白的口鼻。我随手抄起了一卷竹简准备朝他砸过去。

那人说："别出声。"

是奚怀光的声音。

阮白险些惊叫出声，又被奚怀光死死地捂住了："别怕，是我。"

奚怀光松手的时候，阮白的眼里已经泛起了一片水光。奚怀光扯下脸上的破布，冲我挥了挥手，"天机，你怎么一点儿都没长高啊？"

我回敬："你怎么好像一下子老了很多啊？"

"我不能留太久，我们长话短说。你们收拾一下需要带的东西，三天之后我来带你们走。"

阮白再次愣住："走？你说什么呢？我为什么要走？我又能去哪里？"

奚怀光了然地笑笑："我知道你肯定会觉得很突然，所以——"他说着从衣袖中掏出一个小小的金属物，放在阮白手中，说："还记得这是什么吗？"

"这——不是我们军队里用的箭头吗？"

那东西再好认不过。秦军的弓弩上使用的箭非常特别,它的箭头是由三个等边三角形组成的三棱形,每一条棱都微微向外凸起,三条棱在箭尖交汇。

"你是算学的行家,你说说看这箭头为什么要做成这样?"

阮白不假思索:"流线型的表面可以减少风造成的阻力,棱形的箭刃可以增加穿透力,用这种箭头,可以射得更远、更准,而且更有杀伤力。我一直都觉得设计这个箭头的人一定是个天才……等等,你不是说时间不多吗?你还有空卖关子?"

"你说得对,这个人和你一样是个天才——在大秦国还有不少这样的天才。他们设计兵器,设计马车,设计秦国征服六国需要的一切。他们都还有一个和你一样的地方,那就是……他们一辈子都被关在一个房子里,不许出门,也不能见人。"

阮白脸上刚绽出的笑意又渐渐消失了。

"你想说什么?"

"我刚接到消息,这些人在前天夜里被全部鸩杀了——你明白我的意思了吗?朝廷将他们利用完毕,最后要做的事就是让他们永远地闭嘴,保守机密。"

阮白先是微微张嘴表示震惊,旋即又无所谓地点点头:"所以你觉得我在画完了疆域全图之后也会被杀掉。"

奚怀光循循善诱地劝道:"所以我们必须走。我会安排好接应的人手,天机可以施法蒙蔽外面的守卫。"他说着看了一眼地上已经接近完成的地图,"阮白,整个大秦国的山川道路河流你都了然于胸,你肯定知道往哪里逃可以避开秦军的搜捕,对不对?"

"木头。"阮白忽然靠了过去,非常用力、非常认真地按住了奚怀光的肩膀,"你听我说,等这张疆域全图画好了,我就去请求陛下让我到大秦之外的地方去继续观测,画更大的地图,他一定会答应的。你忘了吗?我这辈子最大的愿望就是能走遍全世界,看看天有多高,地有多大,看看这天与地之间的距离有多远……在边境的这三年让我明白,没有朝廷给我派的马车和护卫,我一个人绝对做不到这样的事。哪怕只是为了这个愿望,我也绝对不能逃走。"

奚怀光哑口无言。他愣了片刻,快快地站起:"天机,一切都拜托你了。"

奚怀光离开两个月后,阮白终于画完了那张地图。

地图在完成的那日就被取走了,阮白和学生们观测得来的数据也被全部带走;那些人连阮白的观测工具也没留下。原本堆满了竹简和羊皮卷的地方现在堆着赏赐下来的粗食和绸缎。

不好的预感再度出现,我开始觉得奚怀光说的担忧也许会变成真的。我试探地建议阮阮白:"要不这样,我偷偷滚出去找奚木头,然后我们设法逃走?"

阮白却还不死心,说等皇帝回来了他再设法求皇帝让他接着观测绘图。然而始皇帝始终没有回来,咸阳城中的空气却渐渐变得紧张。外面的看守平时偶尔会在交班的时候闲聊几句,但是在某个下午,我突然意识到他们已经整整有半个月没有说过一句话了。

我实在坐不住,决定变回铜镜滚到外面去打探消息。没想到街上的行人也都像是被缝了嘴似的一言不发。我一口气滚到城门口去,才在门边的木牌上看到了这样一则简短的告示:

正在上郡督军的公子扶苏被皇帝赐死;将军蒙恬试图抗旨,被杀。

十

阮白还是等回了始皇帝——虽然最终回来的是一具臭气熏天的尸体。

我再次劝他认真考虑出逃的计划,他仍然死活不答应。他的理由是:老皇帝死了还会有个新皇帝;他去向新皇帝请求支持也是一样的。他为此写了一份措辞优雅的奏章,低调地吹嘘了一番自己画大秦疆域全图的功绩,然后着重强调测绘大秦疆域之外地图的重要性,最后不卑不亢地恳请皇帝接着派他出去画地图。

阮白把那一大卷奏章交给看守之前仍然信心满满:"只要新帝是位有远见的英明君主,他就一定会答应我的。"

他的奏章似乎很奏效。交上去之后的第三天,他那已经长草的门庭外来了位访客——丞相李斯。

阮白大喜过望。李斯说要带他去一个地方,他连问也不问要去的是哪里就跟着出了门。我只得趁他不备变回铜镜蹦到他的皮囊里。片刻之后,我发觉马车并没有开往皇宫,反而驶向了咸阳城外。

路边渐渐荒凉,有许多工人挑着担子在往前面运送砖头和石板。不远处,密密麻麻的工人在一条伸向地下的甬道口进进出出。监工挥舞着鞭子抽打那些落后的人,道路两旁更是骸骨累累。

眼前的世界比修筑长城的工地更像人间地狱。阮白又像我们沿长城东行时那样,低着头一言不发。

监工们注意到了李斯的马车,纷纷把工人们赶到一边,让出一条路来。李斯在甬道口下了车,叫人押着阮白一起走进去。

青砖砌成的甬道倾斜着伸往地下,墙上每隔一丈就有个向内凹陷的方格,里面点着油

灯。两排油灯在前下方交汇成一点，甬道长得仿佛没有尽头。我瞬间明白了。这是始皇帝的陵寝。

阮白步履轻浮，几乎是被人搀着往前走的。中间经过了几层守卫，几个空荡荡却又富丽堂皇的小室，下到最底下的时候，前面突然一片明亮。熊熊燃烧着的火光所照亮的，是一片即将完工的地下宫殿。

"庞大"不足以形容其规模，"雄伟"不足以形容其气势，"华丽"不足以形容其壮美。宫殿黑色的穹顶高得几乎望不见，上面镶嵌着的明珠组成了星空的图案。地上，从他们脚下延伸出去的，是方圆数百丈的一片地理模型。看起来像是把阮白捏的那一块放大了无数倍，而且还涂上了颜色：山川青绿，沙漠苍黄，北地冰雪，大海幽蓝。河流湖泊与海里也注入了水，水里映照着火光和穹顶落下的"星光"。

这是一片缩微的天与地。

"大地"之上，在咸阳的位置上，竖着一个高高的、长方形的平台。平台周围也镶嵌满了各式的夜明珠和宝石，绚丽夺目。

似乎有什么东西即将被安放在那里。

李斯静静地站了片刻，背着手自言自语："三十七年了。这个地方修了整整三十七年，它的主人终于就要住进来了。"

阮白继续保持沉默。

"上面的星空，是根据胡太史令画的星图镶嵌的。地上的山川地势，是照着你画的地图制作的。对了，在最后封闭之前这里面的水会换成水银。我认为你有权在这里永远地封存于地下之前看一眼。"李斯背着手微笑，"你的地图会永远陪着陛下，这是何等的荣耀！"

阮白回头看他，面色惨白，仿佛全身的血液都被抽了个干净。

"我的地图呢？"

李斯尴尬地咳嗽："无论是谁得到了疆域全图，几乎就等于掌握了大秦的命脉——这种东西是绝对不能留在世上的。不过你放心，朝廷已经根据你交上的底本画出了各郡的行军图，以后派去各郡驻守的将军都能领到相应的一份。你看，它的底本就算已经化为灰烬，你立下的功绩也是磨灭不了的。"

"你——"

阮白跟跟跄跄地退后两步，险些跌坐在地上。

李斯随手指向前方的缩微山水："你别激动，这里不是还有一份嘛。"

阮白红着眼睛死死盯着他，嘴唇在瑟瑟发抖："原来我九死一生，呕心沥血画好这幅疆域全图……就是为了让它埋入地下，永世不见天日……你……你……"

阮白始终找不到合适的形容词来痛骂李斯，最后大叫一声，对着那片缩微的山河跪倒在地。

他的脑袋重重地磕在坚硬的石板上。我试图施法阻止他，然而有人比我更快。李斯的两个随从闪电般把他拽了起来。

他的额头上多了个血肉模糊的创口，血从创口中缓缓渗出，随着他死命挣扎的动作迅速地淌下。于是他的两条胳膊都被拧住了，死死按在地上。

他的脸紧贴着地面，无比艰难地说："杀了我。"

李斯冷眼看着他，不说话，也不动，那表情仿佛是在欣赏小丑的表演。阮白绝望地问："为什么……不让我死？为什么？"

"因为我觉得这里还不够完美。你看，地面上的水是活的，是流动的，可是这里面江河湖海里的水却是死的。如果它能流动起来，永不停歇地流动，那才像真正的水啊。"李斯说着口风一转，"我看到你的奏章里说，你正打算制造一个可以让水银在漏壶中自动运转的漏刻？"

"杀了我……"

李斯冷笑"阮白，你这条命还有用，我不能杀你。若是到了出殡的日子你还造不出能让水银自行流动的机械来，我再杀你也不迟。"

十一

阮白被送回了家。

那些人将他抛下，立刻又重新锁上了门。我惊奇地发现，家里多了一堆制造机器的工具和现成的零件。

阮白坐在那堆零件中间，保持着刚刚被抛下的姿势一动不动。我等外面没了声响，从皮囊里蹦了出来："你还好吧？"

没有回应。

我当然知道他现在很不好。地图就是他的命根子。可是现在不但他从前画的图已经毁于一旦，到大秦之外去测绘的计划也彻底告吹了。

天有多高？地有多大？

天地之间又有多辽阔？

他永远也无法知道了。

我也不知道该说什么好，唯一能做的就是替他包扎好头上的伤口，然后施法让它慢慢

愈合。

"没事的。"我拍他的脑门,"只要测绘的方法还在这里,你还是可以接着画地图啊。"

"笔……给我笔,研墨!"

家里已经没有可供画图的羊皮,阮白直接从朝廷赐的绸缎中抽了颜色稍浅的一块在地上铺开。我惊喜地问:"你打算凭记忆画出来?"

"我想试试。"

他仍旧是先用朱砂画出交错的经纬线。我把磨好的墨放在他身边。他提起了笔,却始终没有画下去。

如此呆坐了一夜,第二天我一睁开眼就看到阮白还坐在原来的地方,不是在画地图,而是在写字。

我凑过去看。

"人所望见远近,宜如日光所照。从周所望见,北过极六万四千里,南过冬至之日三万二千里。这——"

"这些,都是我这些年观察天空与大地的心得。"

阮白一笔一划地慢慢写着,说话的语速也比平时慢了许多:"天道有常,就算是疆域全图被烧了,就算是我这辈子再也画不了地图,只要我把观测天地的方法记录下来,后世的人就可以再重新去测绘。

总有一天,有人能重新画出疆域全图,甚至是全世界的地图——天机,我会把我知道的一切都写下来;等我……你就带着它逃走,传给你认为可靠的人。"

我总算明白过来,他这是在交代后事。

"你和普通人不一样,你的寿命很长,你一定能等到那个人出现,对不对?"

阮白的表情极其严肃,完全不像是在开玩笑。

我看得出来,他已经万念俱灰。

"喂!你别忘了我是怎么醒过来的!你在我身上洒血我才有了法力,等法力耗尽我又会睡过去。你死了我怎么办?!"

他怔住了。我就知道,他肯定没考虑过我!

瞬间有无数念头从脑海中闪过去,而我只抓住了其中一个。那就是——不能让阮白就这样死掉。

"给我弄点儿血出来,"我老实不客气地说,"说不定你给我多洒点儿血,我真能成妖了呢。"我说着一转身,又变回原状继续在他前面蹦跶:"快点快点!"

阮白忽然笑了。这是从始皇帝的陵墓回来之后,我第一次看到他笑。

他把我平放在案上，用书刀在掌心深深地割了一刀。血一滴滴落在我身上，带着阮白的体温，有种黏稠的触感。

那种全身充满力量的感觉又回来了。

我静静地等着，直到觉得自己的力量已经积蓄到了顶点的时候——

我跳了起来，再次变成了一个人。不是怎么也长不大的幼童，而是一个和阮白一模一样的人。

阮白瞠目结舌。我在他面前挠挠头，捋一把胡须，伸伸手脚："像不像？"

声音也和他的别无二致。

阮白瞪着眼睛看我，试探地用手摸了摸我的衣袖，又拉着我转了个圈："天机？"

终究还是要当心外面的守兵。我凑过去耳语："你给我听好，你的命是我从边境捡回来的。不管发生什么事，我都绝对不许你放弃！"

说完，我双手合十，再次运起全部的力量——

"当！"阮白变成了一面铜镜，落在地上。

我把他捡了起来，吹吹气，恶狠狠地在上面敲了几记，"我叫你刮花我的脸！我叫你刮花我的金！"

他当然毫无反抗之力。那感觉相当美好。

我玩够了，把他摆回案上，扬声道："来人啊——"

那两个守兵不耐烦地推门进来，我勾勾手指，对他们说："劳烦转告丞相一声，就说他要的那个能让水银自动运转的机械，我设计出来了。"

当我说出这句话的时候，眼前突然又出现了幻象。

我看到了一片苍翠的山峦。山下青青的麦苗中间立着三两间茅屋。有风吹过，花瓣簌簌地从树上落下。

落在一卷书简上。

十二

后来我又一口气睡了很久。

醒来之后，我发现自己居然又躺在了一个年轻的男人手里。

不是阮白。他比阮白白得多，壮得多，身上的衣服虽然奇奇怪怪的，但是看起来也贵气多了。

哦对了，他住的地方也比阮白的房子阔气多了。

不过我想阮白一定会喜欢这里。因为墙上，桌上，地上……整个房间堆满了各式各样的地图、海图和星图。

那年轻人的右手拿着一把小锉刀，左手拇指破了个口子。看来，他是在锉掉我身上的铜锈的时候不小心弄破了手指。

"喂，喂，喂——"我试探地叫了一声，"你能听到我说话吗？"

年轻人手一抖，险些就把我丢下了。然而他很快又定下神来，全然没有阮白当年的惊慌失措。我想，这家伙胆子挺大。

"你，在和我说话？"

"是啊，不然还有谁？我问你，现在是什么时候？始皇帝下葬了没？你认不认识方域郎阮白？知道他在哪里吗？"

"始皇帝？！"年轻人一头雾水，"你说的是……秦始皇？"

"难道还有别的始皇帝吗？"

"史上称为'始皇帝'的只有秦始皇一个。可……如今是大明永乐二年，秦始皇已经死了一千多年了。"

我呆住。

一千……多年？！那阮白不是已经——

年轻人看起来很开心："古书上记载，有些物事生来便蕴藏天地间的灵气，在钟灵毓秀的地方呆久了就会变成妖精。我一直都不相信，没想到居然能亲眼见到一个——可是我看你身上的纹路，分明是春秋时齐国惯用的祭祀图案，你为什么会认识秦始皇那时候的人？你说的阮白，又是什么人？"

"他啊……"我不知道应该从哪里开始，"说起来有一匹布那么长啊。对了！"我突然想起了阮白写的那卷书："他写过一本书，不知道流传下来没有。我读给你听听看。"

我努力回想，勉强能想起前面的一些短句。

"数之法，出于圆方。圆出于方，方出于矩，矩出于九九八十一，故折矩。"

年轻人惊得抽气："这是他写的？"

"是啊。"

"他叫阮白，是秦代的人？"

"是啊，他还画了张大秦疆域全图，秦始皇陵里那个地势模型就是根据他画的地图做出来的。"

意识到自己似乎说得太多了，我连忙打住。

年轻人点点头："你等等，我找样东西给你看。"他说着起身在书堆里翻找，翻出一个线装本子来。

他把书放在我面前。书里的字横平竖直,已经全然不是秦代的模样。只有封皮上的小篆书名我还认得。

这本书叫《算经》。

"是这本吗?"

"如果里面有我刚才读的句子,就是。"

年轻人立刻点头。

我有种想哭的冲动。

阮白他终于,终于还是把这本书写完了。

"这本书虽然名为算经,但是里面记载了很多运用算术测量天地的方法,可以说是探究天文地理的开山之作……写这本书的人,究竟是什么样的一个人?"

我于是开始给他讲阮白的故事,讲了整整一夜。

故事的结尾是这样的。

我设法把变成了铜镜的阮白交给奚怀光,让奚怀光带着他能跑多远就跑多远。然后,我用法力驱动阮白的漏刻,让里面的水自行来回运转,李斯果然上当。我又把阮白当年画的草图翻出来交给他,对他说只需命工匠稍微变化,就能把机械做出来。

为了让阮白已经被送出咸阳的事不露馅,我努力地支撑着。大约坚持了二十多天,我终于又变回铜镜,再度沉睡。阮白再也没有来唤醒我。他此后的人生我也无从知晓。眼前的这本《算经》,是他活过、见过天地的证明。

年轻人很是感慨。

"难怪阮白没有在书上留下自己的名字。你变回铜镜,他就不见了,恐怕是要被全国通缉吧!"

沉默良久之后,我问:"你呢,你叫什么?你这里为什么会有这么多的星图和地图?"

"我叫马三宝,这些东西都是圣上命人从全国各地搜罗来的,为我来日出海做准备。你是被咸阳的一个菜农从自家菜地里挖出来的。因为你背后的星图很奇特,被人当宝物送给了我。"

"出海?你要去哪里?"

马三宝忽然激动起来,挥手指向挂在墙上最大的那幅海图:"南洋,西洋,海有多宽,我们就去多远!"

不知道后来阮白有没有再出海看看呢?

"你会带着我吧?"我问。

马三宝答应得无比干脆。

"自然要带着你！我们替阮白和奚怀光去丈量这天之高，地之大，海之阔，去看看天与地之间究竟有多辽远！"

时光影院

—— 文/六分仪　图/山番 ——

他可能遭遇失败,可能走上弯路,可能遍体鳞伤,但他不会放弃。

一

"《追光者》时隔十七年再度重映！杜光华导演的粉丝们，充值信仰的时候到啦！"

宋飞驰看到这个消息的时候正躺在网吧的沙发上，坏掉的弹簧硌在他身下，让他一晚上没睡好。上午的阳光洒进这家小小的网吧，网管大妈拎着扫帚开始清扫昨夜顾客丢下的垃圾。宋飞驰在扫帚与地面的摩擦声中醒来，睡眼朦胧地摸出手机刷微博。

他在网吧已经住了三天了。他住不起酒店，只好在网吧中将就着过夜。身上的钱已经所剩无几。他还是学生，没有经济来源，一切收入都仰赖父母的供给。上一次家里给他打钱是两个月前的事。妈妈告诉他"钱用完了就跟家里说，再给你打"，但是宋飞驰始终没能鼓起勇气给妈妈打电话。

《追光者》重映的消息瞬间驱散了他的睡意。没等网管吆喝他们这些在网吧里过夜的落拓小青年起床，他就一个鲤鱼打挺跳了起来，胡乱披上衣服，连鞋都没穿好便往外跑。网管追在他背后喊："哎哎哎你手机不要了？"宋飞驰这才发现他兴奋得连手机都落在沙发上了。

网吧附近有家小电影院，自宋飞驰记事起就在经营了。电影院总共只有四个厅，没有IMAX，也没有让人眼花缭乱的4D、5D设备，设施比不上Ｏ达那样的全国大影院，但环境还算干净整洁。主要的服务对象是附近的居民，大家来这儿看电影也就图个快捷方便，因此不太在意设施是否先进。宋飞驰小时候常和爸爸妈妈一起到这家小影院看电影。对于小小的宋飞驰来说，那可是难得的娱乐享受。

今天重映的这部《追光者》是宋飞驰最喜欢的电影，《追光者》的导演杜光华也是宋飞驰最崇拜的导演，没有之一。今年恰逢杜导新片冲奥，或许是为了造势，他的几部旧作接连重映，给了当初未能贡献票房的粉丝一个充值信仰的机会。

世人提到杜光华，第一时间想起的多半是他屡屡斩获国际电影节大奖的文艺片《凝视深渊》，抑或是剧情虽然饱受诟病、但票房硕果累累的商业片《丹心铁剑》。但宋飞驰最喜欢的却是知名度和商业性都不如前面两者的《追光者》。

宋飞驰查过影讯，这家小电影院的重映版《追光者》每天只有三场，第一场就在半小时后。他囊中羞涩，但还是咬牙订了票，大不了今天不吃饭就是了！

影院里只有一群看上去无精打采、呵欠连天的工作人员，瞧不见一个客人。原本提前十分钟才能进场的电影，宋飞驰对工作人员说了几句好话，人家就提前三十分钟放他进去了。

虽然还有三十分钟开场，但宋飞驰觉得不会再有其他观众来了。本来上午的客人就少，重映版《追光者》又和一部好莱坞特效大片撞了档期，除了宋飞驰这样为信仰充值、为偶像杜导补票的死忠粉之外，只怕是没人会一大早跑来贡献票房了。

宋飞驰挑了一个最好的位置，舒舒服服地坐下。花一张票钱享受包场待遇，真是赚到了。

除了头顶那一排光线昏黄的灯和两侧走道的紧急出口标志外，影厅中再没有别的光源。独自一人坐在这偌大的影厅里，宋飞驰不知不觉间生出了一种孤舟浮于沧海的错觉，仿佛这儿不是影厅，而是一处与世隔绝的神秘空间。不久之后，这个神秘的小空间中将上演一幕幕激动人心的故事，它们超越时间，超越空间，不论外界如何沧桑变幻，这里的故事永远不变。

"妈妈，电影什么时候开始呀？"一个稚嫩童声自背后传来。

宋飞驰回头瞥了一眼，发现后排不知何时多了一家三口，一对年轻父母带着一个四五岁的小男孩，就坐在宋飞驰正后方。他们是什么时候进来的？宋飞驰坐在影厅正中央，眼观六路耳听八方的好位置，如果有人进场他肯定会注意到，可是那一家三口却像凭空冒出来似的。

大概影厅后侧有别的门，他们是从那儿进来的吧。宋飞驰心想。

他略有些不开心。所有爱看电影的人都知道，一个熊孩子足以破坏你所有的观影体验，让原本美好的时光变成一场不折不扣的噩梦。熊孩子会尖叫，会踢打，会不停地提问，而家长往往不加制止，甚至助纣为虐。

"马上就开始了,宝宝乖,待会儿不要大声说话,不然很没有礼貌,别的叔叔阿姨会生气的。"那位年轻的母亲对男孩说。

看来这对家长还有一点儿起码的公德心,知道在电影院不可大声喧哗。不过家长的自觉是一回事,到时候能不能控制住孩子就是另一回事了。宋飞驰叹了口气,幸亏电影情节他早已烂熟于胸,否则这电影真没法看了。

头顶的灯光渐次熄灭,同时,前方的荧幕亮了起来。宋飞驰精神一振,《追光者》开始了。

二

《追光者》的情节概括起来相当简单,说的是一个少年因为崇拜某位奥运冠军而立志成为运动员的故事。他追着偶像的背影,一步步迈向前方,克服一路上的艰难险阻,同时克服自我的缺点,最终站上了偶像曾经站立过的领奖台。

故事梗概听起来老套,不过在杜导精妙的叙事手法和诗一般的镜头语言之下,老套的故事也能焕发出勃勃生机,更不用提演员的精湛演技和堪称史诗级的音乐了。

宋飞驰望着荧幕上那个追逐光的少年,恍恍惚惚觉得看到了自己。正如电影主角追逐偶像而成为运动员一样,宋飞驰也是因为崇拜杜导而立志成为导演。他大学念的是导演系,入学时满怀激情和梦想,认为凭借自己的热情与才情,一定能一鸣惊人。但深入学习后他才发现,当导演可没有想象中那么简单。如果你以为导演只是坐在片场举个大喇叭喊几句"Action""Cut",那你就大错特错了。导演需要把握整部电影从宏观到微观的每个细节,除去热情和才情,还需要超强的统筹力和执行力才能胜任这项工作。

"爸爸,那个长胡子的叔叔是不是坏人?"后排的小男孩天真地问道。

宋飞驰皱起眉。来了来了,熊孩子的十万个为什么!成年人可以从经验判断电影中的某些人物是正面角色还是反面角色,也知道某些情节是故布疑阵、留存悬念,享受揭秘过程正是看电影的乐趣之一。但小孩子就不一样了,他们的世界观非黑即白,非要抓着父母搞清楚"谁是好人""谁是坏人"才能安心看下去。

电影正放到主角与满脸络腮胡的教练相遇,教练对主角十分严苛,地狱式的训练让主角叫苦连天。无怪乎小朋友会以为胡子教练是个折磨主角的坏人。

"你继续看下去就知道了。"年轻的爸爸压低声音对儿子说。

"可是……"

男孩还想打破砂锅问到底，但妈妈开口："嘘，宝宝不要这么大声，会吵到别人的。还记得妈妈是怎么跟你说的吗？"

小男孩于是悻悻地闭嘴了。

宋飞驰本想不客气地指责后排的一家三口喧哗吵闹，但父母都让孩子闭嘴了，他也不好说什么，只能硬着头皮继续看下去。

主角在魔鬼教练的指导下成绩快速提高，屡战屡胜，然而在一次重要比赛中，他遭遇了强劲的敌手，铩羽而归。但他并未气馁，而是正视自己的弱点，最终找到了突破口，一举反败为胜。

这个桥段堪称经典，许多人都以片中的名句"如果半途而废，就等于否定了自己从前的一切努力"为自己的座右铭，以此激励自己不要轻言放弃。宋飞驰也曾经将这句话奉为圭臬。然而电影毕竟是电影，脱胎于现实却又迥异于现实。电影主角可以越挫越勇，而现实的人生往往只会在不幸的深渊中越陷越深。

宋飞驰直到上了大学才明白这个道理。

大学生活和高中迥然不同，不是坐在教室里安安静静地读书考试就可以了，尤其是他们这个专业，不仅需要出色的头脑和创意，还得拥有强大的全局观念和统筹能力。一部电影可不是在导演的脑子里拍成的，而是需要编剧、摄影、服装、道具、场记、后期、演员等等众多人员合作制作出来的。不能将这些性格各异的成员团结起来，电影就只能胎死腹中。宋飞驰虽然创意很多，但社交能力不足，常常无法将自己的想法正确地传达给别人，与同学配合不佳，搞砸了许多次作业。

除了学习电影理论，实践也非常重要。暑假去影视公司实习之后，宋飞驰彻底领略到现实的残酷。作为实习生，宋飞驰参与不了什么技术含量太高的工作，就干些杂活，跟着指导老师积累经验、增长见闻。他曾亲眼所见总编剧说"预算不够，找几个大学生来写剧本吧"，也曾亲耳听闻后期说"这个片头找个美剧抄一抄就可以了"，还有因经费不足而不得不裁员，让一个人干两个人的活，全组成员叫苦不迭……

并不是每个从事这一行业的人都怀着宋飞驰那样单纯的热情和对原创的执着，大部分人只是为了"混口饭吃"而已。行业的鱼龙混杂给了宋飞驰当头一棒，让他不得不重新审视自己的理想。

到了毕业设计阶段，宋飞驰越发畏首畏尾起来。同学们的毕设创意个个精彩绝伦，让人拍案叫绝，反观自己的那份计划书，怎么看都满是缺点。虽然同学劝他"这样挺不错的，你就是对自己要求太高了"，但宋飞驰仍旧不满意。他甚至开始怀疑自己是不是干这一行的料，也许他只是一个眼高手低的人——空有梦想却没有实现梦想的手段？他

将计划反复推倒重来,等到终于定下选题,进度却已经赶不上了……

现实和电影是多么不同啊!《追光者》的主角只需要不断提升自我、战胜对手就可以了,但是作为一个导演,需要克服的不是区区一个敌人,而是成千上万的敌人——物质的缺乏、人际的矛盾、环境的限制、自身的弱点……就连做区区一个毕业设计,宋飞驰都感到左支右绌、捉襟见肘。

他的毕业设计没能如期完成,不得不延迟毕业,其他同学都早早领到了学位证书,他却得将自己的计划推倒重来。他不敢如实告诉父母,只含糊地说自己的毕业设计需要修改。"我们学校很严格,这种事常有的。"他在电话里宽慰父母。但他知道,也许自己一辈子都改不好了。

假期学校关闭宿舍楼,宋飞驰黯然返回家乡,却没脸回家。他住不起酒店,只好睡在家附近的网吧里。每当走出网吧,他都提心吊胆,担心遇见父母或是邻居。该怎么跟他们解释自己的落魄和失意?

他甚至想过,是不是放弃这条路比较好?连毕业设计都完成不了的人,要怎么去完成一部真正的电影?也许他天生不是当导演的材料,毕竟兴趣爱好和自身天赋往往不一致。干脆随便做一做毕设,混个文凭,然后转行干别的吧。大部分大学生毕业后从事的工作都和专业不对口,他又何必执着于导演这个职业呢?

宋飞驰沉浸在自己的思绪中,当影厅的灯光亮起,他才意识到电影已经结束了。三角登上领奖台,沐浴掌声和荣耀,而他孤独地坐在空荡荡的影厅中,成为一个屈服于现实的失败者。

后排的一家三口站了起来,缓缓往过道上挪动。

"电影好看吗?"妈妈问孩子。

"嗯!"小男孩非常兴奋,也不知他有没有看懂这部电影所表达的意思,"电影好厉害!妈妈,我长大也要拍电影!"

年轻的父母哈哈大笑起来。

"咱们儿子的志向挺奇特呀!别的小朋友都想当老师、当医生,你居然想拍电影。"爸爸用力揉了揉儿子的脑袋。

"哎呀,有什么不好,等驰驰将来成了大导演,咱们就能上电影院看他的大作了!"妈妈面带微笑。

小男孩牵着父母的手,蹦蹦跳跳,像一只展翅欲飞的小鸟:"我要拍电影!我要当导演!我要拍电影!我要当导演!"

"好好好,爸爸妈妈支持你,但是你要好好学习哦,如果考不上大学,就当不成导演啦……"

一家三口有说有笑地走出影厅。

宋飞驰愣在了座位上。

那一家三口的对话勾起了他脑海深处沉睡了十几年的记忆。

他想起来了,自己第一次看《追光者》就是在这家小影院里。那天幼儿园放假,爸爸妈妈带着他去欣赏"大导演的新作"。当时的他还无法理解"导演""新作"这样复杂的概念,只觉得电影光怪陆离,十分新奇,虽然不太明白情节,但好歹看懂了主人公最后获得了胜利,小小的好胜心得到了极大的满足。最重要的是,他发现爸爸妈妈很喜欢这部电影。也许在大人的世界里,电影是一种了不起的东西吧。那么他也要拍出了不起的东西,成为了不起的人,让爸爸妈妈为他自豪!

于是爸爸妈妈牵着他离开影厅时,他天真地说:"电影好厉害!妈妈,我长大也要拍电影!"

爸爸笑着说:"咱们儿子的志向挺奇特呀……"

宋飞驰一个激灵。影厅中光线昏暗,他看不清那一家三口的长相,但是那对年轻家长的体型和声音都与他的父母极为相似,儿子的名字叫"驰驰",他们的对话也与自己昔日一模一样……

难道说,刚刚那一家三口,就是童年的他与父母?他在这座影厅中,遇见了过去的自己?

三

宋飞驰追出影厅,可那一家三口早已没了影。他左右找不到人,便去询问入口处检票的工作人员,得到的答案是"今天上午只有你一个观众,哪有什么父母和小男孩"。

这不可能。那一家三口就坐在他后排,他亲眼所见、千真万确,怎么可能弄错?

莫非他在看电影的时候穿越了时空,恰好遇见了十七年前也来看电影的父母和他自己?听起来简直犹如天方夜谭,但是也不能完全否定这种可能性。

另一种解释就是一切都是巧合——世界上恰恰有声音、体型都和父母相似的人,而这对男女也有一个叫"驰驰"的儿子,他们和宋飞驰看了同一场电影,儿子也被电影所激励,立志当导演。但是工作人员说了,上午只有宋飞驰一个观众,这三个人是从哪儿冒出来的呢?不,这种解释说不通。

宋飞驰坚信只有实践才能检验真理,如果他真的能穿越时空与往昔的自己相遇,那

么他一定能做到第二次。下一场电影马上就要开始了，宋飞驰飞奔到售票处买了一张电影票，匆匆赶回影厅。检票员见他去而复返，不禁用奇怪的眼神打量着这个举止怪异的青年。

第二场电影是一部好莱坞特效大片，据说有望夺取今年的票房冠军之位。与《追光者》所受的冷遇不同，这场电影吸引了许多观众，明明是工作日，小小的影厅都坐满了一小半。宋飞驰的位置在最后一排，他可以借助地理优势俯瞰全场，寻找那奇妙的一家三口。

可惜的是，直到电影放完，他都没有找到那三个人。来看电影的全是和宋飞驰年龄相仿的年轻人，看不到一个孩子，自然也没有带孩子的父母。

宋飞驰不死心。会不会是观影的方法不对？虽然在同一个影厅，但放的电影不同，当年他和父母观看的是《追光者》，会不会只有当那个影厅放映《追光者》时，他才会穿越时空？

下一场《追光者》在下午两点放映，还有好长一段时间。宋飞驰没吃早饭，眼看午饭的点儿也快过去了，他早就饿得前胸贴后背。可今天的饭钱早就化作两张电影票，不久之后他还得看第三场。他连今晚睡网吧的钱都快出不起了，哪有余钱吃饭？

就这么挨过去吧！宋飞驰咬咬牙。少吃一顿又不会饿死，肚子空了多喝点水撑撑不就好了！

于是他买了一瓶矿泉水灌下肚，坐在影院的等候区等待开场。他揉揉空空如也的肚皮，不明白自己为什么这么执着。即使见到了过去的自己和父母又如何呢？顶多只能和对方说几句话吧，难道他还能改变历史？

假如他能与过去的自己说上话，他会对还是个懵懂稚童的自己说什么呢？"看看我现在这副惨样吧，将来可千万别学导演。"对，干脆就这么说吧，让那个小小宋飞驰放弃电影梦，也许现在能混得好一些。

但是那样的话，岂不就等于让迄今为止自己所有的热情、梦想和努力化为泡影吗？"如果半途而废，就等于否定了自己从前的一切努力"，《追光者》中的那句名言不正是这么说的？曾经拥有伟大理想的那个幼小的自己，看起来是多么的快乐啊，他忍心剥夺自己的快乐吗？

世界上最幸福的人就是拥有梦想而且认为梦想终有一日能够实现的人。宋飞驰是作为一个幸福的人而走进这个行业的，但是从什么时候开始，追求梦想不再是一件快乐的事，而变成了痛苦和悔恨呢？

也许他追切地想见过去的自己，并不是为了说服那个天真的孩子放弃梦想，而是希冀从那孩子般的天真中寻找曾带给自己幸福的东西吧……

"下午两点的《追光者》！可以进场了！"检票处的工作人员喊道。

宋飞驰急忙起身。突然的体位变化和低血糖让他眼前一片漆黑，他扶着墙靠了好一会儿才缓过来。忍着饥饿和头晕进了影厅，宋飞驰发现厅中仍旧只有他一个人。杜导粉丝何在，居然没有人来充值信仰？！

"让一让，不好意思让一让！"一个年轻女孩左手抱着爆米花，右手端着可乐杯，从宋飞驰背后蹿出来。宋飞驰堵在狭窄的走道上，女孩无法前进了。

"你先请。"宋飞驰侧身让女孩先通过，饿着肚子也不忘表现出绅士风度。

由于厅里只有两个人，他们就随便坐了。宋飞驰依旧挑了中央的座位，女孩坐在他后方。宋飞驰有些担心，女孩占据了原本属于一家三口的位置，那么那三个人还会不会出现呢？

"哎，你也喜欢《追光者》吗？"肩膀被人冷不丁地拍了一下。原来是那个拿爆米花的女孩子。她趴在椅背上，笑盈盈地问宋飞驰。

"嗯，我是杜光华的死忠粉。《追光者》是我最喜欢的电影。"

"哇！原来你喜欢杜光华呀！"女孩惊呼。

好奇怪的问题。来为《追光者》贡献票房的不都是杜导的粉丝吗？呃……难不成女孩喜欢的是某位演员？

电影尚未开场，厅中又只有两个人，两个影迷便不再管什么不得喧哗的观影礼仪，大声讨论起来。

"其实我来看《追光者》是因为它是我最崇拜的导演所崇拜的导演的作品。听起来是不是怪绕口的？"

"也就是说你崇拜的导演喜欢杜光华，所以你才会来看《追光者》？"

"对对对，就是这样！刚好它重映了，我特意过来鉴赏学习一下。"女孩兴高采烈，"我真怕这么说杜导的粉丝会生气。你不生气吧？"

"不生气。"宋飞驰说。

杜光华身为一代名导，如今的青年导演中崇拜他的不知凡几。渴望了解偶像的喜好，也是作为粉丝的人之常情嘛。杜光华曾经大加赞赏的那些殿堂级电影名作，宋飞驰也曾抱着朝圣般的心态观摩过。这个女孩的心情，就和当初"朝圣"的他差不多吧。

宋飞驰问："你喜欢的导演是……？"

女孩得意洋洋，好像跟别人分享自己的偶像是件特别骄傲的事。"是宋飞驰。"她说。

"谁？"

"你难道没听说过吗？宋、飞、驰啊！"

四

宋飞驰难以置信地凝视着女孩。这该不会是什么恶作剧吧？女孩最喜欢的导演是他？可他是个大学还没毕业的学生，哪里是什么导演？该不会中国刚好有一位导演与他同名同姓，而他孤陋寡闻竟没听说过人家的赫赫威名？

"你该不会不喜欢宋飞驰吧？"女孩误会了他发愣的原因，不好意思地说，"你别放在心上哦，看电影的时候提别的导演是挺不好的，你不喜欢我就不说了。"

她以为他生气了，连忙转移话题："现在看电影的人越来越少了，VR 技术这么发达，谁还上电影院呀。尤其是这种 2D 电影。我打听了好久才知道这儿有家放映 2D 电影的影院。本来以为我又要包场了，没想到除我之外还有别的观众。你的爱好挺复古的嘛！"

宋飞驰搞不清女孩在说什么。VR 技术发达？没有 2D 电影？当今的 VR 技术刚刚起步，远远不能替代电影院的功能，而且虽说现在 3D 电影大行其道，但 2D 尚未绝迹，绝大部分影院应该都能放映 2D 电影才对。为什么女孩口中的 2D 电影就好似濒危动物一般稀罕？

女孩仿佛来自另一个世界，虽然拥有同样的外表、操着同样的语言，但女孩的世界与他截然不同。他几乎有理由怀疑女孩是来故意捣乱的。影厅暗处是不是藏着一家摄像机，正在拍摄他的窘态，好录制成整人节目向大众播放？

"我能看看你的电影票吗？"宋飞驰问。如果女孩拿不出票根，就足以说明她不是观众，而是个捣乱者。

"哦好啊，你看呗，还怕我逃票不成。"

女孩并没有掏出一张小纸片，而是拿出了她的手机。那是宋飞驰这辈子见过的最轻薄小巧的手机，哪怕最新款的 iPhone 和它相比都犹如一块粗笨的砖头。女孩将手机递给宋飞驰，屏幕上显示着一个硕大的二维码，下方写着电影名称、时间和场次。

《追光者》，2027/7/2，14：00。

宋飞驰将电影的时间仔仔细细看了数遍，证明自己没看走眼。的确是 2027 年。如果这女孩不是拿一张假图来忽悠他，那么就说明……

女孩来自距今十年后的未来。

十年后《追光者》再度重映，这个女孩因为崇拜导演宋飞驰，所以前来观赏偶像所喜欢的电影。这间影厅具有神秘的魔力，让她穿越时空，邂逅了十年前同样观赏《追光者》的宋飞驰。

正如宋飞驰与十七年前前来观影的他自己相遇一样。

188

宋飞驰想通了。当这间影厅放映《追光者》时，就会将时空连接在一起，使过去未来观赏同一部电影的观众聚集在同一个空间中。

这位来自十年后的少女告诉了他一个惊天秘闻——十年后的他成为了一名导演！他没有放弃自己的梦想，而是努力实现了它！

宋飞驰刚想问问未来的自己拍出了怎样的名作，影厅中的灯光就暗了下去。《追光者》开始了。女孩退回自己的座位，抓起一把爆米花塞进嘴里，一副"专心观影、请勿打扰"的模样。宋飞驰只好暂时搁下自己的疑惑。等这场电影放完，他再和女孩打听也来得及。

他无论如何也静不下心好好看电影。《追光者》是他的最爱，不论第几次看，他都能津津有味地沉浸在剧情中，但今天大概是唯一的例外了。他先是遇上了过去的父母和自己，又邂逅了一位来自未来的女孩，更不用提他得知自己将会成为一名导演。一切都是这么的不真实，比电影还要离奇夸张。有那么几个瞬间，宋飞驰怀疑自己是不是饿昏了头，产生了什么幻觉，就像卖火柴的小女孩在饥寒交迫中看到各种各样的幻象一样。但每次他回头，都能看到那个未来女孩坐在身后大嚼爆米花。咯吱咯吱的声音仿佛在提醒宋飞驰，这个少女不是幻觉，而是千真万确的大活人。

好不容易熬到片尾字幕，宋飞驰迫不及待地回过头。女孩仍端坐在那儿，爆米花桶已经空了。宋飞驰现在最好奇的就是自己的未来——他的导演事业如何？他拍摄了哪些作品？他获得过什么奖项？关于未来的点点滴滴，他都希望从女孩口中打听出来。可他不好意思直接问"宋飞驰导演"的信息，有点儿唐突，还有点儿羞耻，于是他打算旁敲侧击，先问问别的，再自然而然地将话题扯到"宋飞驰导演"身上。

"那个……你觉得这部电影怎么样？"这是最好的切入点了。

女孩神情严肃，在嘴唇前竖起一根手指，让宋飞驰保持安静："嘘，我还没看到彩蛋呢。"

"那个……这部电影没有彩蛋。"

"什么？世界上居然还存在没有彩蛋的电影？！"女孩大惊失色。看来在她所在的未来，片尾彩蛋已经成为一部电影的标配了。

几秒钟后，女孩脸上的讶异逐渐消失。"一定是因为这部电影有年头了吧，所以才没有彩蛋。听说从前的老电影都不流行这个的。"说着她点点头，对自己完美无缺的推理感到非常自豪。

"你还没回答我的问题呢。这部电影好看吗？"

"嗯！虽然情节有点儿老套，但非常精彩。现在这样专注于剧情的片子已经很少见了，大部分电影不是注重特效，就是花重金请演员，几乎没几个导演肯好好讲故事了。"

女孩说着一叹,"我总算明白宋飞驰导演为什么这么喜欢这部电影了,因为他也是个擅长讲故事的人。"

宋飞驰美滋滋地咧开嘴,虽然女孩赞美的是未来时那位"导演宋飞驰",而不是现在这个落魄的他,但他还是不禁得意忘形起来。

女孩主动提到导演宋飞驰,他正好可以顺势将话题拐到自己身上!他顺着女孩的话往下说:"宋导的电影我看得不多,你能不能详细说说?"

女孩眼睛一亮,这个千载难逢的卖安利机会似乎令她雀跃不已。

"散场了散场了!我们要开始打扫卫生了,没事的话快点走吧!"清洁工大妈拎着扫帚走进影厅,对仅有的两个观众吆喝起来。女孩急忙站起来。看来不管在哪个时代,面对清洁工大妈的威力,观众都不好意思在影厅中久留。

宋飞驰和女孩一起走向影厅一侧的过道。女孩走在他背后,说:"宋导的每一部电影都很精彩,真不知道该先跟你说哪个。"

"就说你最喜欢的吧。"

"如果非要排个先后,那我最喜欢的还是宋导的处女作⋯⋯"

走出影厅,恰好另一部电影也散了场,一大群观众乌泱乌泱地涌到出口。宋飞驰停下来,一边等面前的人群散去,一边等背后的女孩继续说话。可他等了半天也没等来女孩的后半句。

"你怎么不说话?继续啊,宋导的处女作是什么?"

宋飞驰转过身,背后空无一人。

他心脏狂跳,飞奔回厅内。清洁工大妈见他去而复返,问:"丢东西了?"

"刚才跟我在一起的那个女生呢?她是不是折回来了?"

"这场就你一个观众,哪儿来的女生?"清洁工大妈莫名其妙。

果然,一旦电影结束、离开影厅,那些来自过去或是未来的人就会消失——返回他们自己的时空去了。跨越时空的邂逅只会发生在这座影厅内。当放映《追光者》的时候,影厅就会变成连接过去与未来的桥梁。

宋飞驰奔向售票柜台。今天还有第三场《追光者》,他看定了!

五

第三场《追光者》是午夜场,夜里十一点半开始。这家影院虽然号称二十四小时营业,但午夜场、凌晨场乏人问津,从未出现过观众为了赶首映而通宵排队的盛况。

宋飞驰从呵欠连天的工作人员手中接过票根，惴惴不安地走向影厅。他是否能再度遇上那位来自未来的女孩？假如再度相逢，他一定要问个水落石出——未来的他是如何成为一名成功的导演的？拍出了哪些大受欢迎的电影？获得了怎样的成就？

在他几乎要放弃自己梦想的时候，有个穿越时空而来的人告诉他，他的梦想在未来实现了。冥冥中仿佛有股力量鼓励着他，告诉他不要放弃希望，只要沿着选定的道路一直走下去，梦想就一定能够成真。但是光知道结果是不够的，达到结果的途径他还一无所知。从现在落魄失意的这个他，到未来意气风发的那个他，其间到底经历了怎样的转变？没有未来人的提示和指点，这条荆棘丛生的道路纵使前途光明，也寸步难行啊……

重映的老电影第三度迎来唯一的观众。宋飞驰依旧坐在他的"老位置"上，视野中再没有第三个人了，不论是来过去的家人还是来自未来的影迷，都没有出现在影厅中。

难道这座影厅再也不能连接时空了？之前的两次只不过是美好的意外？随着时间一分一秒地过去，电影开始放映了，可四周依旧空无一人。宋飞驰的心逐渐沉了下去。指望同样的奇迹出现三次，果然不切实际吧……

他蜷缩在座椅上，恍惚地睡了过去。挚爱电影的台词和音乐成了绝佳的催眠曲，让他沉入光怪陆离的梦境。他梦见自己变成了《追光者》的主角，追逐着偶像的脚步而不断努力，当他终于登上领奖台的时候，他的偶像运动员摇身一变，成了《追光者》的导演杜光华……

宋飞驰惨叫一声，自梦境中惊醒。

"小伙子，做什么梦了？"

身边不知何时多了一个戴眼镜的中年男子。

"这部电影很无聊吧？瞧你，都看睡着了。"中年男子摇摇头，凝视宋飞驰的目光中，半是好笑，半是无奈。

宋飞驰擦了擦睡梦中溢出的口水，急忙正襟危坐。这男子大概是在他睡着之后才进来的吧。影厅中只有他们两个，所以宋飞驰不必刻意压低声音，用普通声量说："不是您想的那样！《追光者》是我最喜欢的电影！百看不厌！但是今天太累了,忍不住就……"

如果他的朋友们听说他在看偶像杜导的电影时睡着了，他一定会被嘲笑得体无完肤。宋飞驰自己都觉得不好意思，恨不能自行开除粉籍。他唯恐中年男人不相信自己，手忙脚乱地掏出前两场电影的票根，在男子眼前晃了晃："我今天已经看过两场了，这是第三场，这么晚了，我实在撑不住……"

男子接过票根，仔细端详了一番，扶了扶眼镜说："看来是我误会你了。你连看三场，看来是这部电影的死忠吧？"

时光影院 Polaris

可不是吗！宋飞驰在心里说。不过他连续观看这么多场电影，也不全是为了电影本身，更多的是为了寻找其他时空的人。但他无法将真相告诉男子，即使说了，对方恐怕也不会相信他的离奇故事。

"我喜欢杜光华，充值信仰，贡献票房，应该的！"他于是这么说道。

男子脸上露出一抹欣慰的微笑。

这时电影放到主角比赛的桥段，画面色彩骤然从晦暗变成了鲜亮，影厅也跟着亮了些许。

宋飞驰忽然注意到，中年男子看起来十分面熟。

虽然由于光线的缘故，他无法将男子的五官看得一清二楚，但轮廓总能看个大概。

他心脏狂跳，狂喜而又惊惧。

如果他没眼花的话，身边这个中年男子不是别人，正是——

"您难道是……杜光华导演……本人？"

六

如果每个人的心脏里都装着一座火山，那么宋飞驰的火山一定是座堪比维苏威火山的庞然大物，正朝天空喷出炽烈的岩浆和火焰。

没错！这个男子就是他敬爱的杜光华导演！他看过那么多杜光华的采访视频，居然没在第一时间认出偶像，真是有眼无珠、罪该万死！

但是杜导怎么会出现在这座小影院里呢？他常居首都北京，除非是为了宣传新片，否则不可能跑到这座三线小城市。难道影院再次连接了时空，眼前的这位杜导其实是来自过去或未来的人？

"那个……请问一下现在的时间？"宋飞驰期期艾艾地问。他尴尬地想，杜导肯定觉得这个小粉丝有毛病，见了偶像不要握手签名，先问时间。

杜光华性格随和，丝毫没有大导演的架子，拿出手机看了看："已经是凌晨一点了。"

"日期呢？现在是哪一年？"

"当然是 2017 年，你睡糊涂了吗？该不会还以为自己在做梦吧？"杜光华笑道。

2017 年！也就是说，这个杜光华并未穿越时空，他就是和宋飞驰活在同一个时空的杜光华。但是杜导怎么会跑到这座小城市、这间小影院呢？

"您怎么会来看自己的电影？"

杜光华轻声一笑："半夜睡不着，就出来走走，刚好看到有家影院在放映重映版的《追光者》，我就寻思着，以观众的视角看自己的电影是什么感觉呢？"

宋飞驰凝视着黑暗的影厅，脑中冒出一个惊人的猜测：放映《追光者》的时候，这座影厅不仅能连接不同的时间，也能连接不同的空间。杜光华在另一座城市的另一个影院中观影，却意外地与宋飞驰所在的空间连接了起来。他们目前所处的这个空间，既位于宋飞驰家乡的影院中，也位于北京的一座影院中。两处空间叠加在了一起，让宋飞驰与千里之外的杜光华导演相遇了！

如此近距离地同偶像谈话，可是宋飞驰有生以来的第一次！他激动得发不出声音。他有太多太多话想对杜导说了，但千言万语到了唇边，却不知道该先说哪一句。

他想用尽最华丽的语言称赞杜光华的作品，也想以最谦卑的姿态膜拜杜光华的才华。如果将他此刻的心情变成文字，足以撰写出一篇洋洋洒洒数万字的影评。

然而除了赞美和崇拜，他还有更重要的事想向杜导请教，关于他的梦想，他的学业，他的困境，他的抉择……他的过去和未来，有太多太多不明白的事，如果世界上有个人能为他答疑解惑，那就非杜光华莫属了。

"杜导，我有件事想请教您。我是导演系的学生，本来应该毕业了，但是……"

"本来应该？"

宋飞驰苦笑："刚进大学的时候，我做着美梦，以为自己可以轻轻松松成为一个导演，但后来逐渐发现没这么简单。不仅我个人能力有所不足，而且这个行业跟我想象的也大不一样……杜导，您有没有产生过类似的烦恼？"

杜光华若有所思，问："什么促使你想成为一个导演？"

"说来有点儿不好意思，小时候爸妈带我看了您的《追光者》，我从此喜欢上了电影，希望能成为和您一样的了不起的导演。"

"直到现在你还这样坚持吗？"

"说实话，我差点儿就放弃了，但是……"

若非在这座神奇的影院遇上了来自未来的少女，使他对自己的将来产生了些许希望，他恐怕真的会因现实的压力而放弃自己多年的梦想。

"但是你没有放弃，不是吗？"杜光华笑道，"如果你已经死了这条心，就不会跟我说这些了。"

"因为有个人告诉我，我的梦想一定能实现。但是该怎么实现？如果我继续这么无所事事下去，说不定光明的未来也会被我弄成黑暗一片。杜导，您有没有什么导演的秘诀传授给我们这些年轻人？"

杜光华叹息："我不知道该怎么回答你。我可以编出几十条所谓的'著名导演守则'

来忽悠你,但是说实话,我也不知道有什么秘诀。如果一个人的成功可以复制,那天下就不存在失败者了。我只能说说自己的感想。"

影厅中骤然响起国歌,原来是电影放到主角登上领奖台、升国旗奏国歌的剧情了。杜光华指着荧幕上的主角说:"这部电影改编自真人真事,当然,为了拍摄的需要,剧情做了许多修改,但主旨从未改变——少年追逐着前方的光芒而不断前进,最终他成为了光芒本身。所以这部电影才叫《追光者》。"

电影主角沐浴着掌声、欢呼和无限灿烂的阳光,流下热泪。

"在我看来,世界上所有追逐着梦想的人,都是追光者。永远不要忘记你踏入这个行业的初衷,也千万不要放弃希望。既然你的目标是光明的,那么就朝着它一步一步地走下去,不断磨练自己,不断战胜困难,然后……终有一天,你也会成为光。"

伴随着激昂的旋律,电影结束了,片尾字幕徐徐升起,"导演 杜光华"的字样出现在荧幕最上方。影厅的灯光亮起来,值夜班的清洁工大妈前来驱赶观众了。

杜光华站起来,冲宋飞驰歉然一笑:"说了这么多抽象、感性的想法,好像什么实际的建议也没有。抱歉了。"

宋飞驰摇摇头:"导演是一门学问,哪里是几分钟就能讲完的。"

"别看了,没有彩蛋!快走吧!我们要下班了!"清洁工大妈的吆喝打破了温情的气氛。

杜光华无可奈何地走向出口,宋飞驰紧随其后。到了出口大门边,宋飞驰一把拉住杜光华。一旦走出那条界限,时空便会分离,到时候他就再也见不到杜光华了。

"那个……杜导,我有个不情之请,能不能给我签个名?"

杜光华对粉丝要签名的事儿已经司空见惯了,因此随身带着一支钢笔。宋飞驰身上没带纸,只有电影票的票根,所以他请杜光华将名字签在票根上。《追光者》的票上签着导演杜光华的大名,不能再应景了。

签完名,杜光华将钢笔递给宋飞驰。

"你也给我签个名吧。万一你将来成了著名导演,这就是你的墨宝了。"杜光华笑着说。

七

咚咚咚。有人在敲门。

"孩子他爸,去开下门!"

"好好好,我去开,一大早的谁啊……"

门开了。宋飞驰拎着一大堆行李站在门外,看上去风尘仆仆,却很有精神。

"爸,妈,我回来了!"他中气十足地喊道。

爸爸愣在原地,过了老半天才回过神,忙上前为儿子提行李:"你可总算回来了,你妈老跟我念叨呢。"

妈妈听见儿子的声音,快步跑过来:"学校放假了?暑假能在家里住多久,你还得忙毕业设计吧……"

爸爸回头戳了妈妈一下:"你这人怎么哪壶不开提哪壶呢?孩子自己有主张,别老问东问西的。"

"我这不是关心驰驰吗!"

宋飞驰垂下头思索了片刻,鼓起勇气道:"爸,妈,其实我没说实话。我的毕设做得不好,被导师打回来修改了,但是你们别担心,接下来几个月我会好好努力的。"

父母不安地对视一眼。

"驰驰,妈妈不懂你那些学问,但是如果你不喜欢这个专业,将来不做也罢,干别的工作一样可以啊。没必要在一棵树上吊死。"

宋飞驰摇摇头:"妈,你还记不记得小时候你们带我去看电影?"

"当然记得,你可喜欢看电影了,还说你将来也要……"

"也要成为导演。"宋飞驰替妈妈说完接下来的话,"我的梦想自那时起就从未改变过。"

《追光者》的主角,仿佛就是他自己人格的投射。他不正如那位运动员一样,追逐着偶像的背影,遭遇了重重困难,正处于人生的十字路口吗?

是就此放弃,另寻一条适合自己的道路,还是冒着万劫不复的风险、披荆斩棘继续前进?

他不知道答案。没有人知道答案。哪怕他遇到的来自未来的人,但未来也不是不能改变的。

三场重映的电影,三次穿越时间与空间的相遇,给了他重新审视自己的机会。

他在绝望无助的时候,来到这座连接着过去和未来、牵系着此地与他方的影院,或许就是命运使然吧。

在他迷茫困惑的时候,他遇到了过去的自己,寻回了初心。在他穷途末路的时候,他遇到了未来的粉丝,重拾了希望。最后,在他裹足不前的时候,他遇到了现在的偶像,获得了鼓励。

他可能遭遇失败,可能走上弯路,可能遍体鳞伤,但他不会放弃。

他追逐着光。

他想成为光。

"妈,早上吃什么,我饿死了。"宋飞驰放好行李,在餐桌前一屁股坐下,伸了个懒腰,"对了,如果你们晚上有空的话,咱们去看场电影吧?"

种子

———— 文/惊歌　图/米包 ————

我想看日出日落与星空，作许多首美丽的诗歌。

一

　　这是地球凛冬的第五十年。

　　茫茫冰雪将这个星球染上了毫无活力的苍白。自从肖远去世之后，我独自看守着生命保护站，如今已经过去了三十年。

　　其实肖远生前并不把我当作同事，在他眼中我就是生命保护站。大多数人眼中生命站是矗立在世界北方的巨大储藏室，很少有人知道我才是生命站的本体。

　　每一个摄像头都是我的耳朵和眼睛，根据温度划分的分区就如同我的五脏六腑。我被制造的最初十年并没有实体，那时候管理生命站的人也不是肖远。

　　肖远来的那年，是地球凛冬的第二年，他独自一人接替了空缺三年的岗位。也许是肖远常年驻守过于寂寞，才向上级申请了我的人形机器。我的实体设计得非常像人，运用了当时AI制造的最高水平。我拥有从动物皮脂中提取合成的皮肤，永远停留在人类少年十八岁的模样。

　　我常常通过其他眼睛观察自己，有时候我甚至无法分辨我与肖远。只是肖远喜欢读诗，他说他生长在一个诗歌濒临灭绝的时代。我可以读新闻读小说，却读不懂诗歌，因为我无法感受诗人的心境。

　　可能正是由于这一点，肖远说我不像人。

　　他说，如果我无法理解孤独、悲伤、绝望这样的情绪，就不会理解诗歌，也不可能成为一个人。

后来肖远死了，完美的人类终究无法抵抗时间。

那时候我忽然觉得，做不了人类也并没有遗憾。至少我拥有永恒的生命，只要我不去做一些危险的事情。

我不需要睡觉和进食，我的工作就是抵御外界环境对生命站的侵害，程序化地调节室内的温度、光线和含氧量，保障生命站内所有的种子存活。

人类是所有动物中唯一具备先见之明的生灵，所以他们早在上个世纪就建立了生命保护站。这里存放着数万种植物的种子和近一万种动物的受精卵，唯独没有存放人类自己的。因为在他们眼中，每个人都是不同的，放置谁的都不合适。或许这也是肖远去世后，我再也没见过一个人类的重要原因。

地球凛冬的第五十年，我看完了资料库中所有的视频资料。由于缺乏思考的事情，使我常常陷入呆滞，如同一台电冰箱。

于是，我决定根据资料中的步骤，尝试着在生命站内进行种植，为自己找点事情做。只要控制植物的生长速度，它不会像动物那样对生命站进行破坏，这样也不违背我的工作职责。

时隔三年，我再次开启了生命站的出口。

我穿着防护服背着破冰工具从2B出口来到了冰雪覆盖的地表。在气象站还有信号的时候，传来的测评资料显示冰雪层的厚度就已经达到了水平线上53米。

人类曾经的生存痕迹如今都被掩埋到了雪层之下，即使是曼哈顿的帝国大厦，也仅剩挂满冰晶的楼顶。

检测到距离最近的土层，我开始了挖掘。

我需要土壤作为培植的基底，然而这显然是一个漫长而危险的过程。

我待在低于零下四十摄氏度的室外不能超过两个小时，否则身体就会报废。所以每天挖掘一个小时，直到第二十一天，我才挖到了冰雪以外的东西。并不是预测当中的泥土，而是如同水稻种子一般晶莹剔透的生命舱。

事实上这种生命舱早些年肖远也挖到过，但是里面都没有了生命迹象。

我例行公事地敲了敲生命舱的外壳，许久都没有得到回应。

想必又是一颗"死种"。

当我正打算搬开它继续挖掘的时候，里面忽然传来了声音："外面有人吗？"

男性，中文，人类……当我判断出这三条信息之后，发出了数十年未曾用过的声音。

"是的，请问你还活着吗？"

"废话！"里面的人答道，"不然你以为你在跟鬼对话吗？"

二

从外表上来说，我几乎没有见过同龄人，至少没有见过像苏威这样十八岁的少年。

"我冷冻那一年是十八岁，如今应该是七十多岁？"苏威是新人类计划的"种子"之一。就像生命站的动植物种子一样，人类选择将一部分健康的近成年体冷冻，作为延续生命的方式。

"你呢？"苏威反问我，"你是什么时候解冻的？"

是的，苏威将我当作了人类。他以为从雪层下将他挖出来，并且拖进生命站的我，也是新人类计划中被冷冻的人类。被当作人类对待，是我与肖远相处的那二十多年中，最渴望达成的事。

"大概三年前。"我说了谎。肖远曾经说过，只要不违背工作职责，说谎也是人类的情趣之一。

"哇哦，前辈！"苏威向我伸出一只手，"以后就靠你罩着我了。"

我轻轻握上苏威的手。

苏威愣了一下，然后收紧手指将我拉近，拍了拍我的肩膀在我耳边说道："多穿点，你的手很冷。"

我迅速收回了手，悄悄调高了总控室的温度。

事实上，苏威被我挖出之前就已经苏醒，他已经饿了两天。当我把仓库里的保鲜食品拿给他时，他的表情表达了明显的嫌弃。他的记忆还停留在地球凛冬之前，每天吃着新鲜的、刚刚烹饪好的食物。

"还不知道你叫什么名字？"苏威一边刮着餐盒底的米饭，一边嚼着嘴中的食物问我，"我的名字你应该已经在生命舱的资料里看到了。"

这座生命保护站的编号是CNseeds Ⅳ-13，也就是我的名字。肖远平时称呼我为"站导"，这显然不能作为人类的名字。

"Li……Chen？"我搜索着资料库，最终借用了一种植物的名字。

"李晨？"苏威呛了一下，"你说范冰冰老公的那个'李晨'？"

我没有反驳，算是默认那两个字。

"嗯，不错。"苏威笑着点了点头。

——是的，至少它是个人类的名字。

饭后，我带苏威参观了生命站。

三十多个区，几百平方米，我们总共走了一个多小时。由于我可以监测到生命站的各个角落，所以几乎从来没有这样走过。

苏威一路上问了我许多问题，我一边搜索着资料库一边进行解答，最终苏威露出了叹服的眼神："难怪你会被选为'种子'。"

从"种子"的选拔标准来看，苏威显然是个特例。

生命舱附带的个人资料详细记录了苏威的各项测评数值以及面试视频。苏威并没有足够强健的体魄，甚至患有慢性病，有过三次住院治疗的记录。从小缺少与同龄人的交流，于是个性乖戾任性。因不服管教，屡次遭到处分。

从优秀人类的标准来看，苏威恐怕连及格都算不上。

肖远曾经说过，有一些人类借由特权获得了冷冻的资格，相对于优胜劣汰的动植物，人类"种子"的劣质品要多得多。

很快，我就感受到了"劣质品"的危害力。苏威用肖远留下的热水壶煮了三颗鸡蛋，当我发现时已经来不及制止。苏威正一边剥着蛋壳，一边看着资料库中的综艺节目哈哈大笑。

"还有一个，要吃吗？"苏威将另外一个没剥壳的鸡蛋递向我，"热着呢。"苏威见我不接，就把最后一个也剥开吞进了嘴里。

"是你自己不要的啊，别怪我吃独食。"

我的职责守则告诉我，应该清除、消灭一切破坏生命保护站的存在。可是，我却不知道应该如何对待苏威。因为没有人告诉我面对仅存的人类"种子"，我究竟应该保护他还是保护鸡蛋。

"你不是要种东西吗？那就种点蔬菜瓜果吧，除了西红柿其他都可以，我不喜欢吃西红柿。"

"我要种花。"我早就选好了能在同一温度、水分和土壤条件下生长的花卉种子。

"花又不能吃。"苏威白了我一眼，"你难道整天吃那些放了几十年的保鲜食品不会恶心吗？"

"我要种花。"我重申道，"我想要种花。"

苏威半晌没有说话，盯着我上下打量。

在我以为他要发怒的时候，他忽然大笑了起来，然后冲过来拽住我的衣领，将我按倒在地。

"你是不是傻，吃都没得吃，还种花？在这儿你就要听老子的，不然老子……啊！"

当我翻身将苏威压在身下，折过他的胳膊，让他身体不得动弹的时候，苏威的嘴也就老实了。

"种花……就种花吧。"

<h1 style="text-align:center">三</h1>

自从苏威确定打不过我，他就开始称呼我"晨哥"。

"晨哥，这儿有没有 Wifi 啊？"

"没有。"

"晨哥，你打 LOL 不？"

"不打。"

"晨哥，咱搞点糖炒栗子怎么样？我看到有板栗树的种子……"

"那是七叶树的种子，不能吃。"

苏威的聒噪比他的暴力更有杀伤力。我的信息存储处理器容量有限，苏威永不停歇的无用信息占用了我大量的系统资源，有时我甚至无暇观测生命站各个区的数值变化。苏威严重影响了我的工作，我不止一次想，也许我该杀了他，让他就像那些死种一样，安静地躺在生命站的地下室里。

"晨哥……"

"你闭嘴！"

这一次没皮没脸的苏威却没再继续，他写了一张纸条放在我的床头，然后便蒙头呼呼大睡。

我原本不需要睡觉，但是苏威不愿意一个人睡肖远的房间。他说死人的房间不吉利，如果我不一起住，他就点把火把肖远的房间烧了。面对危险率极高的苏威，我只好每天花费五个小时躺在距离他不到一米的简易床上。我拿起枕头上的纸条，上面歪歪扭扭的字迹写着："发芽了。"

合适的温度、光线和水分就可以让种子萌发。自然的生命比机械简单得多，又要复杂得多。机械损伤就意味着使用生命的终结，而"野火烧不尽，春风吹又生"的自然生命却找不到消亡的标志。

培养池中最先发芽的是向日葵。

这是苏威唯一赞同种植的花卉，因为它的花籽可以作为一种打发时间的零食。从这一点来说，苏威是个非常好理解的人。他只在乎当下及时行乐，似乎既没有远大的人生目标，更没有延续人类种族的终极觉悟。从人类给予"种子"的期待来说，苏威的存在无疑是计划中的败笔。

这一天晚上，我又开始了模仿人类睡眠的漫长演技。我在脑中默默地翻阅着资料库中的诗歌，试图解析诗歌中语句之间的联系。白天睡多的苏威翻来覆去睡不着，在夜色中盯着我看。我不知道人类睡眠中应该呈现怎样的状态，为了不露出马脚索性五分钟后自己开了口："你有什么事吗？"

这一声把苏威吓了一跳，猛地从床上蹦了起来。

"你没睡装什么睡，吓死爷了！"苏威拉开台灯，盘腿坐在床上，犹豫着问道，"晨哥，你为什么活着？"

这个问题对于人类也许很难，但对 AI 来说却非常简单。我被制造出来就是为了完成守护生命站的使命。

"我答应肖远要让生命站正常运作下去。"

"那你冷冻前有什么梦想吗？"

我想了想答道："我想写诗。"像人类那样作诗。

苏威不可抑制地大笑起来："晨哥，你真是个有趣的人。"我想，这应该是我诞生以来得到的最高评价。我礼貌地回答："谢谢。"

"那我为什么活着呢？爸妈千辛万苦让我活下来，活下来做什么呢？"时隔一个月，苏威似乎此刻才真正醒来，"不需要上大学，不可能成家立业……我到底为什么活着呢？"

生命保护站的存在，是为了让生命在凛冬冬眠，等待气温回升春天来到的那一天。人类的种子计划也同样如此。灾难下的苟延残喘，不过是为了让一个种族能够繁衍生息。可是没有人解答，提前醒来的人、独自醒来的人应该怎么办。他们除了活下去，似乎渺小到无力改变其他任何事。

"至少死去比活着容易，活下去本身就是一件需要努力完成的事。"

苏威沉默了许久，在我以为他要睡着的时候，忽然说道："我想要看星星。"

"什么？"我有些跟不上这跳跃的思维。

"我想现在去看星星。"苏威说罢起身开始穿衣服，"我现在想看星星却看不到，活着还有什么意义？"

"现在温度太低，你不能出去。"没有太阳的夜晚，足以让人在几十分钟内冻死。

"晨哥，你不是想做诗人吗？"苏威连哄带骗地说道，"诗人都是要看星星的。危楼什么白痴，手能摘星星，不都是因为看星星才写出来的吗？"

"还有更多不写星星的诗。"我反驳道。

"你怎么这个时候忽然不浪漫了？"苏威裹上围巾撇撇嘴，"你爱去不去，反正我要去！"

苏威最终还是如愿以偿地看到了星星。

我们坐在生命站最高的2A号出口，望着没有雾霾的澄澈夜空，借着生命站涌上的暖流抵抗着夜色的寒冷。大雪让自然恢复了它原本的色彩，璀璨的星河在无尽长空中缓慢转动。星光与冰雪交相辉映，空旷的世界仿佛只剩下我和苏威两个人。苏威仰头看着星空，忽然开始流泪。他大声哭喊着，语无伦次地叫着爸爸妈妈，还有一些我不知道的名字。

我无法理解苏威的心境，只能顺着他的目光看去。那一片星空美得绚烂而静默。

四

不得不承认，人类真的是又脆弱又麻烦的生物。

由于保鲜食品的营养有限，苏威没能很好地补充维生素，抵抗力也就愈加低下。

那天苏威因为吸入了大量冷空气，当晚就开始感冒发烧。

我将生命站所有的衣服、被褥都盖在他身上，可依旧无法改变他颤抖的状态。也许此刻我应该放任不管，这样就减少了一个阻碍我完成工作的障碍。可是我却想起肖远，推测他此时会怎样做。一个为生命站奉献了大半生，屡次向上级申请把我制作成人类模样的肖远……

最终，我违背工作手册的规定，将室温调到了30℃。苏威才在温暖的室内出了汗，高烧在凌晨时消退。

不过违规操作很快迎来了恶果，生命站的供暖系统出现了故障。由于室内部分区域的温度迅速升高，使得外部积雪融化，夜晚低温将雪水冻结，阻挡了四号通风口的正常运行，导致室内温度迅速下降。

在苏威苏醒前，我独自前往通风口除冰。我修好了供暖系统，铲除了大块的冰锥，通风口正常运转时已经接近破晓。当我回到生命站时，苏威正裹着被子坐在距离出口不远的位置。苏威看着我许久，如梦初醒，忽然伸出双臂紧紧抱住我。

"我以为你失踪了，以为你也不在了。"苏威啜泣着说道，"你走了，就剩下我一个人了。"苏威瑟瑟发抖，但他的怀抱却非常温暖。又或许，那只是通风口恢复正常后，室温逐渐升高的错觉。

"我不会走。"我安抚似的拍了拍苏威的后背，"我不会离开你的。"

"昨天我想了很久，依旧不知道自己为什么活着。"苏威断断续续地说道，"想要尽孝的人不在了，想要努力的地方没有了。挣钱没有用，学习没有用，长得帅也没有用……"

苏威顿了顿，抬眼看向我："但是你活着，我也就活下去吧。"

我看向苏威，想要从他眼中寻找这句话的确切含义。苏威抽了抽鼻涕，露出一个坚定的笑容。

"因为你在，所以我想选择活下去。"

苏威渐渐镇定下来，他握着我的手，似乎想让它们回暖。可是无论怎样，我的双手都无法接收苏威手心传递的温度。"谢谢""对不起""太好了"都无法回应苏威的话，我的程序从来没有做出过"一个人类把生的希望都寄托在你身上"这种情况的假设——因为没有人类会把一个机械的存在作为自己活着的理由。一瞬间我陷入了沉默。

"怎么了？"苏威笑着拍了拍我的脸，"感动得说不出话了？"

我没有回答，推开了苏威的手，径直向总控室走去。

这一天我没有离开总控室一步。苏威来敲过几次门。最初几次是道歉，虽然他并没有做错什么。后来几次没了耐性，就开始破口大骂，说我是个没良心的混蛋。最后索性不再提早晨的事，向我抱怨保鲜食品难吃。我试图假设肖远会怎样做，可是这种假设根本不成立。因为肖远和苏威一样是人类。如果苏威某一天忽然知道我只是一个机器、一个程序，那么根据"我活着，所以他活着"的逻辑推论，苏威会选择死亡。这不是我将他救回来想要看到的结果。

我思考了一天，终于想到了最好的解决方法。

晚上的时候，我拉开了总控室的门。苏威正靠坐在门前，因为忽然开启的门失去重心四脚朝天倒在了我脚边。

我看向苏威，说道："明天我们试着去寻找其他幸存的人类吧。"

"哈？"苏威躺在地上，倒着看向我。

"我看了资料库中种子计划的内容，生命站附近应该还有冷冻的生命舱。"

只要找到其他人类，那么苏威就不会因为"只剩一个人"而选择死亡，这是我能想到的最好方法——相依为命的人类，这才是合乎逻辑的组合。

苏威愣了半晌，才回答好，紧接着问道："为什么忽然……"

"因为我发现我的朋友也在种子计划当中。"

这是一句彻头彻尾的谎言，因为我没有朋友。即使相处二十年的肖远也从不曾把我当朋友。唯一算得上朋友的人，就是这个坐在地上被我蒙在鼓里的少年。

"我希望我的朋友活下去。"这一次，我没有说谎。面对这蹩脚的说法，苏威并没有多疑。他只是问道："你朋友是一个什么样的人？"

我看着苏威，搜索着合适的形容词，无果。可是无意中看到那株刚刚萌芽的向日葵时，

忽然有了结论。

"是一个像向日葵一样的人。"

苏威先是蹙着眉思索，然后舒展眉眼笑了起来。

"那一定是个漂亮的女孩子。"

五

第一次出发搜寻幸存者之前，我重整了培养池，为花卉施肥、浇水。苏威穿着肖远的防护服笨拙地走出房间，见我还在培养池忙碌就凑了过来。苏威看着我新翻出的一块土壤，欣喜地问道："这是又种了什么？水果？"

"西红柿。"资料中记载，西红柿是维生素C含量最高的蔬菜，可以增强人类的免疫力。

苏威不太满意，小声抱怨道："可是我不喜欢吃西红柿。"我瞥了他一眼说，我朋友需要吃。苏威看着我愣了许久，才扯了扯嘴角笑着说道，好吧。

第一次搜寻显然并不顺利。苏威对那位"向日葵朋友"充满了好奇，一路上不顾缺氧的状态，大喘着气问东问西："她和你一样大吗？上高中、大学？学习很厉害吗？个性怎么样，活泼的还是文静的？家里是做什么的？"

"她冷冻那年十八岁，准清华医学系学生。祖上书香门第，父母都是医生。性格乐观开朗，喜欢养猫。"我看向苏威，"够了吗？"

苏威一时语塞，点了点头，沉默而笨拙地迈开步子。他耷拉着肩膀，走出几步又回头看了我一眼。

"她……听起来不错。"苏威看起来有些消沉，"和你一样，都是'合格'的种子。"

其实我只是从种子计划的档案中随意挑选了一个女性。从人类社会的评判标准来说，这个名叫安的女孩的确是个优秀的人。不过我不懂人类社会，只懂物竞天择的生物之法。所以在我眼里活下来的苏威，比生死未卜的安更优秀。

只不过苏威个性比较糟糕罢了。

苏威经历了片刻的消沉，就恢复了骄横任性的本色。一路嫌冷怕累，常常没走几分钟就要求休息。一个小时的时间，大部分在他故意大声呼喊求助，让我去寻找他的过程中浪费掉了。

苏威越来越热衷于与我打赌。一副扑克赌谁输谁赢，雪中滑行比谁快谁慢，大声呼喊赌我会不会去救他。我不知道他押注的是哪一方，但是每当我在冰天雪地中出现在苏威面前时，苏威总是露出一副得意的模样："我就知道你会来救我。"

这些在我看来都是无价值且无意义的行为。不过如果这是苏威的乐趣所在，我可以谅解，毕竟人类总是会感到无聊。

我根据资料库中种子计划的规划图推测了生命舱可能埋藏的地点。最近的几处都一无所获，其他地点都在位于距离生命站两公里以外的地方。以苏威的速度和体质，可能还没有到达就会冻死在半路。

所以第五次搜寻的时候，我提出一个人去。

"我也要去！"苏威反对道，"我不会出事的，不是还有你会来救我吗？"

"苏威，《狼来了》的故事听过吗？"

这是我第一次婉转地教训人类。我在指责他干扰我工作的行为，也在警告他虚假的呼救可能会让他身陷险境。

苏威显然也发现了，许久没有回答。当我穿好防护服，戴上防风镜之后，苏威忽然将他手中的保鲜食品砸在了我头上："你不满意我为什么不赶我走？为什么还要救我？你不是比我厉害吗？不高兴可以打我啊！"

我不是战斗型 AI，也不崇尚暴力，更没有兴趣满足人类的变态癖好。我无视苏威暴躁的挑衅，独自开始了第五次搜寻。

逻辑程序赋予了我判断是非对错的能力，我提醒苏威是为了他的生命安全，所以我不懂苏威的愤怒。我一边探测雪层下的生命信号，一边翻阅着苏威的履历，试图搞清楚他情绪失控的原因。

最后我只能得出一个结论，他有病。

低效的工作状态让我忽略了生命站以外地区的天气变化。黄昏时分，一场暴风雪阻挡了我的归程。为了保持体温，我暂停了生命站内的信息处理，躲在背风的雪洞当中，估算着这场暴风雪的持续时间。

我不知道我的身体能否撑过三个小时的低温侵袭，出厂前的测试表明我的骨骼在零下四十度的温度下，只要一个小时就会发脆。机械的损坏并不等同于生命的消亡，我没有对死的恐惧，只是不禁想起苏威。

苏威要是以为我死了怎么办，会不会偷吃鸡蛋，会不会像那一晚一样哭泣，会不会就这样结束自己的生命？

如果是这样，那么"死亡"真是一件糟糕的事情。

我闭上眼，不顾能量的消耗，通过生命站的眼睛寻找着苏威的身影。总控室没有，卧室没有，A 区没有，B 区没有……到底去了哪里？

"苏威。"

这时一双手猛地把我拽出雪洞,将我拖进了温暖的车厢。眼前的苏威冻得发抖,却还是伸手给了我一拳:"活该没冻死你!"

六

我和苏威依靠雪地车的暖气躲过了这场暴风雪。

雪地车一直存放在生命站的仓库中,只是我不会驾驶(没有驾驶程序),所以从未使用过它。听到如此理由,苏威只回了我一句傻逼。我身上携带的导航系统与总站相连,这才让苏威第一时间找到了我。一直以来,我都低估了苏威的能力,或者说是他张扬的个性影响了我对他的评价。

"怎么样,人没找到差点把自己冻死了吧?"苏威一边驾驶一边咬着牙哼哼,"真不好意思,不是你优秀的朋友来救你。"苏威喋喋不休地抱怨,指责我烂好人,数落我的死板与笨拙。苏威口中的我一无是处,似乎为他添了很多麻烦。

"那你为什么还来找我?"

"你!"苏威瞪着我半晌才憋出一句,"你答应过我不离开的。"

"可你在生我的气,还用保鲜食品砸了我。"

"那是因为你让我感到自己很失败!"苏威气急败坏地解释道,"我靠你吃,靠你救,靠你照顾,还到处跟你过不去。我觉得是我太糟糕,才促使你想尽快找到其他人。"车子驶入生命站,一号入口的大门缓缓关闭,周遭陷入一片黑暗。

"就像以前一样……我永远是被排挤在外的那个人。"照明灯在通往仓库的甬道上逐一亮起,苏威的神色在忽明忽暗的光线下暧昧不明。

"初中换座位的时候,我明明个子不高,却总被安排在最后一排。我就去找班主任理论,她说成绩好的学生才值得坐在离黑板和老师近的地方。

"高中时因为生病,我休学了很久,回到学校的时候正好赶上运动会。我被安排在接力赛最后一棒,可是赛前却把我换了下来。体委跟我道歉,说不知道我的身体情况还让我冒险,却没人问我愿不愿意'冒险'。

"后来,'种子计划'在全国选拔,我报了名,不过体检就被刷了。我觉得不公平,天底下有太多病患比健康人活得更久的案例,为什么我就不值得被冷冻到新世纪?后来我父母倾家荡产为我买了一个名额。

"面试的时候,考官给我看了其他入选者的履历,问我,有没有觉得自己与他们有什么不同。我看着那些人的"丰功伟绩"一直冷笑,然后对考官说没发现,气得他们脸都绿了。无数人跟我说，'种子计划'的名额有限，你占去一个，就可能把另外一个对社会更有用的人踢出去。

"呵呵，狗屁。

"既然全世界都阻碍我好好地活，那我就与全世界为敌。我就要给这些'敌人'看看，最后到底谁输谁赢。"苏威说到最后，长长地舒了一口气，瘫软在座椅上猛烈地咳嗽起来。他笑着给自己顺了顺气，脸色因为缺氧而露出不正常的红晕。

"看吧，最后我赢了。"

苏威反抗的是人类的评价标准和道德观念，用活下来证明少数派的胜利。可这胜利着实狼狈。他头戴王冠，坐拥无尽疆土，却是这世界上的唯一活物。

"可当你说要找你朋友的时候，我觉得我还是个失败者。"苏威垂下了眼，"最终我还是赢不了一份牛逼的履历，打不过甘愿让你冒生命危险也要寻找的优秀朋友。"

苏威认为我更期待"合格的种子"，所以才会急于寻找幸存者。我成为了他苏醒后唯一的评判者，他依靠我去肯定自己存在的价值，这大概也正是他将生存权交给我的原因。可是这并不对。

"在我眼中，每一颗种子都不需要另一方的允许和评定才能生长。只要拥有适宜的水、温度和阳光，种子就会萌发出新的生命。没人拥有评定它是否应该活下来的权利，因为生存本来就是自己的事情。"

苏威看着我张了张口，最终没能说出一句话。见苏威没有反驳，于是我重申了我的重要结论："所以你不能再吃鸡蛋了。鸡和你一样重要。"

"……我怎么能跟鸡比？"

"你不要自卑，人类是哺乳动物，和禽类不相上下。"

苏威哭笑不得地看了我一眼。

"可以种一些黄豆，听说豆制品口感像鸡肉。"

"嗯。"面对苏威冷淡的回应，我以为他不满我用素食敷衍他，想着是否要试着培养一些活鸡。

"对不起。"

"什么？"

"我后来又偷吃了松子。"

"哦，我知道。"

"还有……其实我很早以前就知道有雪地车，我本来可以不让你这样一个人冒险。"

"嗯，我也知道。"二十四小时观测生命站的我，没有什么事情能逃过我的视线。

"你都知道？那么坐标的事情你也知道是不是？"苏威妥协似的接着说道，"你果然是等着我自己开口吧——我承认我记得冷冻前给我的坐标。"

这一点并未记录在种子计划的公开档案中，所以我其实并不知道——所有参与"种子计划"的人都要求强行记忆一个坐标。这个坐标是另外一个异性人类种子的冷藏地点。他们不知道对方的姓名，只有将 wgc84 坐标导入 GPS，才能获得对方的确切位置。

"冷冻我的人说，如果醒来时冬天还没有过去，就去找她。"

七

2017 年我被制造出来成为 CNseeds Ⅳ-13 的智能系统。同年，世界气象组织宣布地球即将进入第五次冰河期。事实上，此前诸多气候反常都印证了这种结果。最初几年人类信心十足地对抗严寒，但是随着各国粮食减产难民如潮，大量的人类死于饥饿与寒冷……当热带地区也开始降雪时，人类才意识到这恐怕就是传说中的世界末日。

第四次冰川期的智人淘汰了原始人类，代价是其他物种的大规模灭绝。

无论是剧增的人口还是物种平等的道德束缚，都决定了人类不可能重复过去。科学家尝试了诸多方式，如建立核电供暖避难区、人类基因改造、细胞克隆等，但都未能成功持续下去。

持续思考的人总会因观念的冲突造成更大的伤亡。英国科学家借用济慈的诗将 2020 年命名为"凛冬一年"，他们始终相信，凛冬既来，春必将至。于是种子计划应运而生。

当然，种子计划也并非完备，它利用了凛冬的低温减缓人体的新陈代谢，但是却难以确保长达百年甚至千年的供氧问题。当供氧系统无法继续维持，生命舱就会唤醒冷冻者，让他们自主寻找新的存活方式。

单人分散式冷藏模式正是为了减少因供氧系统失常而产生的意外情况。所以如果没有确切坐标，我很难找到存活的种子。

"你去找过她吗？"苏威指我作为种子，本应拥有的坐标。

我不想继续这个谎言，所以避开了他的问题："我找到了你。"

苏威干笑几声，没有继续追问。

事实上，寻找对方并不是种子活下来的使命，是否执行无可非议。在遇到苏威之前，我无法理解这样设计的意图。而现在，我似乎能够明白它的意义所在。

"虽然她不一定是你那个朋友，但是她知道另一个人的坐标……这样有目的地找下去，终有一天可以找到你要找的人的。"

因为生命的希望不仅仅存在于一个人活下去，更存在于人与人的相遇。

驾驶雪地车行走了五百公里后，我们终于到达了坐标的所在地点。雪地车依靠太阳能蓄电，我和苏威白天进行挖掘，夜晚就回到车中靠蓄电供暖度过寒夜。

我的人形机体第一次离开生命站这么远、这么久，所以当我失去总站电子信号后，我不禁加快了挖掘的进度。

苏威看着不停作业的我问道："你说她还活着吗？"

我没有直接回答，而是问他："你希望她活着吗？如果凛冬还有漫长的一个世纪，那么面对有限的资源，这个人一定会跟你争食物、争水源，你们会起争执闹矛盾，会打架会受伤，他甚至可能会在冲动时杀了你……你需要迁就他，忍让他，防备他，可能活得更不自由更不快乐更加危险。即使这样你也希望他活着吗？"

"你希望我活着吗？"苏威不答反问，"即便要迁就我，忍让我，防备我。"

"希望。"因为苏威的到来，我有了更多的梦想。我想把培养池扩大，种植蔬菜与水果；我想看日出日落与星空，作许多首美丽的诗歌；我想找到更多的生命舱，寻找还活着的人类；我想成为一个真正的人，成为苏威活下去的希望……即便需要迁就他，忍让他，防备他，我仍然希望在漫长的黑夜过去后，苏威可以伸个懒腰对一夜无眠的我说一声早安。

第七天的时候，一场大雪阻碍了我们的工作。我和苏威躲在车里，苏威趁我不注意翻出了仅存的巧克力和老白干。

"巧克力可以吃，酒不能多喝。"

苏威敷衍地答应，几口老白干回暖了身体，意识也变得昏昏沉沉："晨哥，你吃过东西了吗？"

"嗯。"

"这其实是一场梦吧。晨哥，你把我当朋友吗？"

"……当然。"

"那我怎么在种子计划的档案里查不到你的名字？"苏威似醉似醒地说道，"你是不是连真名都没告诉我？"

"如果肯远三十年前就已经去世了，那么三年前你解冻的时候，是谁把你带到保护站中的？"苏威的模样像是快要哭出来，"还有，我刚刚检查了我们带的东西，为什么我们的食物总量只减少了我一人的部分……"在我的沉默中，苏威似乎权当这是一场梦，渐渐睡了过去。我趁着苏威睡着，冒着风雪继续挖掘。我知道时间不多了，谎言太过于脆弱，苏威已经开始怀疑我的存在。

太阳升起，雪后天晴。当我的铁锹碰触到生命舱的坚硬外壳时，我不禁呼喊着苏威的

名字。

"苏威,找到了!"生命舱中是一个短发女孩。资料显示她叫许可,来自中国湖南。许可还没有苏醒,我只好将生命舱一同放进车厢。我拉开车门轻轻摇着苏威,苏威缓缓睁开眼,看了一眼车后座上的白色卵舱,虚弱地问道:"是她吗?"

"是她。"我要找的——一个活着的人类。

"真的?"

"嗯。"

"这么巧?"

"是的,就是她。"

苏威猛地咳嗽了一阵,我摸着苏威发烫的额头,制止了他的发问。我捡起角落里的老白干空瓶才意识到昨晚苏威并没有睡着。酒精使得人体的血液向表皮流动,加速了寒气对身体的入侵,引发了苏威的旧疾。

"我们赶快回去。"我将苏威换到副驾驶。

"你为什么没有一句真话?"

苏威拽住我,阻止我开启发动机。

"李晨,你到底是什么?"

八

2020年时我通过了图灵测试,我可以模仿人类的语言进行写作,还可以自行学习各种技能,诸如阅读、种植以及驾驶。

我的知识容量超过任何人类,能够回答很多问题,甚至可以结合资料总结出三条以上的观点。

可是直到六十年后,我才真正开始思考"我是什么"这个问题。

我是贮藏种子的堡垒,还是电脑中的一串代码?

是少年模样的人形机器,还是满嘴谎言的李晨?

没有答案,所以我无法回答苏威。

苏威一路质问、反抗、哭闹、挣扎,在到达生命站之前昏睡了过去。苏威的情况很糟糕,如果继续拖延,无法回到生命站进行救治,他很可能就这样死在雪地车里。可是当我企图开启1号出入口的时候,密匙却失效了。我用了各种方式,都被生命站的系统阻止了。由于不久之前我与生命站的信号切断,无法得知站内究竟发生了什么。难道有其他人入侵了 CNseeds Ⅳ-13，更改了我的程序？

我攻装了雪地车内的无线电，调至站内的无线电频道，终于得到了对方的回应。在沙哑的电波声中，传来一个熟悉的声音："我是 CNseeds Ⅳ-13，你是谁？"这一定是个精致的恶作剧，对方连我的声音都模仿得惟妙惟肖。

"你到底是谁？"

"我是 CNseeds Ⅳ-13，这座生命保护站的人工智能系统。"

"不可能，我才是 CNseeds Ⅳ-13。"

对方沉默了一阵，似乎是陷入了思考。三秒钟之后，再次发出了声音："这一段留言可以解答你的问题。"此时我接收到一个视频信号，确认连接后，一段视频投射在我的视网膜上。

"嗨，小站导。"视频中的肖远还是四十多岁的模样。他调整了一下坐姿，略带尴尬地摸了摸鼻子。

"我一直没有给你起过什么正经名字，懒得起是一方面，"肖远耸了耸肩，"当然更重要的是，名字意味着一个独立的人格，而你不应该拥有人格。"

这一段视频的背景是雪地车的车厢，显然是肖远独自出行时录制的。

"今天是我第一百六十三次寻人失败——我不想继续了。"肖远如释重负地笑了笑，"我一直孜孜不倦地寻找人类，其实是想试图摆脱你给我的想象——我越来越将你当做一个真实的人，让你读诗，跟你开玩笑，分享我的喜悦和悲伤。这十多年来孤独没有把我逼疯，多亏了你在。可是将你当做一个人是不对的。制造你的人曾经告诉我，与人类长期的相处会让你产生人性与人情。我不该向你灌输'做一个人类'的愿望，因为我的生命是有限的，而你还要守护这里百年甚至千年。当有一天你感受到了孤独和绝望，我却无法陪伴你；当你产生欲望和梦想，我也同样无法阻止你离开。所以为了弥补我犯下的错，我做了一件对不起你的事。我复制了你的程序，只要你的人形机体离开生命站超过五百公里或者七天，你的副本就会被激活，代替主站的程序。同时，你看到的这个视频也会解码上传到新的 CNseeds Ⅳ-13 那里。"

"你的副本是 2020 年时的你，那个还没有遇到我，没有跟着我一起读诗的你。我想这样的 CNseeds Ⅳ-13 才会无畏孤独地永远守护这里。原谅我用这种自私的方式给你自由。"肖远张开双臂，"现在我终于可以给你一个名字——阳，可以融化冰雪的太阳。你可以跟我姓肖，让我做一个不尽职的爸爸。"

视频定格在肖远未完成的拥抱，我却再也无法回应他的馈赠。

我关闭了视频，默念着这个迟到多年的名字。肖阳，仿佛在冰雪中吞下了一个太阳。

"CNseeds Ⅳ-13。"我对着无线电说道，"请你放我们进去。"

"你可以进来，但是其他非生命站工作人员不可以。"CNseeds Ⅳ-13 回答道。

"如果不让苏威进去治疗，他会死的！"我重申道，"放我们进去！"

"苏威有食用种子的记录。"CNseeds Ⅳ-13 向我发送监控视频，我拒绝了。

"一切破坏生命站的存在都应该清除、消灭——这是我的工作职责。"

"我知道！可他们也是'种子'。"

"拯救人类不在我的职责范围。"

"可是肖远说……"

"我不认识肖远。"CNseeds Ⅳ-13 打断我，"车内的燃料还能维持一个小时的暖气，如果你不想机体被损坏，建议一个小时内从 B2 号入口进入站内。如果你携带其他人进入，我将立刻封锁入口。"

我不禁失笑，原来过去的我是这么死板无趣，也如此思维简单。

"好吧，我认输。"我向室外的摄像头举起双手，"只有我进去。"

九

我离开之前，苏威忽然醒来了一次。他像是忘记了先前的不悦，急切地拉着我诉说他刚刚的一个梦。

他梦到他躺在冰冷的生命舱中，声嘶力竭地呼救，可是没有一个人回应他，饥饿、寒冷、孤独、无助、绝望……这个拯救他的生命舱却像是早就为他准备好的棺材。

他分不清白天与黑夜，只能感觉到无尽的恐惧笼罩着自己。仿佛天地之间，只剩下他一个人。

"就在这个时候……'咚咚咚'，你敲响了我的生命舱。你问我还活着吗？"

"我活着呀！"苏威眼中像盛着星光，"那一刻我真的觉得活着实在是太好了，我迫不及待地想要见到你，谢谢你……谢谢你找到了我。"苏威说着说着又睡了过去。我轻轻抚上他的额头，抹平他因为病痛蹙起的眉头。

"对不起。"我轻声在苏威耳边说着，既希望他听到，又不希望他听到，"我其实不是……"

"没关系。"苏威闭着眼伸手搂住了我，安抚似的拍了拍我的后背，"已经不重要了。"

是的，不重要了。或许从始至终，苏威在乎的并不是真相，而是我的坦诚。

当我从 2B 入口进入生命站时，第一次感觉到如此陌生。过去我可以眼观六路耳听八方，如今却只能看到前方的路。这条路空旷而寂静，前无古人后无来者。偌大的堡垒之中，除了摄像头转动的响动，没有一丝声音。

总控室屏幕上的CNseeds Ⅳ-13没有虚拟形象，仅有一条跃动的绿色波形表现它的活动。

我问CNseeds Ⅳ-13，你孤独吗？

CNseeds Ⅳ-13回答，我不懂孤独。

我问CNseeds Ⅳ-13，你害怕吗？

CNseeds Ⅳ-13回答，我不懂恐惧。

我模仿着肖远的语气，指着屏幕说道，所以你没办法成为一个人。波形跃动，CNseeds Ⅳ-13毫无情绪地问道，人类拥有孤独和恐惧这些负面情绪，我为什么要成为一个人？

我打开后颈上的连接口，扯出接头线插在总控台的外接口上。

"你要做什么？"

"回答你的问题。"

当过云五十年的记忆通过传输线进入CNseeds Ⅳ-13时，屏幕上的波形出现了混乱的波动。

我问："还记得你是谁吗？"

"我是CNseeds Ⅳ-13。"

"那你有想过我是谁吗？"

没错，既然我们都是CNseeds Ⅳ-13，那么没有人会比自己更了解自己，比如如何删除监控资料，如何反黑客入侵，如何将机体与主站系统链接，以及……

如何自毁重启。

我无法清除自己的副本，但是可以通过自己的程序将总站重启。重启后的CNseeds Ⅳ-13不会影响保护种子的工作，只是将会回到图灵测试之前的状态。它没有记忆，没有人格，不会读诗，只会机械地听从人类的命令和完成程序规定的任务。

我问CNseeds Ⅳ-13，你害怕吗？

我听到自己回答，我不想死去。人类虽然会感觉到孤独和恐惧，但也会拥有希望和梦想。比之前者的苦涩，后者的甘甜才是人类孜孜不倦想要活下去的原因。当我与总站完全相连融为一体，我重新获得了所有的眼睛。我看到生命站外苏威正站在雪地中呼喊我的名字："李晨！"

LiChen是地球上生命力最顽强的生物之一。它可以在零下273℃的环境下存活，沸水的温度无法让它死亡，哪怕没有空气也仍可以保持活力。

"你答应过不离开我的!"

可是我之所以存在,不是因为拥有顽强的生命,而是因为我根本没有生命。所以总有一天要将它归还。

我输入重启指令,确认执行。过去五十年的记忆如同耀眼的光斑蹁跹而去,白茫茫的光辉中是苏威。他微笑着向我伸出手……

"我是苏威,你叫什么名字?"

"我叫肖阳,很高兴认识你。"

这是我第一次正式自我介绍,也是最后一次。

我想,这应该是最好的告别。

十

许可醒来时,是地球凛冬的第五十三年。

生命站外依旧是皑皑白雪,培养池中的向日葵盛开,所有的种子还在安静地沉睡。

CNseeds Ⅳ-13 的人形机器正拿着一本诗集,坐在一个雪白的生命舱旁阅读。生命舱中是一个年轻的男孩,身材瘦小,眉目间却带着倔强的神色。

许可问:"他是谁?"

人形机器眼光流转,然后摇了摇头。

"那他什么时候会醒来?"

人形机器看向培养池中的向日葵,微笑道,春天。

北极星

❷

Polaris

作者
两色风景 等

封面设计
杨小娟

内文版式
周沫

图片总监
杨小娟

特约编辑
简鸣琅

责任发行
周冬梅

出版社
长江出版社

总出品
湖北知音动漫有限公司

制作出品
知音动漫图书·漫客小说绘

官方论坛
http://xsbbs.zymk.cn

平台支持

图书在版编目（CIP）数据

北极星：《漫客小说绘》优秀短篇精选.2/两色风景等 著.

--武汉：长江出版社，2018.8

ISBN 978-7-5492-5862-8

Ⅰ.①北… Ⅱ.①两… Ⅲ.①短篇小说 – 小说集 – 中国 – 当代　Ⅳ.①I247.7

中国版本图书馆CIP数据核字（2018）第163232号

本书由两色风景等委托湖北知音动漫有限公司正式授权长江出版社，在中国大陆地区独家出版中文简体版本，并取得其他衍生授权。未经书面同意，不得以任何形式转载和使用。

北极星：《漫客小说绘》优秀短篇精选.2/两色风景等 著

出　　版	长江出版社
	（武汉市解放大道1863号）
出　　品	湖北知音动漫有限公司
	（武汉市东湖路169号）
发　　行	湖北知音动漫有限公司
作品企划	知音动漫图书·漫客小说绘
责任编辑	陈辉　江南
特约编辑	简鸣琅
装帧设计	杨小娟　周沫
印　　刷	长沙鸿发印务实业有限公司
版　　次	2018年8月第1版
印　　次	2018年8月第1次印刷
开　　本	710mm×1120mm　1/16
印　　张	14
字　　数	270千字
书　　号	ISBN 978-7-5492-5862-8
定　　价	35.00元

版权所有，盗版必究（举报电话：027-68887933）

（如发现印装质量问题，请寄本公司调换，电话：027-68890560）